KB166595

김승국의
문화상자

김승국 글

1판 1쇄 발행 | 2023. 9. 1

발행처 | **Human & Books**
발행인 | 하응백
출판등록 | 2002년 6월 5일 제2002-113호
서울특별시 종로구 삼일대로 457 1409호(경운동, 수운회관)
전화 | 02-6327-3535~7, 팩스 | 02-6327-5353
이메일 | hbooks@empas.com

ISBN 978-89-6078-770-4 03800

김승국의
문화상자

김승국 글

Human & Books

차례

1부
문화의 현장에서

2부
건강한 문화생태계를 꿈꾸며

3부
축제와 전통 예술

따뜻한 문화 보따리를 풀며

내가 문화예술계에 발을 디딘 것은 언제부터일까? 아마 태어나서부터겠지. 기억이 날 듯 말 듯 하지만 태어나서 옹알이하며 남이 알아듣지 못하는 노래를 작사·작곡하여 불렀을 것이고, 집안에 나돌아다니던 연필이나 크레파스가 있으면 집안 곳곳에 마음껏 그림을 그렸을 테니까. 인간은 태어나면서 예술가적 소질을 타고나지만, 살아가며 눈치를 보기 시작하면서 그 재능이 사라진다는 것이 나의 지론이다.

본격적으로 문화예술과 관련된 작업을 시작한 것은 고등학교 때부터일 거다. 그만한 나이일 때는 누구나 문학 소년·소녀가 되지만, 나는 평생 시(詩)를 쓰겠다고 모질게 결심하고 시에 매달렸다. 다음 날 중간고사나 기말고사가 있던 날도 밤새 시를 써댔으니까. 문학 모임에도 들락날락하고 이건청, 조정권 등 문단에 먼저 입성한 내로라하는 선배 시인들로부터 열심히 첨삭지도도 받았다. 또한 지금은 작고하신 은사 시인 박목월 선생님 댁에도 들락날락하며 시인이 되기 위한 기(氣)를 받곤 하였다. 고등학교를 졸업하고 천신만고 끝에 문단에 등단했으나 지금도 그렇지만 전업 시인으로 살아간다는 것은 꿈에도 생각할 수도 없는 것이 당시의 현실이었다.

시를 써서는 라면 하나도 사 먹을 수 없다. 그러한 현실은 몇십 년 전이나 지금이나 달라진 것이 없다. 요즘도 전문 문예지에 시를 게재해도 원고료를 받는 것은 꿈에도 생각하지 못한다. 시를 문예지에 송고하면 내 시가 실린 문예지 두 권을 우송 받는 것이 달랑 전부이다. 시인이기 이전에 생활인으로서 먹고살기 위해서 직장을 가져야 했다. 그래서 내가 좋아하는 문학과 그리 멀지 않은 직업을 선택하기로 마음먹었다. 그래서 선택한 첫 직장이 월간『공간』편집부 기자직이었다. 그게 1977년이었을 것이다.

월간『공간』은 1966년 '공간 그룹'의 설립자 김수근 선생에 의해 창간된 건축, 미술, 공연을 다루며 예술가들과 독자들의 사랑을 받았던 유일한 종합예술잡지였다. 당시 월간『공간』은 문화계 담론 형성에 주도적 역할을 하였다. 특히 '공간 그룹'은 전통문화와 한국성, 환경에 지속적인 관심을 가져 심우성, 강준혁 등이 비디오아트 거장 백남준, 무용가 홍신자, 사물놀이 등을 기획하여 처음 소개하였다. 첫 직장치고는 매우 좋은 직장이었고 3년간의 직장 생활은 문화예술과 문화기획에 눈을 뜨게 하였다. 그것은 나로서는 크나큰 행운이었다. 그런 의미에서 시인 '조정권'형은 부모님 빼고 내 인생의 최고의 은인이라 할 수 있다.

1979년 초 나는 3년여간의 잡지사 기자직을 그만두고 서울국악예술고등학교에서 훈장 생활을 시작하였다. 그러다 보니 자연스럽게 학급담임을 맡게 되었다. 학급담임으로서 당연히 내가 담임을 맡은 학생들의 진로지도를 해주어야 하는데 국악에 대해 아는 것이 없었다. 황당한 일이었다. 그래서 학생들의 올바른 진로상담을 위해서는 국악에 대한 지식을 쌓아야 한다는 소명감으로 국악에 관한 공부를 시작하게 된 것이 국악 이론 전문가로 성장하게 된 계기가 되었다.

당시 서울국악예술고등학교에는 정권진, 성창순, 성우향, 한농선, 박송희, 김월하, 한범수, 이생강, 이소향, 이동안, 김영재, 전사종, 임광식, 국수호, 임이조, 정재만 등 당대의 국악계를 이끄는 무형문화재 예능 보유자급 선생님 대다수가 출강하고 있어 그분들로부터 대면 지도받을 환경이 자연스럽게 조성되었다. 그것이 기반이 되어 일찍이 문화재 전문위원과 문화재위원 직을 위촉받아 현장 조사와 예능 보유자 인정 심사를 하러 다니다 보니 나의 식견은 무럭무럭 자라게 되었다. 한마디로 나는 행운아였다.

또 그것이 기반이 되어 노무현 정권 출범 때 문화부로부터 '2030 전통예술진흥정책' TF팀 위원으로 위촉받아 그와 관련된 전문가들과 함께 국립국악원과 지방 분원, 국립극장, 국립 정동극장, 문화재재단이 운영하는 풍류극장, 코우스 극장 등 전통 공연예술 현장과 전통예술과 관련된 정부 기관과 학교를 두루 살펴보며 전통예술 중장기 진흥정책을 수립하다 보니 전통예술 전반에 대한 식견이 더욱 풍성해지게 되었다.

그러다 2005년 서울국악예술중고등학교를 국립화하는 실무 책임자 역을 맡게 되어 문체부, 국회, 기재부, 교육부, 행자부를 들락날락하며 위로는 장·차관부터 아래로 주무관까지 국립화 설득작업을 주도한 것이 예술 행정이 어떠한 프로세스를 갖고 있고 어떻게 해야 일이 만들어질 수 있는지에 대한 경험과 지식을 쌓을 수가 있었다.

수년의 각고의 노력 끝에 마침내 학교 국립화를 성사시키고 나는 교직을 떠나 더 넓은 문화예술계 현장으로 뛰어들었다. 지금의 국립전통예술중고등학교의 교명은 내가 직접 지은 교명이다. 지금 그 학교에 다니고 있는 학생들은 내가 국립학교로 전환시킨 주역이었고, 학교 교명도 내가 지은 교명이라는 것을 아는 학생은 거의 없을 것이다. 국립화 이전 교명이었던 서울국악예술중고등학교의 핵심어인 '국악'이라는 용어를 넣지 않고 '전통예술'이라는 용어를 선택한 것은, 협의의 의미를 지닌 '국악' 외에 연희, 연극, 무용, 공예, 복식, 음식 등 장차 다양한 전통예술 콘텐츠를 담은 학교로 발전시켜나가기 위해서는 '국립전통예술중고등학교'라는 교명이 좋겠다는 나의 판단에서였다.

훈장 일을 그만두고 문화예술 현장에 뛰어들었을 때는 막막한 심정이었으나 문체부와 기재부 인사들과 문화예술계의 많은 분이 나를 도와주었다. 처음에는 '사단법인 전통공연예술연구소'를 설립하여 운영하다가 후배들에게 넘겨주고 노원문화예술회관 관장직으로 자리를 옮겼다. 그 후 무형문화재 문화재위원, '대한민국 전통연희축제'와 '노원탈축제' 등 정부 및 지역의 축제 감독 및 기획, 정부 산하 문화예술기관 경영평가단 단원, 정부 및 광역의 각종 문화예술지원사업 심의, 전국 문예회관을 지원하는 한국문화예술회관연합회 대표, 수원과 노원 두 군데의 지역문화재단 대표를 두루 거치면서 문화예술계에 거칠 곳은 거의 다 거쳤다.

그러한 다양한 일을 추진하면서 문화예술계의 내밀한 곳까지 들여다볼 기회는 물론, 업무를 추진하는 경험과 지식 그리고 역량을 쌓았다. 게다가 동국대학교 대학원에서는 민속악과 전통연희를, 건국대학교에서는 문화콘텐츠를 강의하며 후학 양성에 힘썼다.

지금이 2023년이니까 문화예술계에 정식 입문한 것이 46년이 됐다. 이제는 문화예술계의 중진으로서 자리 잡았고 스스로 인정하고 싶지 않지만, 문화예술계 원로로서 대접도 받고 산다. 어찌 보면 문화예술인으로서 누릴 혜택을 다 누린 셈이다. 그동안 문화예술계에서 살아남기 위하여 동분서주하면서도 놓지 않았던 것은 두 가지였다. 하나는 시인으로 사는 삶이었다. 그래서 틈틈이 시를 써서 시집 『주위 둘, 스케치 셋』, 『나무닮기』, 『잿빛거리에 민들레 피다』, 시상집 『쿠시나가르의 밤』과 시화집 『들꽃』을 펴내었다. 또 하나 놓지 않았던 것은 문화예술계에 첫발을 디디게 했던 전통예술이었다. 문화예술계 중진으로 활동하면서도 전통예술과 관련된 각종 학술 활동을 놓지 않았고 수필집 『전통문화로 행복하기』, 『국악, 아는 만큼 즐겁다』, 『인생이라는 축제』를 펴냈다.

좋은 게 있으면 혼자 움켜쥐고 있는 것보다 함께 나누는 것이 좋다는 것이 나의 평소의 지론이다. 그래서 나에게 좋은 자료가 있으면 저작권 등을 따지지 않고 동료들이나 후배들에게 내가 가지고 있는 자료들을 선뜻 주거나 공유하는 것이 오랜 습관이 되었다. 그동안 문화계에 종사하면서 문화계에 '어른이 없다'라는 지적에 늘 마음이 편치 못했다. 공기관 대표라는 제도권에 갇혀 있다 보니 정부나 지자체에서 잘못하는 일이 있어도 괘씸죄로 내가 속한 조직에 피해가 가거나 이리저리 불려 다니는 것을 우려해 말하지 못했던 점이 나이 먹은 문화계 인사로서 늘 부끄러웠다. 2022년 노원문화재단 상근 이사장직을 그만두고 보니 마음이 홀가분해져서 이제는 문화계의 어른이란 자리에서 할 말은 해야겠다는 생각에 월간 『객석』, '뉴스 포털 뉴스퀘스트', '서울문화투데이'에 고정칼럼을 기고하고 있다. 그러다 보니 이제 책을 하나 엮어도 될만한 원고가 되어 책을 펴낼 결심하게 되었다.

이번에 펴내는 『김승국의 문화상자』는 세 개의 장(章)으로 구성되어 있다. 제일 앞 장(章)에는 문화예술 현장에서 힘겹게 살아가는 기획자나 예술인들과 내가 평생 쌓은 경험과 지식을 공유하는 '문화의 현장에서'를 담았고, 두 번째 장(章)에는 건강한 문화생태계를 이루기 위하여 문화계가 스스로 해야 할 일과, 정부나 지자체가 해야 할 일과 문화예술정책의 대안을 제시하는 '건강한 문화생태계를 꿈꾸며'를 담았고, 마지막 장(章)에는 우리 지역 축제가 가야 할 방향과 K-culture의 기반인 전통예술 진흥의 중요성과 정책 대안을 담은 '축제와 전통예술'을 담았다.

아무쪼록 이 책이 고단한 일상을 살아가는 독자들에게 위로와 위안이 되기를 바란다. 특히 문화예술과 전통예술을 사랑하는 분들과 현장에서 고전분투하는 예술인들과 문화기획자들에게 용기를 주는 유익한 참고서가 되기를 소망하며, 이 책을 펴내 주신 도서 출판 '휴먼앤북스'의 하응백 대표님께 감사의 인사를 드린다.

2023년 9월 신내동에서

김승국

문화예술계의 진정한 어른

흔히 문화예술계에는 어른이 많지 않다고 합니다. 그만큼 오랜 시간 동안 인생을 바쳐 헌신하기에는 문화예술 분야의 상황이 녹록지 않다는 얘기일 것입니다. 그 지난한 어려움 속에서 나무처럼 한 자리를 오랫동안 지키며 문화예술을 위해 전심을 다 하는 흔치 않은 어른! 제가 아는 김승국 이사장님입니다.

이 책을 읽어가다 보면 자연스럽게 문화예술을 향한 그의 진심을 확인할 수 있습니다. 때로 날카로운 비판은 쓰고 아픕니다. 하지만 결국에는 독자의 공감과 동의를 끌어내고야 맙니다. 문화예술에 대한 그의 경륜과 애정 때문입니다.

『김승국의 문화상자』는 저자가 그동안 경험했던 문화기획, 문화정책, 축제 등 다양한 분야를 때로 난장 같은 신명으로, 때로 수제천 같은 우아함으로 다루고 있습니다. 하여 현장 전문가를 비롯한 후학들은 물론이고 문화예술의 흐름과 동향에 관심 있는 일반 독자들에게도 풍성한 인사이트를 줍니다. 예리한 비판을 따뜻한 감성으로 풀어내는 김승국 이사장님 특유의 글맛을 보는 것 또한 이 책을 읽는 즐거움입니다.

김선영(현 홍익대 대학원 문화예술경영학과 교수, 전 예술경영지원센터 대표)

우리를 일깨워주는 쓴소리와 죽비

시인이자 전통예술 이론가이고 교육자이자 예술경영 전문가인 김승국 원장님은 귀하게만 자랐을 것 같은 천진한 외모와는 달리 어려운 환경을 불굴의 의지와 용기로 극복하고 오늘의 성취를 이룬 분입니다.

너나없이 힘든 세상, 달달한 위로의 말을 건네는 책들이 넘쳐나는 세상이지만 그럴수록 바른길을 가리키며 나약해지면 안 된다고 꾸짖어줄 어른이 더욱 귀중한 오늘날입니다.

『김승국의 문화상자』는 쓴소리와 죽비로 우리를 일깨워줍니다. 문화예술계의 존경하는 선배로부터 믿음직한 도구상자를 선물 받은 기분입니다. 『김승국의 문화상자』는 문화예술을 사랑하는 독자들과 문화예술계 현장에 계신 예술인들에게 필요한 양서가 되리라 믿습니다.

전해웅(전 주 프랑스 한국문화원장)

문화예술계에 보내는 체험과 경륜의 보약

김승국 원장은 늘 흐르는 물 같은 분이시다. 김 원장은 한 곳에 멈추거나 고이지 않고 계속 흐른다. 시인에서 잡지사 기자를 거쳐 국악예고 교사로, 또 연구소장과 문화기관 경영인으로 그의 인생 역정이 흘러왔듯이, 그는 현재 몸담은 문화계에서도 안주하지 않고 물이 흐르듯 늘 끊임없이 새로운 모색을 하고 있다.

흐르는 물의 특성은 부지런해 닿지 않는 곳이 없다는 점이다. 김 원장은 공연장과 문화 현장을 부지런히 다니고, 문화계에 문제가 있거나 이상이 생기면 그 원인을 분석하고 처방하는 일에도 소홀함이 없다. 이런 일을 글로 남겨 하루에도 여러 편의 글과 사진을 페이스북에 올린다. 흐르는 물이 앞에 바위를 만나면 세게 부딪혀 물보라를 일으키듯, 그도 어떤 부당한 일이나 문제를 직면하게 되면 그 사안에 날카로운 비판을 가한다.

김 원장은 2022년 9월 노원문화재단 상근 이사장을 마지막으로 문화기관 경영인으로서 공직생활을 접고 모처럼 조직에 얽매이지 않고 자유로운 영혼으로 살고 있다. 이제 일흔이 넘은 나이에 조금 편하고도 여유 있게 살 만도 하건만 그는 그렇게 하지 않고 몸에 밴 부지런함으로 현장을 찾고, 또 문화계의 무슨 문제든 궁구하여 해결책 모색하는 일을 게을리하지 않는다. 이제 문화계 원로의 반열에 들어선 그가 가히 후배들에게 모범을 보이면서 끊임없이 자극을 주고 있는 셈이다.

이 책은 지난 1년간 그의 자유로운 영혼이 문화계 여러 일을 곱씹고 되새김질하며 만들어낸 결과물이다. 그는 과거의 경력과 기억의 바다에 그물을 던져 은빛 찬란한 싱싱한 생선같이 살아 있는 이야기들을 건져냈다. 문화예술 현장에서 많은 풍파를 헤쳐가며 살아온 한 원로가 아직도 그 현장에서 어렵게 일하며 살아가고 있는 문화기획자나 예술인에게 평생 쌓은 경험과 지식에서 우러나는 이야기를 들려주거나, 건강한 문화생태계를 이루기 위하여 문화계가 해야 할 일과 정부 문화정책에 대한 쓴소리도 토해내고 있다.

문화예술기획자와 지역문화재단 종사자들이 실무 현장에서 바로 사용할 수 있는 금과옥조 같은 조언들도 많이 하고 있다. 문화기관장 선임제도, 문화예산 부족, 정부 주도 문화도시 지정제도 등 문화정책에 대한 그의 고

언은 새로운 정책과 제도 모색을 위한 밑거름이 될 수 있을 것이다. 특히, 이전 그의 저술에 비해 이번 책에 비판적인 글들이 부쩍 늘어난 것은 다소 홀가분해지고 자유로워진 그의 입장 때문일 것이다. 그러나, 비판을 가할 때도 그는 오랜 연륜 탓인지 균형감각을 잃지 않는다. 문제점을 지적하면서도 그것을 해결할 건설적인 대안을 함께 제시하는 것이다.

시인의 감성과 기자의 예리함, 그리고 교사의 가르침과 문화기관 경영인의 노하우까지 그가 한평생 축적해온 체험과 경륜이 이 책에 응축돼 있다. 그의 문화상자에는 쓰지만, 몸에 좋은 많은 보약이 담겨 있다. 대학이나 대학원에서 문화예술 관련 공부하는 학생이나 공연장 지역문화재단 등 문화기관 종사자들이 읽어보면 문화적 기력을 회복하고 근력까지 키울 수 있을 것으로 생각된다. 일독을 권한다.

윤정국(전 김해문화재단 대표이사)

1부

문화의 현장에서

어려운 시대에 자신의 예술세계를 구축하며 치열하게 살아온 원로 예술인들의 삶의 여정은 존경받을만하다. 그러나 예우만 받으려고 하지 척박하고 절박한 예술계 상황은 나 몰라라 하고 제자리 지키기에 몰두하거나 한 자리 차지하겠다고 정치권이나 기웃거리는 한심한 원로들이 눈에 자주 밟히는 것은 나만의 시각이 아니길 바란다. 심한 말 같지만 잘못된 관행과 일에 쓴소리 한번 못하는 인물은 원로 예술인도 아니고 선배도 아니다. 후배 문화예술인들로부터 원로로서의 대우 받기 이전에, 문화예술계 후진들의 아픔에 깊이 공감하고, 배려하고 성원하며 이끌어줌을 실천하는 선배다움이 있어야 하지 않을까?

1

시를 사랑하는 마음으로
문화와 예술을 품다

혼자 살아남아야 했던 유년 시절

나는 나의 어린 시절 이야기를 지금껏 한 번도 다른 사람에게 부러 얘기해본 적이 없다. 어린 시절뿐만이 아니라 나의 개인적인 인생사에 대해 다른 사람에게 얘기한 적이 거의 없었던 것 같다. 부모에게조차 기대할 수 없던 유년 시절의 상처가 나를 아무에게도 섣부른 기대 같은 걸 하지 못하게 만든 것인지도, 나의 상처를 들키지 않기 위해 본능적으로 내가 선택한 자존심 때문이었는지도 모른다. 어쨌든, 남들과 다른 유년 시절의 기억은 젊은 날의 나를 안으로 안으로만 침잠하게 했다.

내 아버지는 군인이셨다. 군인이라고 해봐야 멋진 별을 단 장군이 아니라 그냥 말단의 가난한 직업 군인이셨다. 전쟁 직후, 강원도 부대에서 근무하던 아버지와 멀리 떨어져, 나는 인천에서 나고 자랐다. 엄마는 어린 나와 당신의 생계를 위해 나를 이웃집에 맡기고 행상하러 다니셨다. 동네 시장 한 모퉁이에 광주리를 놓고 쪼그리고 앉아 물건을 팔던 엄마는 내가 찾아가면 쫓고 또 찾아가면 다시 쫓아내던 야속한 모습으로 어린 시절의 기억 속에 남아있다.

내 인생의 가장 행복했던 때는 초등학교 3학년 시절이었다. 내가 초등학교 3학년 되던 해, 엄마와 나는 아버지가 계시던 강원도 화천의 군부대에서 함께 살게 되었다. 가족이 처음으로 함께 모여 살던 그 단 1년간. 정상적인 가정 속에서 행복할 수 있던 시간은 내 인생에서 그 단 1년이 전부였다. 학교 친구들도 도시에서 온 나를 환대해 주었고, 선생님들도 나를 똘똘하다며 예뻐해 주셨다. 전학 가자마자 반장이 된 나는 처음으로 안락함이 무엇인지 느낄 수 있었다.

그러나 5·16쿠데타가 일어나면서 우리 가족은 서울로 오게 되었고, 나는 4학년 때 서울 수송초등학교로 전학을 갔다. 당시 수송초등학교는 경기중, 경기고로 가는 엘리트 코스의 학교였다. 집안 좋고, 공부 잘하는 아이들이 모여 있는 그 안에서 나는 적응을 하지 못했다. 화천에서는 반장도 하고, 친구들과 선생님께 사랑을 듬뿍 받았었는데, 여기서는 존재감 없는 시골 촌놈, 그 이상도 그 이하도 아니었다. 학교에 가지 않고 종일 전차를 타고 빙빙 도는 일이 많아지자 담임선생님이 집으로 엄마를 찾아오셔서 전학을 가는 게 나을 것 같다고 하셨고, 그렇게 나는 다시 인천으로 전학을 갔다.

강원도 야전부대에 계시다가 서울에 소재한 '육군 6관구사령부'로 옮기

신 아버지는 술을 드시고 늦게 들어오는 날이 많아지셨고, 엄마와의 다툼도 도를 더해갔다. 그리고 내가 5학년을 마칠 즈음, 우리 가정은 산산이 부서졌다. 아버지가 엄마와 헤어져 다른 여자분과 재혼을 하시게 된 것이다. 부모님이 처음으로 내 의견을 물으셨다. "엄마하고 살래, 아빠하고 살래?" 나는 아빠하고 살겠다고 했다. 엄마랑 살게 되면 내가 엄마에게 짐만 될 것이 뻔했고, 엄마가 너무 고생하실 것 같았다. 엄마에게 짐이 되어서는 안 된다는 생각만 했던 것 같다.

그렇게 엄마는 단칸방을 얻어 옆 동네로 나가시고, 나는 새엄마인 낯선 아줌마와 살게 되었다. 그때 나는 초등학교 6학년이었다. 아버지는 그 아줌마에게 엄마라고 부르게 하셨다. 하지만, 엄마가 돌아가신 것도 아니고, 먼데 사시는 것도 아니고, 바로 근처에 살고 계신 엄마를 놔두고 죽어도 엄마 소리가 나오지 않았다. 처음엔 너무나 친절하게 대해주시던 새엄마도 점점 나를 마음에 들어 하지 않으셨다. 열세 살짜리 나에게 사춘기가 온 것도 그 즈음인 것 같다. 나는 그 모든 상황이 너무 싫었다. 그리고 점점 비뚤어지기 시작했다. 말투에서도, 눈빛에서도 반항기가 줄줄 흐르는 날 가만히 두고 볼 아버지가 아니었다. 나는 아버지께 거의 매일 죽도록 맞았다. 중학교 1학년 어느 날, 이렇게 맞다가 죽을지도 모른다는 생각이 든 나는 집을 뛰쳐나와 친구 집으로 도망쳤다. 그 친구도 부모님이 이혼하시고, 아버지 혼자 남매 셋을 키우고 계셨는데, 돈벌이하러 다니는 친구 아버지는 열흘에 한 번꼴로 집에 들어오셨고, 아이들끼리 사는 집이었다. 나는 그 친구 집에서 몇 달을 보냈지만, 내 아버지는 날 찾지 않았다. 짐작하건대 내가 어머니 집으로 갔다고 생각했을 것이다.

그날 이후로, 아버지는 한 번도 날 찾지 않았다. 찾으려고 하지도 않았다. 그 사실이 나를 절망하게 했다. 이후 나는 돌아가실 때까지 아버지를 찾지 않았다. 나를 낳아준 아버지에게서 버려졌다는 사실이 화가 나기보다 무서웠다. 어린 자존심에도 나를 찾으려고도 않는 아버지 집으로 다시 들어갈 수는 없었고, 엄마에게도 내가 집을 나왔다는 걸 말할 수 없었다. 어쩌다 한 번씩 만나러 가서 보는 엄마의 삶은 처참하기 그지없었고, 어떻게 해줄 수 없는 엄마는 걱정만 할 것이 분명했다. 내 나이 고작 열네 살. 나는 혼자 사는 법을 그때까지 미처 배우지 못한 터였다.

하지만 나는 그렇게 혼자가 되었고, 중학교 2학년이 되었다. 인천 용동은 예로부터 권번(기생)이 있던 주점가로 유명한 유곽 지역이었다. 그 동네에 가면 엄마가 술집 주인인 친구들이 있었다. 아침에 학교에 가려고 일어나면 밤새 손님들 상대하느라 술을 퍼마신 친구 엄마들은 곤히 자고 있었다. 학교에서 돌아오면 그때 겨우 일어나 장사할 준비를 시작하는 엄마들은 아들의 손에 돈 몇 푼 쥐여주며 나가 놀다 오라고 한다. 그렇게 낯선 남자들과 술 냄새가 진동하는 집을 피해 골목을 떠돌아다니는 아이들과 나는 금세 친구가 되었다. 나는 용동의 한 여인숙에 방을 얻어 집 나온 친구와 자취했다. 신문 돌리는 건 일도 아니었다. 방값도 내야 하고, 학교 월사금도 내야 하고, 먹고 입고 학교에 다니려면 돈이 필요했다. 나는 닥치는 대로 일했다. 일이라고 해야 겨우 중학생이 할 수 있는 일은 많지 않았다. 나는 동네 깡패 형들 심부름도 하고, 술집 아줌마, 아저씨들 심부름도 하며 방탕한 하루하루를 보냈다. 학교 성적은 당연히 바닥이었다. 교무실 문 앞이 항상 내 자리였다. 이 선생님, 저 선생님께 불려가 벌을 서는 자리였다. 교실에 앉아있는 시간보다 거기서 벌을 서고 있는 시간이 더 많았다.

은사의 가르침으로, 공부를 통해 자존감을 찾다

중학교 2학년 1학기가 끝날 즈음, 그날도 어김없이 교무실 앞에 꿇어앉아 벌을 서고 있는데, 지나가던 선생님 한 분이 "고놈, 똘똘하게 생겼는데, 왜 맨날 여기서 이러고 있지?"하며 내 머리를 쓰다듬으시는 것이 아닌가. 지나치는 선생님들은 어김없이 출석부로 내 머리를 한 대씩 때리고 다니셨는데, 나는 처음으로 다른 사람에게서 그런 호의를 받았다. 그렇게 따스한 눈으로 나를 바라보는 사람은 처음이었다. 무언가 가슴이 울컥했다.

알고 보니 그분은 공민 과목 선생님이셨다. 당시는 사회시간을 공민 시간이라고 했는데, 그분은 얼굴도 잘 몰랐던 공민 선생님이셨다. 그 이후로, 나는 공민 시간에만 수업을 들었다. 시험공부도 공민 과목만 했다. 그냥 그 선생님이 정말 고마웠다. 영화 〈친구2〉에서처럼, 어른 남자가 내 편을 들어준 것은 그분이 처음이었다. 공민 과목을 공부하면서 나는 내가 공부를 잘하던 아이였다는 것을 생각해냈다. 초등학교 3학년 때도 공부를 잘했었는데, 집을 나오면서 나는 패배감에 사로잡혀 더 이상 나 자신을 위해 아무 노력도 하지 않았다. 그러나 곧 여름방학이 시작되었고, 같이 어울리던 친구들은 모두 송도해수욕장으로 가서 여름을 났다. 우리에게 심부름시키던 동네 조직폭력배 형들이 송도해수욕장 상권을 장악하고 있었기 때문이다. 그러나 나는 가지 않았다. 가면 여름 내내 먹고 마시면서 신나게 놀 수 있었지만, 그러고 싶지 않았다.

2학년 여름방학이 시작되자마자 나는 시립도서관에 가서 공부하기 시작하였다. 당시 시립도서관은 20~30원만 내면 밤에도 공부할 수 있었기 때문에 딱히 집이라고도 할 곳도 없는 나에게는 공부에 매달리기에는 최적의 장소였다. 마침내 여름방학이 끝나자마자 예고 없이 치른 시험에서 학급 5등을 했다. 겨우 한 달 남짓한 시간이었는데 5등을 하고 보니, 내가 공부를 잘할지도 모른다는 생각이 들었다. 그러나 선생님들은 그렇게 생각하지 않으셨다. 나는 교무실에 불려가 담임선생님께 추궁당했다. 커닝했는지, 다른 친구 걸 보고 베꼈는지, 빨리 대라는 것이었다. 억울했다. "아니다, 내가 시립도서관 가서 공부를 조금 했다"라고 몇 번을 얘기해도 들은 척하지 않으셨다. 순간, 참을 수가 없었다. 나는 교무실 유리창을 모조리 깨부수고 운동장을 가로질러 나왔다. "그래! 이깟 학교 때려치우면 그만이다." 열심히 공부한 나를 칭찬해주기는커녕 의심부터 하는 선생님이 너무 싫었다. "나도 당신 같은 선생님, 이런 학교 필요 없다!" 그렇게 교문을 나서려는 순간 나를 쫓아오신 공민 선생님께서 나를 돌려세우시더니 따귀를 때리셨다. "너 왜 이렇게 비겁하냐? 억울한 게 있으면 결백을 증명해야지. 이렇게 피하면 되냐?" 선생님은 그렇게 또, 나를 처음으로 붙잡아주셨다. 집을 나가도 붙잡아주지 않던 아버지가 생각났다. 나는 선생님 앞에서 고개를 떨구고 눈물만 뚝뚝 흘렸다.

　며칠 후 선도위원회가 열렸고, 퇴학 처분은 공민 선생님의 도움으로 무기정학이 되었다. 그때부터 나는 죽자사자 공부했다. 먹고 살기 위해 돈을 벌어야 했으니, 배달이고 뭐고 돈이 되는 일이라면 닥치는 대로 하면서도, 틈틈이 책을 봤다. 선생님 말씀대로 내 실력을 증명해 보여야 했다. 그리고 중학교 3학년이 되어 나는 중간고사에서 전교 수석을 했고, 그렇게 우등으로 졸업했다. 나는 공부도 하면 되는 거라는 걸 알게 되었고, 스스로 자신감이라는 것을 가지게 되었다. 먹고 사느라 닥치는 대로 일하고, 남는 시간에는 동네 불량배들과 어울리면서 되는 대로 살던 내가 공부를 통해 자존감을 가지게 된 것이다.

그렇게 해서 나는 서울에 있는 최고의 명문 고등학교에 지원했지만, 시험에서 떨어졌다. 낙담하고 있던 내게 공민 선생님께서 당신의 모교인 양정고등학교가 후기 선발이니 한번 지원해보라고 하셨고, 나는 입학시험을 치르고 합격하여 양정고등학교에 입학하게 되었다. 조직폭력 서클에서 탈퇴하려는 내 마음을 돌리기 위해 같이 놀던 형들과 친구들이 학교 끝날 때쯤이면 어김없이 찾아와 나를 회유했다. 웬만한 말로는 설득이 되지 않자, 형들과 친구들은 나를 으슥한 곳으로 끌고 가서 허구한 날 사정없이 때렸다. 하지만, 자존감을 찾은 내가 다시 그 세계에 들어갈 리 만무했다. 매일같이 찾아와 나를 때리던 형들과 친구들은 결국 나를 놓아주었다. 놓아주는 조건으로 내 손등에 형들이 칼로 새긴 조직 이름의 첫 알파벳 'T'자는 아직도 내 손에 주홍글씨처럼 남아있다.

다시 돌이켜봐도, 어떻게 그렇게 어린 나이에 혼자 살아낼 수 있었을까 싶지만, 그렇게 길거리에 홀로 버려지지 않았다면 절대 알 수 없었을 소중한 것들도 있다. 아무에게도 기대하지 않고, 내가 모든 걸 알아서 하는 것. 그저 자립심 강한 아이 정도로는 흉내조차 낼 수 없을 현실의 절박함이 내겐 있었다. 누구의 도움도 바라서는 안 되었다. 내가 할 수 있는 일이면 하고,

할 수 없는 일이라면 절대 바라서도 안 되었다. 그리고 사람은 누구나 다 똑같다는 사실도 나는 너무 어린 나이에, 너무 잘 알게 되었다. 길거리를 배회하는 불량배 형들이나 여인숙 옆방에 살던 술집에 나가는 누나들도 우리와 다 똑같은 사람이다. 그들이 삶의 무게를 이기지 못하고 잘못된 선택을 했다는 것은 분명하지만, 인생에서 선택의 기회는 여러 번 오고, 사람은 누구나 변할 수 있으며, 현재 그 사람이 어떤 모양을 하고 있더라도 본질은 다 같은 사람이라는 것을 나는 책으로 배운 것이 아니라 아주 어린 나이에, 냉정하고 절대적인 현실 속에서, 배우고 알게 되었다.

시(詩)가 내 삶으로 들어왔다

어쨌든, 그렇게 공부를 통해 나는 완전히 새로운 인생을 살게 되었다. 내 인생에서 '시(詩)'를 만난 것도 그때쯤이다. 고1 때 우연히 들어간 신문반에서 내가 쓴 글을 눈여겨보던 선배들이 내게 문예반에 들어오기를 권했고, 나는 고등학교 1학년 2학기 때, 당시 서울 시내 문예반 아이들의 연합 동아리였던 '향우문학회'에 가입하게 되었다. 당시 향우문학회에서 활동하던 선후배 중에는 우리나라 문단의 걸출한 시인과 소설가가 여럿 배출되었는데, 그렇게 '시'를 알게 되면서 내 인생은 완전히 달라졌다.

서라벌예대는 서울대 문리대와 더불어 한국 문학의 사관학교라고 불릴 정도로 막강 문맥(文脈)을 자랑하는데, 김주영, 천승세, 유현종, 김원일, 이문구, 조세희 등 한국 문단을 대표하는 수많은 문인이 서라벌예대 문예창작과 출신이다. 그런데 당시 서라벌예대 문창과 선배들이 학교 끝날 때쯤 양정고 앞으로 찾아와 연배가 어린 나를 '김형'이라고 부르며, 함께 막걸릿잔을 기울이며 문학에 대해 밤늦도록 토론할 만큼 나의 시는 인정받았다. '문학의 밤'에 자리하신 박목월 선생께서 "김승국의 시는 동년배에서 최고의 수준이다."라며 칭찬해주시기도 했고, 박목월 선생께서 집으로 직접 나를 부르셔서 밥을 먹이시기도 했고, 1969년, 그러니까 고등학교 2학년 때 내가 쓴 〈이상의 오감도에 대한 분석〉이 신문에 실리기도 했을 만큼 나는 시인으로서의 가능성을 인정받았다.

나의 시집 『쿠시나가르의 밤』에도 실린 「거리에 서서」라는 시는 고등학교 때 쓴 시 중 하나다.

> 겨울나무 밑에서 하늘을 보면
> 하늘은 갈가리 찢기고
> 무의식의 헛간에
> 철근이 어지럽게 쌓인다.
> 바람에 찢기는 마음의 살점.
> 한 평도 차지할 수 없는
> 이 거리는
> 언제까지나 낯설고 추울 것인가.
> 창백한 거리,
> 시려운 세상에
> 시려운 가슴을
> 가난한 두 손으로 녹이면서,

땅속에 몸을 심고 서 있는 나무같이

안주하고픈 겨울 오후,

낙엽은

저마다 한 움큼의 소리를 움켜쥐고

아스팔트 위를 뒹굴고 있다.

온갖 좌절과 절망, 두려움과 상실감을 나는 시에 그렇게 토해냈다. 서러운 나의 유년 시절을 보상받기라도 하려는 듯 나는 또 쓰고, 또 썼다. 시를 읽고, 시를 쓰는 것만큼 나에게 위안이 되는 것은 없었으며, 시를 통해서 나는 비로소 나 자신을 사랑하게 되었다. 공부를 통해 깨닫게 된 자존감은 시를 통해 극대화되었다. 나는 더 이상 내 삶이 비참하지도, 나 자신이 형편없게 여겨지지도 않았다. 나는 시를 통해 자신을 스스로 귀하게 여기는 법을 알게 되었으며, 사람들을 사랑하는 법을 알아가게 되었다.

고등학교 1학년 때, 딱 한 번 아버지를 찾아간 적이 있다. 사는 게 너무 힘들어서 부대로 찾아간 나를 아버지는 울먹이며 반갑게 맞아주셨다. 그리고는 집에 가 있으면 아버지가 일을 끝내고 갈 테니 가서 기다리라고 하셨다. 새어머니의 눈총을 받으며, 그렇게 몇 시간을 기다린 아버지는 그러나 끝내 들어오시지 않았다. 아직도 그때 내 마음이 어땠는지 다시 떠올리기조차 싫을 만큼, 나는 깊은 상처를 받았고, 그렇게 내 마음속에서 아버지라는 존재를 지워버렸다. 그 이후로 나는 한 번도 아버지를 본 적이 없다. 작년에 아버지가 몇 해 전 돌아가셨다는 얘기를 우연히 전해 들었어도 아무런 회한도 남아있지 않을 만큼, 아버지는 내게 그런 존재다.

시를 통해 자존감을 찾게 되었지만, 자존감이 밥을 먹여주지는 않았다. 나는 고 3이 되었고, 중학교 1학년 때부터 그랬듯, 내 밥벌이는 내가 해야 했다. 대학이라는 건 내겐 너무 사치였지만, 공부하고 싶다는 욕심에 나는 야간대학인 국제대학에 들어갔다. 그리고는 공무원 시험을 봐서 지금의 기상청인 관상대에서 공무원 생활을 잠깐 했다. 그러다 선배의 권유로 월간 『공간』의 편집부 기자로 일하게 되었다. 1966년에 창간된 공간지는 우리나라 문화예술의 담론을 주도해온 종합 예술지로, 당시 몇 명 안 되는 기자들이 매월 잡지를 발행한다는 것이 여간 어려운 일이 아니었다. 하지만, 문화예술전문잡지 기자로서의 프라이드는 엄청났다. 나는 그 시기에 음악, 미술, 건축, 문학을 가리지 않고 많은 작품을 접하고, 논하고, 습작했다.

　　아내와 결혼을 한 것도 그즈음이었다. 결혼식 날, 아침에 일어나 혼자 미역국을 끓여 먹고 식장으로 가던 일이 생생하다. 그즈음, 나는 혼자 사는 게 지긋지긋했다. 외로움이 징그러웠다. 화목한 가정을 꾸리며 살고 싶었다. 결손가정에서 자란 사람들은 불행을 대물림한다는 얘기가 잘못된 것이라는 걸 증명해 보이고 싶다는 강박도 있었던 것 같다. 그러기 위해서는 될 수 있으면 양보하고, 존중하고 배려해야 했다. 아이들에게 좋은 아버지가 되기 위해 아이들 어릴 때부터 학부모 모임에도 직접 가고, 많이 관심 가지려고 노력했고, 아내에게 든든한 남편이 되기 위해 지금은 작고하신 장인, 장모님과 아내의 형제들에게도 많이 마음 쓰고, 책임감 있는 가장이 되기 위해 노력하였다. 다행히 아이들도 잘 자라주었고, 아내도 지금은 작고하신 어머님을 모시고 살면서 큰 불평 없이 내 곁을 지켜주었으니 감사할 따름이다.

국악과의 인연이 시작되다

잡지사 기자로 정신없는 세월을 보내던 어느 날, 당시 서울국악예술중·고등학교에서 교사로 있던 친구가 학교에서 하는 공연 티켓을 학생들 편에 보내왔다. 그때 나는 클래식에 심취해 있었고, 국악은 어딘가 격조가 떨어지는 것 같기도 하고, 전혀 흥미가 없었지만, 친구가 학생들까지 동원해 오라고 한 자리여서 마지못해 참석했다. 그리고 그 자리에서 나는 큰 문화적 충격을 받았다.

국악이라고 해봐야 라디오 채널을 돌리다 우연히 듣게 되는 타령이나 민요가 전부였던 나는 그날 학생들이 연주하는 대취타, 종묘제례악 등을 접하며 국악에서 느껴지는 격조와 품격에 완벽히 매료되었고, 그런 연주를 하는 국악예고 학생들이 정말 대단해 보였다. "이런 음악을 하고, 이런 음악을 하는 아이들을 가르친다면 얼마나 행복할까?" 그 가치를 전혀 모르던 국악에 흠뻑 빠진 나는 대뜸 그런 생각을 했고, 마침, 내 옆자리에 앉아계시던 국악예고 교장 선생님께 그런 나의 마음을 그대로 전했다. 교장 선생님께서는 웃으시면서 내게 전화번호를 적어달라고 하셨다. 나는 대학에서 영어교육학을 전공하고 교직을 이수했었다. 영어를 배워두면 돈벌이에도 도움이 될 거라는 생각으로 선택했던 전공이었지만, 내가 영어 교사가 되리라고는 한 번도 생각해본 적이 없었다. 공연을 본 것이 11월 즈음이었는데, 겨울이 지나고 몇 달 후, 국악예고 교장 선생님으로부터 연락이 왔다. 우리 학교에 영어 선생님 자리가 비니 한번 와보지 않겠느냐는 것이었다. 그렇게 해서 나는 서울국악예술중·고등학교 영어 선생님이 되었다.

'시'를 만난 이후로 또 한 번 내 인생을 바꾼 '국악'과의 인연은 그렇게 시작됐다. 나는 아이들과 행복한 학창 시절을 보냈다. 가난한 외톨이로 늘 겉돌고 자신 없는 학생이었던 나는 공부에는 전혀 취미가 없는 학생이 한심해 혼만 내는 선생님이 아니라 아이들에게 진짜 친구 같은 선생님이 되어주고 싶었다. 그리고 내가 한국인이면서도 국악이나 우리 전통문화에 너무 문외한이라는 사실에 대해 깊이 반성했다. 당시 최대 규모의 책방이었던 종로서적이나 영풍문고에 가서 국악에 대한 서적을 구매하여 공부하고자 했으나 국악 관련 서적은 너무나도 빈약하였고 특히 민속악과 전통연희에 관한 서적은 찾아보기 어려웠다. 당시 우리 학교에는 민속악과 전통연희 관련 인간문화재급 선생님들이 다수 출강하셨다. 나는 이분들로부터 우리 민속악과 전통연희에 대해 깊이 있는 대면 학습을 할 수 있는 행운을 갖게 되었고, 더 체계적으로 공부하기 위해 문화예술 대학원에 진학했다.

내가 국악을 학문적으로 공부하는 데에 결정적인 영향을 주신 분은 내 인생의 두 번째 스승이신 홍윤식 박사님이다. 홍윤식 박사는 내가 서울국악예술중·고등학교 교감으로 있을 때 교장으로 부임하셨는데, 우리나라 전통 예술계의 거목이신 박사님께서는 전문적 역량과 예술적 안목을 높이기 위해서는 연구하는 자세와 끊임없이 정진하는 태도가 필요하다고 하시며, 대학원에 진학해 더 공부해야 한다고 하셨고, 틈날 때마다 내게 우리 전통 예술에 대해 많은 이야기를 해주셨다. 박사님은 문화예술 분야만이 아니라 나의 인생 전반에 걸쳐 아버지 같은 멘토가 되어주셨고, 사모님 역시 내게 어머니 같은 사랑을 베풀어주셨다.

당시 교직 생활할 때 제자 중에는 오정해가 기억에 가장 남는다. 〈서편제〉로 스타가 된 소리꾼 오정해는 중학교 때 이미 전주대사습놀이 학생부 판소리 경연에서 금상을 차지하고, 고등학교에 다닐 당시는 김소희 명창 집에 기숙하며 문하생으로 있었다. 어린 나이에 집을 떠나 살아서 그랬는지, 정해는 늘 조용하고 말이 없었다. 어딘가 그늘져 보이는 정해의 모습에서 나는 나의 어린 시절을 자주 떠올렸고, 어떻게든 정해에게 힘이 되어주고 싶었다. 공부 잘하고 잘사는 애들은 이상하게 눈에 잘 안 들어왔다. 내 눈에는 가난한 아이들, 학교에 마음 붙이지 못하는 아이들만 보였다. 나는 연습실에 늦게까지 남아 연습하는 아이들에게 커피도 타 주고 라면도 끓여주며, 아이들과 늘 함께 지냈다.

　학교에 있으면서, 나는 우리 학교가 사립학교라는 것이 늘 마음에 걸렸다. 그때는 학생 중에 집안이 어려운 아이들이 참 많았고, 국립학교라면 아이들이 더 많은 혜택 속에서 마음껏 소질을 키워갈 것이라는 생각에 나는 학교 국립화 작업을 주도적으로 추진해나갔고, 2008년 우리 학교는 드디어 국립전통예술중·고등학교로 이름을 바꾸고 국립학교가 되었다.

　내 학교처럼 생각하며 오랜 세월, 학교를 국립화하는 일에 올인했지만, 나는 30년간 나의 모든 것을 바쳤던 학교를 떠날 수밖에 없었다. 그러나 아무런 미련도 없었다. 어릴 때부터 습관이 되어서인지 나는 다른 사람이나 내가 한 일에 대해 아무 기대도 하지 않는다. 그저 나에게 주어진 일, 내가 해야 한다고 생각하는 일을 할 뿐이다. 비즈니스에서도 마찬가지다. 서로에게 좋은 일이면 하는 것이고, 그렇지 않으면 할 수 없는 것이다.

사람들은 내게 어떻게 그 많은 일들을 해냈느냐고 묻곤 한다. 나는 나의 특별한 능력 때문이 아니라, 내가 아무것에도 기대하지 않았기 때문이었다고 대답하고 싶다. 기대는 욕심에서 비롯되고, 어그러진 기대는 원망을 낳는다. 그렇게 감정적으로 일을 하게 되면, 나중엔 일 그 자체의 의미는 퇴색되고, 상처뿐인 어리석은 인간만 남는다. 나는 학생들을 위해 내가 해줄 수 있는 일을 했을 뿐이고, 우리의 전통예술을 위해 해야 할 일을 했을 뿐이다.

국악 전문가에서 예술경영 전문가 대열에 진입하다

국립전통예술고 교사직을 떠나 사단법인 전통공연예술연구소를 설립하여 소장으로 취임하여 정부 및 광역의 연구용역을 수주하여 연구원들과 함께 그 일을 수행하였다. 한편으로는 문화재위원으로 일하면서도 우리 전통의 명맥을 이어가는 가난한 예술인들의 삶을 개선하는 일과 발표 무대를 만들어주는 일에 앞장섰다. 그러다 얼마 지나지 않아 노원구에 소재한 노원문화예술회관 관장으로 취임하였다.

노원문화예술회관 관장으로 취임하여 대공연장과 소공연장에 서울 25개 자치구 중에서 가장 양질의 다양한 장르의 기획공연을 기획하여 단기간 안에 브랜드를 구축하고, 교직에서의 경험을 기반으로 사교육이 아닌 공교육 안에서 아이들이 양질의 문화예술 교육받게 하면 좋겠다는 아이디어에서 시작해 '교과서 예술여행'이라는 프로그램을 만들었다. 학생들이 교과서에서 배우는 여러 가지 예술에 대해 창의적 체험활동과 연계하여 학생들이 노원문화예술회관 대공연장에 와 공연 감상과 체험을 통하여 예술 교육을 받도록 하는 것인데 학생들, 선생님들, 학부모님들로부터 모두 큰 호응을 얻어 성공적인 프로그램으로 자리 잡게 되었다.

그뿐만 아니라 내가 기획한 '노원탈축제'는 누구나 평등하다는 탈의 상징성을 기본 콘텐츠로, 일반적인 구경하는 축제가 아니라 지역 주민이 함께하고, 함께 즐기고, 미래로 나아가는 동력을 창출하고자 주민이 축제의 주체가 되도록 기획하여 첫해에 26만 명의 지역 주민들이 참가하는 행사로 시작해 해를 거듭하여 오늘에 이르고 있다.

노원문화예술회관 관장으로 성공적인 업무 수행과 성과를 대외적으로 인정받았는지 정부로부터 전국 지자체마다 소재한 모든 문화예술회관을 지원하는 문체부 산하 한국문화예술회관연합회 대표로 부임해달라는 요청이 왔다. 한국문화예술회관 대표로 부임한 이후 지역의 문예회관들이 지역의 문화거점으로서 성공적인 역할을 할 수 있도록 역량 강화에 힘썼고, 그를 뒷받침할 수 있는 재원을 확보하는 데 최선의 노력을 다하였다.

그 후 수원문화재단 대표로 자리를 옮겼다. 수원문화재단의 규모는 어느 다른 지역보다 컸다. 문화재단으로서의 기본적 책무 이외에도 세계문화유산인 수원화성을 중심으로 한 관광사업, 남문시장 등 전통시장 활성화 산업, 정조대왕 화성행궁 어가행렬 행사, 수원시민을 위한 에어쇼, 세계패션모델 페스티벌 등 굵직굵직한 축제사업을 추진하였다. 이러한 일들이 나의 역량을 더욱 튼튼하게 해주었다.

그 후 다시 노원구로 돌아와 노원문화재단을 설립하고 초대 상근 이사장으로 취임하여 재단 직원들과 힘을 합쳐 단기간 내에 재단의 안정화를 이루고 브랜드를 구축하였다. 그리고 재단 설립 만 2년 만에 문체부로부터 전국최우수 문화재단으로 선정되어 수상하는 영예를 얻었다.

　이처럼, 일의 본질에만 집중하면 성과는 저절로 따라오게 되어 있다. 나는 모든 일을 교과서적으로 원칙과 방향성을 분명히 하고, 일을 진행하는 과정에서 어떠한 꼼수도 쓰지 않는다는 두 가지 원칙을 분명히 지킨다. 그렇게 해야, 모든 일이 더 분명해지고, 더 즐거워지며, 누구와도 함께 할 수 있는 것이다. 나는 앞으로도 이러한 원칙들에 충실하며 내가 일하는 곳이 지역 문화예술의 거점이 될 수 있도록 다양한 공연, 전시, 교육 프로그램들을 운영하고, 거기에서 그치는 것이 아니라 새로운 콘텐츠를 개발하기 위해 많은 구상을 체계화시켜나갔다.

　생각과 뜻이 같고, 서로 좋은 효과를 나눌 수 있는 사람이라면 누구와도, 어느 곳과도 협업하며, 한 명이라도 더 많은 사람이, 한 살이라도 어릴 때부터, 문화예술을 가까이하는 삶을 살 수 있도록 하는 데에 나의 열정과 능력을 다하고 싶다. 그리하여, 예술도 인생도 내려놓음을 통해 완성된다는 만고의 진리를 잊지 않는 냉철함과 창가에 이는 미풍에도 감사와 사랑을 느낄 줄 아는 시인의 마음으로, 내 삶에서 시가 그랬듯, 음악이 그랬듯, 그대들의 삶에도 문화와 예술이 위로가 되고, 그럼에도 불구하고 다시 꿈꾸는 삶을 살게 하기를⋯⋯.

2

문화예술 기획자로 살아가려는
젊은이들에게 주는 충고

　요즘 들어서 나의 역할에 대해 많이 생각한다. 나이가 든 탓일 것이다. 나의 과거를 돌이켜보면 파란만장했다. 마치 영화 한 편을 보는 것 같다. 오랜 세월 문화예술계에서 일하다 보니 거칠 역할은 대부분 다 거친 것 같다. 고등학교 습작기부터 시(詩)를 쓰기 시작하여 문단 등단을 거쳐 지금까지도 시를 쓰고 있다. 시집 몇 권을 내었으나 대중들의 관심을 끌지는 못하였다. 20대에는 한때 연극을 한답시고 동분서주한 적도 있었다. 본격적인 문화예술계 활동은 70년대 국내 최고의 품격을 자랑하는 예술·건축 종합잡지『공간(空間)』의 기자 생활부터로 볼 수 있다.

　『공간』은 우리나라 현대 문화예술사를 새로 쓴 세계적인 현대 건축가이자 '공간 그룹'을 이끌었던 고 김수근(1931~1986) 선생이 창간한 전문잡지이다. 당시 '공간'은 우리나라 건축계의 인재들을 직원으로 채용하여 건축계를 선도하면서 굵직굵직한 건축 설계 일을 도맡아 하였으며, '공간사랑(空簡舍

廊)'이라는 소극장을 운영하며 우리나라의 공연예술을 선도하였다.

2년간의 짧은 기자 생활이었지만 『공간』에서 축적된 지식과 경험은 내가 예술계에 활동하는데 밑바탕이 되었던 것 같다. 내가 『공간』에서 일하던 시절에 그곳에서 '김덕수 사물놀이'와 공옥진의 '병신춤'이 만들어졌다. 그리고 오태석의 1인극 '약장수'가 만들어지고 오늘날 현대무용의 기반이 그곳에서 만들어졌다. 오늘날 문화기획자의 대부로 알려진 고 강준혁 선생도 당시 나와 함께 『공간』에서 일을 하였다.

그 후 예술고등학교에서 교편생활을 시작하여 적지 않은 세월 동안 훈장 노릇을 하였는데, 그것이 인연이 되어 주 전공이 영어영문학에서 국악이론과 예술경영으로 바뀌게 되어 지금도 전문가 행세하고 있다. 교직 생활을 그만둔 후 '(사)전통공연예술연구소'를 창설하여 중앙정부나 지역의 굵직굵직한 각종 연구용역 사업을 맡아 수행하였고 공연사업도 맡아 주관해 본 적도 있었다.

그 후 지역 문화재단이나 문예회관의 CEO로도 일해보았고, 문화부 산하 공공기관 대표도 거쳤다. 문화예술 관련 대학이나 대학원에서 겸임교수로 전통연희론, 민속학 개론, 예술경영, 예술행정, 문화콘텐츠 등 여러 강좌를 맡아 강의도 해보았고, 정부의 전통예술 진흥정책 수립에도 참여해 보았다.

국악 분야에 많은 연구를 하였기에 무형문화재 위원으로서 무형문화재 종목 발굴이나 종목 지정, 그리고 예능 보유자 인정 일을 지금도 하고 있다. 또한 국가 주도의 축제뿐만 아니라 지역 축제의 산파역을 맡기도 했고, 직접 예술 감독을 맡아 축제를 주도해 보기도 하였다. 웬만한 일은 다 거친 셈이다. 이제 또다시 어떤 중책을 맡아보겠다고 나선다면 노욕(老欲)으로 비칠 수 있으니 경계해야 한다.

이제는 내가 새로운 무엇을 맡기 위해 나서기보다는 후배들이 중책을 맡을 수 있도록 도와주고, 그 일을 성공적으로 수행할 수 있도록 도움을 주는 것이 나에게 어울릴 것이며 옳은 일일 것이다. 더 나아가 대학을 졸업해 나오는 문화예술 관련 젊은이들의 일자리 창출에 앞장서고, 인성이 제대로 갖추어져 있는 인재라면 그들이 두 발로 우뚝 설 수 있도록 조력하며 살려고 한다. 그리고 오랜 세월 동안 내가 축적한 경험과 지식을 아낌없이 젊은이들과 공유하는 일에 무게 중심을 두며 살려고 한다.

그간 젊은 문화기획자들이나 관련 학과 대학 학부생들이나 대학원생들을 대상으로 강연할 때 나는 아래와 같은 요지의 충고를 해주었다. 오랜 문화 현장에서 내가 체득한 경험에서 나온 충고이니 참고해주기를 바란다.

기획

· 문화기획자로서 자부심과 소명 의식을 가져라.
· 문화기획자의 길은 배고픈 길이다. 돈을 벌고 싶으면 하루라도 빨리 떠나라.
· 자신이 실행한 모든 프로그램의 만족도와 인지도를 지속해서 모니터링하라.
· 고객의 마음을 읽고, 동료의 마음을 읽어라.

· 동료와 늘 소통하고, 공유하고, 협업하라.

· 예술의 트렌드 변화에 주목하라.

· 내가 하고, 만드는 모든 것이 브랜드이다.

· 고객에게 감동을 주어라.

· 단골 고객을 기억하고, 극진히 모셔라.

· 내년에 할 일은 올해 기획하라.

· 수익성에 앞서 공익성을 생각하라.

· 예술가들은 우리가 섬겨야 할 왕이다.

· 예술가들을 벗겨 먹으려 하지 마라. 반드시 정당한 대우를 해주어라.

· 손해를 보더라도 신의를 지키고, 약속을 목숨같이 중히 여겨라.

· 끊임없는 자기 계발하라.

· 부하 스텝들을 칭찬하라. 아니면 내보내라.

· 꼼수를 쓰지 마라. 정직한 대화와 정면 돌파는 후환이 남지 않는다.

· 일류 기획자는 직접 하지 않고 남의 힘을 쓰며, 남의 머리를 쓴다.

· 멘토를 섬겨라. 멘토가 없는 사람은 고아이다.

· 늘 메모하라.

· 자기 자신의 경력 관리를 하라. 이력서를 꾸준히 써나가라.

· 자기 자신에게 부족한 점은 머뭇거리지 말고 즉시 보완하라.

· 공부는 평생 하는 것이다.

· 기획 일기를 써라.

· 행사를 마치면 미진한 부분은 신속하게 정리하여 다음 행사에 반영하라.

· 문화예술 공공기관의 공모 시기를 정확히 파악하고 대비하라.

· 무대예술전문인 자격증 취득에 관심을 가져라.

· 공연 및 전시 기획할 때는 반드시 환경 분석을 한 후 전략을 기획하라.

· 아이디어가 떠오르지 않거나 일이 꼬여 있을 때는 나만의 시간을 가져보라.

· 해외 진출 전통 공연 및 전시는 전통적인 것 중에서 세계적인 보편성 있는 작품을 기획하라

· 모든 진행 상황을 문서화하라.

· 기획서는 누구나 이해할 수 있도록 간결하고 명료하게 작성하라.

· 공공기관의 지원 사업 공모 의도를 정확히 파악하라.

· 잘 나가는 예술단체의 제안서를 입수하여 스터디하라.

· 대기업에서 주관하는 문화예술 후원 사업을 파악하고 적극적으로 공략하라.

· 국가문화예술지원시스템에 회원가입(개인, 단체)을 하고 입력 방법을 스터디하라.

· 예술경영지원센터의 예술경영 컨설팅 서비스를 활용하라.

· 살아남기 위해서는 지속적이며 안정적인 문화예술교육 사업에 주목하라.

· 지역 예술가와 주민들의 일을 도와드리는 일이 문화 관련 공공기관 직원이 할 일이다.

제작

· 고객의 목마름에 응답하라

· 관객을 탓하지 마라. 관객은 귀신같이 명품을 알아낸다.

· 좋은 공연, 좋은 작품을 많이 봐야 좋은 공연, 좋은 작품을 만든다.

· 최고의 퀄리티를 추구하는 자에게는 원치 않아도 돈과 명예가 찾아온다.

· 고정관념을 버리고, 자유로운 영혼을 가져라.

· 인접 장르의 사람들과 어울려 기(氣)를 받고 협업하고 상생하라.

· 나만의 색깔을 갖자.

· 작은 작품이라도 명품을 지향해라.

홍보

· 구슬이 서 말이라도 홍보가 안 되면 헛것이다.

· 인적 네트워크를 강화하라. 인맥은 진정성에서 형성되며 곧 재산이다.

· 남의 말을 경청하고 겸손하라.

· 홍보는 그대가 기획한 것의 품격을 결정한다.

· SNS를 잘 활용하라.

· 세상의 변화를 파악하라. 신문은 선생님이다.

· 신문의 문화면은 문화예술 트렌드 파악에 좋은 참고서다.

· 기자별 기사 성향을 파악해 두어라.

· 사진과 동영상 자료를 잘 축적해둬라.

마케팅

· 고객에게 스마트폰이 있다는 것을 잊지 마라.

· 같은 장르의 사람들은 대부분 적이며 경쟁자며, 뒷담화의 명수들이다.

· 아는 것이 힘이다. 문화 관련 법령을 스터디하라.

· 문화예술 소비자의 니즈를 통계자료와 설문조사를 통하여 정확히 파악하라.

아울러 문화기획자로서 모범적인 생을 살다 간 강준혁(1947~2014) 선생이 문화기획자가 되고자 하는 젊은이들에게 남긴 글도 함께 소개한다. 나도 강 선생의 글에 깊이 공감하고 있다. 여러분에게 크게 참고될 조언이다.

- 예술을 사랑하라. 그리고 예술가를 존중하고 아껴라.
- 자신의 기획이 예술을 훼손시키고 예술가를 소모시키는 일이 되지 않게 하라.
- 기획하고자 하는 일을 완벽히 이해하고 가치를 인식하라. 모든 손실은 분명하지 않은 의도에서 비롯된다.
- 기획함에 있어 사회와 나라, 그리고 세계에 이익이 되게 하라. 이를 버릴 때부터 길은 비뚤어지게 마련이다.
- 기획함으로 이름을 빛내려 하지 마라. 진정한 명예란 결코 쫓는 사람에게 붙들리지 않는다.
- 자신의 발전을 항상 꾀하라. 그러나 지식에 빠지지는 마라. 지식이 부족하면 보충하되 과잉하거든 신중하라.
- 앞서가는 예술가를 가까이 하라. 그러나 무모한 예술가는 멀리하라. 앞서감과 무모함이 백지 한 장 차이임을 항시 기억하라.
- 대중과 목마름을 같이 하라. 대중의 취향을 탓함은 대체로 질적인 면에서의 결함이나 홍보의 실패를 감추려는 짓이다.
- 과정을 완벽하게 하라. 실제가 완벽해 질 수는 없기 때문이다.
- 남이 할 일을 자기가 하려 하지 마라.
- 매스미디어를 매수하려 하지 마라. 그보다 항상 매스컴을 돕는 마음을 가져라.
- 비평가에게 아부하거나 또는 그들을 매수하려 하지 마라. 이에 넘어가는 비평가의 글은 결코 참되지 않기 때문이다.

3

지역문화재단 직원 십계명

내가 지역 문화재단 직원들에게 입버릇처럼 하는 십계명이 있다.

첫째, 주민을 진심으로 섬기고, 그들의 목마름에 응답하라.

둘째, 독단으로 기획하여 지역 예술가들과 지역민에게 따라 달라고 하지 마라.

셋째, 지역 예술가들과 지역민이 자발적으로 하는 예술 행위가 뿌리를 내리고 열매를 맺을 수 있도록 열심히 도와라.

넷째, 예술가를 진심으로 존중하고 대하라.

다섯째, 우리가 하는 기획이 예술가의 예술을 훼손하게 해서는 안 된다.

여섯째, 작더라도 명품을 지향하라.

일곱째, 예술 행정의 완성은 홍보임을 잊지 마라.

여덟째, 아주 사소한 것일지라도 정책고객에게 감동을 주는 문화행정을 하라.

아홉째, 따라 하지 마라. 고정관념을 버리고, 늘 창의로운 시선으로 기획하라.

열째, 혼자 할 수 있는 것은 없다. 늘 동료를 배려하고 진정성 있게 대하라.

이것만 잘 지키면 훌륭한 문화재단 직원이다.

4

지역문화재단 직원의 진정성

전국의 자치구 문화재단들은 인력, 재원 등에 있어 서로 편차가 크기는 하지만 대부분 열악한 조건 속에서도 저마다 최선의 노력을 하고 있다고 생각한다.

그러나 자치구 주민들의 만족도는 자치구마다 큰 차이를 보인다. 지역 자치구 문화재단의 사업예산이 너무도 열악하여 지역의 문화복지를 구현하고자 하는 의지는 있어도 일을 할 수 없는 문화재단도 많으나 지역문화재단이 얼마나 진정성 있게 주민들과 지역 예술가들에게 다가가고 있는가가 만족도의 차이를 결정짓는다고 생각한다.

대부분의 문화재단 직원들은 치열한 경쟁을 뚫고 입사한 직원들이라 개인적으로 살펴보면 대부분 훌륭한 인재들이다. 그래서인지 재단 직원들이 지역의 주민들이나 예술가들에게 자신들이 판을 짜고 기획한 것을 따라오라는 우를 범하기 쉽다.

오히려 재단 직원들은 주민들이나 예술가들의 문화 활동이 뿌리를 내리고 가지를 뻗어 열매를 맺을 때까지 달려가서 물뿌리개를 갖고 달려가 물을 부어드리고, 지지대를 세워 드리는 도우미의 역할을 기꺼이 해드려야 한다.

또한 지역 예술가들을 진정으로 존중하고, 재단 직원들이 실행한 것이 지역 예술가들의 예술을 훼손해서는 안 되며, 주민들의 문화적 목마름에 응답하는 자세를 견지할 것이며, 생활예술을 하는 주민들이 생활예술의 공간을 만들어 드리고 발표의 장을 제공하는 일에 전념해야 한다.

이성 관계에 있어 사랑한다는 말을 밥 먹듯이 한다 해도 상대방이 자신을 사랑하지 않는지는 느낌으로 다 알듯이 지역 주민들이나 예술가들은 자신들의 자치구 문화재단 직원들이 자신들을 진정으로 사랑하고 헌신하려 하는지 다 안다.

5

지역문화재단, 교과서에 충실하라

지역문화재단은 지역문화의 거점

지역문화재단은 기존의 문화예술회관의 역할과 기능뿐만 아니라 지역 문화예술의 거점 기관으로서, 지역 문화정책 개발의 싱크탱크로, 지역 문화 생태계 육성의 촉매자로, 행정과 민간을 매개하는 중간지원자로, 지역 내 문화 주체들 간의 연대와 협동의 조정자로서 임무를 수행해야 한다.

다시 말해 지역문화재단은 주민에 의한, 주민을 위한, 주민의 문화를 창조하는 허브의 역할을 해야 한다. 또한 문화적 창의력으로 지역을 혁신하는 문화정책 수립기관이자 실행 기관으로 기능을 하여 문화적 선순환 생태계를 만들어가는 지역의 문화 동력기관으로의 임무를 수행해야 한다.

또한 지역문화재단은 주민들이 함께하는 삶의 구체적인 터전인 지역의 문화를 특성화하고 진흥하여 지역주민 간의 관계와 소통, 공유, 연대를 매개하여 지역사회의 갈등과 문제점들을 완화해주는 역할을 해야 한다. 그리고 공동체 소생을 위한 마중물 임무를 수행하여 지역의 제반 문제들을 해결하기 위해 주민들의 창조성이 발현될 수 있는 조건과 환경 만들기를 수행해야 한다. 아울러 지역의 문화경제·순환 경제 육성을 위해 문화적 창조 활동과 사회적 생산 활동을 통합하여 지역의 새로운 일자리를 창출할 수 있도록 지역문화 경제 인큐베이터의 임무를 수행해야 한다.

교과서에 적힌 지역문화재단의 여덟 가지 책무

이에 지역문화재단은 다음과 같은 여덟 가지 책무를 다해야 한다.

첫째, 문화예술 중장기 발전계획을 수립하고, 자체적으로 문화예술사업을 발굴하고, 한편으로는 중앙정부나 광역 문화재단의 공모사업을 확보하는 등 문화예술 가치의 사회적 선순환을 위한 진흥정책개발과 프로그램 개발에 힘써야 한다.

둘째, 지역의 문화공간 간 네트워크를 구축하고, 문화공간 기획 프로그램을 증대하며, 지역의 문화자원과 문화재를 활용한 자체 콘텐츠를 개발하는 등 지역 문화자원 활용을 극대화하는 플랫폼의 역할을 해야 한다.

셋째, 지역을 문화적으로 변화시켜나가는 데는 하드웨어나 소프트웨어의 구축과 재원 확보도 중요하지만 결국 사람이 지역을 변화시켜 나가는 것이기 때문에 지역의 권역별 문화 매개 인력을 발굴·육성하고 네트워킹하는 것이 중요하다. 또한 문화예술인(단체) 보조금 지원·후원사업을 강화하는 등 지역 문화예술인의 가치를 높이는 역량 강화와 지원에 힘써야 한다.

넷째, 생애주기별 문화프로그램을 개발하고, 기초 문화예술교육을 지원하고, 지역문화 기반 문화프로그램을 개발하는 등 문화 역량 증진을 위한 문화예술교육에 힘써야 한다.

다섯째, 지역 축제 및 행사 주관 및 네트워크 관리를 하고, 다양한 문화 향유 콘텐츠를 개발하고, 시민 문화민주주의의 실현을 통하여 문화 향유 기회 증진에 힘써야 한다. 자치단체와 지역문화재단, 그리고 주민과 지역 예술인들이 함께하는 문화공동체 협의체를 구성하여 기획 단계에서부터 함께 지역의 문화정책을 수립하고, 함께 수행하여야 한다.

여섯째, 권역별 문화예술거점 공간 확보와 권역별 문화생태계의 활성화를 통해 행복 도시를 조성해야 할 것이다. 이를 위해, 주민의 자발적 문화 커뮤니티 확산, 생활문화공동체 구현, 지역 내 생활문화 확산, 생활예술 동아리 활동 등의 지원과 육성에 힘써야 한다. 공동체 형성의 핵심인 지역 문화 일꾼양성을 위한 지역문화 역량 강화와 네트워크 구축에도 힘써야 한다.

일곱째, 지역문화재단으로서 창의적인 조직을 운영하고, 합리적인 예산 운영으로 효과를 극대화하고, 감성 서비스로 고객을 감동하게 하는 등 창의적이고 역동적인 조직, 감동을 주는 감성 서비스를 시민에게 제공해야 한다.

마지막으로 여덟 번째, 지역의 문화예술회관을 관리 운영하는 지역문화재단은 지역의 문화경제 환경에 적합한 문화예술회관의 명품 공연·전시, 문화예술교육 향유를 통한 주민의 행복 지수 제고, 제작극장으로서 창작 역량 제고, 학교 협업을 통한 문화예술교육 상시 공간 운영, 다양한 축제와 공연을 통한 일상 속 힐링 문화 제공 등을 위한 문화예술회관 경영의 명확한 핵심 가치(Value Propositon)를 시민에게 제시해야 한다.

이런 중차대한 임무를 수행해야 하는 지역문화재단의 역할은 거스를 수 없는 시대의 요구이고 대세이다. 지역문화재단은 지역 문화예술의 진흥을 통한 주민 문화복지 구현이라는 중차대한 임무가 부여되었다. 문화재단 모든 임직원은 예술인들의 창작활동과 주민들의 생활예술이 있는 곳이라면 어디든 달려가 싹을 틔우고, 뿌리를 내려, 가지를 뻗을 수 있도록 버팀목을 세워 드리고, 물을 주는 물조리개와 같은 역할을 해야 한다.

지역문화재단, 어떻게 성적을 매길까?

최근 들어 기초지자체에서 지역문화재단을 줄지어 설립하고 있는 것은 반가운 일이 아닐 수 없다. 그러나 내용을 들여다보면 막중한 임무를 수행해야 할 기초문화재단에 충분한 전문 인력과 예산이 투입되지 못한 채 무늬만 문화재단인 지역문화재단이 많은 것이 현실이다. 게다가 문화재단을 이끌어 가야 하는 대표나 간부들이 전문성을 갖추지 못한 정치적 배려로 선임되거나 지자체장이나 관(官)이 재단 운영에 지나치게 간여하고 있는 기초지자체가 너무도 많다. 이러한 것은 엄중히 경계해야 할 일이다.

지역문화재단은 지역 문화예술의 기반 구축과 지역민의 삶 속에 꼭 필요한 문화예술 서비스를 제공하여 일상의 문화 향유를 통하여 주민이 행복한 삶을 영위하도록 하겠다는 지속적이고 교과서에 충실한 노력이 필요하다. 그러기 위해서는 사업 영역별로 구체적인 지표를 설정하고, 지속적 평가를 통하여 문화도시로서의 도시경쟁력을 높이고, 지역 예술인들과 지역민들과 함께 '상상 속의 문화도시'가 아닌 '현실 속의 문화도시'로 바꾸어 놓겠다는 확실한 비전을 공유하면서 정진(精進)하고, 또 정진해야 할 것이다.

6

지역문화재단의 독립성과
자율성 확보는 불가능할까?

지역문화재단은 문화예술과 관련된 광범위한 사업을 수행

지역문화재단은 지역 문화예술진흥을 위한 광범위한 사업을 수행하기 위하여 지방자치단체에서 출자·출연하여 설립한 공공 재단이다. 「지역문화진흥법」과 「문화예술진흥법」 등 법률이 정한 바에 따르면 지역문화재단은 지역문화 진흥을 위한 사업의 개발, 추진 및 지원, 지역문화 관련 정책 개발 지원과 자문을 담당한다. 그리고 지역문화 전문 인력의 양성 및 지원, 지역 문화예술단체 지원 및 활성화 사업 추진, 지역문화 협력 및 연계·교류에 관한 업무, 지역 내 공정한 문화 환경을 조성하는 일을 담당한다.

그러한 일 이외에도 공연장 등 공연시설, 박물관 또는 미술관 등 전시시설, 도서관 등 도서 시설, 문학관, 문화예술회관 등 공연시설과 다른 문화시설이 복합된 종합시설, 예술인이 창작활동을 영위하기 위한 창작공간으로서 다중 이용에 제공되는 시설 또는 예술인의 창작물을 공연·전시 등을 하기 위하여 조성된 시설 등 문화시설의 운영 및 관리를 담당한다.

또한 지자체 설립 문화예술단체 운영, 지역축제의 개최, 문화예술의 교육 및 연구, 지역 문화예술진흥을 위하여 지자체장이 위탁하거나 지정하는 사업과 그 밖에 재단의 설립목적 달성에 필요한 사업 등 문화예술과 관련된 광범위한 사업을 수행한다.

위에서 열거한 사업 범위로 보아 지역민에 대한 문화 복지 향상과 과 예술인들의 창작환경 개선에 미치는 지역문화재단의 역할과 기능은 매우 중요하다. 그러한 사업을 성공적으로 펼쳐나가기 위해서는 재단 대표의 탁월한 전문성과 기관 운영 및 정책수행 역량은 필수다. 또한 재단 대표가 부당한 간섭이나 영향력으로부터 자유로울 수 있도록 재단 경영의 독립성과 자율성이 보장되어야 한다.

블랙리스트 사건도 문화기관의 독립성, 자율성이 부족해 빚어진 일

지역문화재단은 지방자치단체로부터 출자·출연된 기관이므로 「지방자치단체 출자·출연 기관의 운영에 관한 법률」을 따라야 한다. 「지방자치단체 출자·출연 기관의 운영에 관한 법률」 제3조 2항에 "지방자치단체는 출자·출연 기관의 자율적인 운영을 보장하며, 공정하고 자유로운 경제 질서를 해치지 아니하도록 노력하여야 한다."라고 명시되어 있어 있다.

그러나 같은 법 25조에 "지방자치단체의 장은 법령인 조례에 따라 지방자치단체가 출자·출연 기관에 위탁한 사업 등에 대해 해당 출자·출연 기관을 지도하거나 감독할 수 있다"라고 규정하고 있고, 같은 법 26조 1항에 "지방자치단체의 장은 출자·출연 기관의 업무, 회계 및 재산에 관한 사항을 검사할 수 있으며 해당 기관에 필요한 보고를 하게 할 수 있다"라고 규정하고 있어 지방자치단체로부터 예산의 거의 전액을 출연받는 문화재단으로서는 독립성과 자율성이 원천적으로 확보될 수 없게 되어 있다.

박근혜 정부 때의 문화예술계 블랙리스트 사건도 정부 산하 문화예술 관련 지원기관과 광역 및 기초 지방자치단체 산하 문화예술 관련 지원기관의 독립성과 자율성이 보장되지 못한 데서 비롯된 것이다. 따라서 지역문화재단의 독립성과 자율성이 확보되기 위해서는 대통령과 도지사, 시장, 군수, 구청장 등 지방자치단체장이 재단의 사업이나 운영에 부당한 개입이나 지시하지 않을 것이며, 재단 대표가 전문성을 바탕으로 소신껏 일할 수 있도록 하여 재단 운영의 독립성과 책임성을 높여주겠다는 건강한 리더십이 필요하다.

독립성, 자율성 확보를 위한 법률 개정 필요하다

그러나 지방자치단체장은 선출직이라 지역문화재단을 다음 선거에 자신에게 유리하게 활용하고 싶은 유혹을 떨칠 수 없을 것이다. 그래서 문화재단의 인사나 사업에 일일이 간섭하고 있는 것이 현실이다. 그러면 어떻게 해야 이러한 문제점을 개선할 수 있을까? 이러한 것을 현실적으로 그리고 원천적으로 차단하기 위해서는 「지방자치단체 출자·출연 기관의 운영에 관한 법률」에 지역문화재단의 독립성과 자율성이 확실히 보장될 수 있도록 법을 보완해야 한다.

지방선거가 끝난 후 새로운 지자체장들이 들어서서 그런지 요즘 연임을 못 하고, 아니면 임기가 남았음에도 불구하고 그동안 쌓아온 성과와 관계없이 지역 문화재단 대표직을 떠나는 문화예술계 동지들을 지켜보며 마음이 편하지 않다. 문화재단만큼은 정치로부터 자유로워져야 하지 않을까? 대표직을 떠나는 그들은 얼마나 상실감이 클까?

상황이 이렇다 보니 요즘 각 재단 대표 공모가 한참이다. 공모는 형식적이고, 미리 정해놓고 하는 짜고 치는 고스톱 공모라는 말이 무성하니 마음이 허탈하다. 언제나 지역 문화재단 대표직 자리가 파리 목숨이 아닌 불공정으로부터 자유로워지는 날이 올지 그날이 기다려진다.

7

대화형 인공지능 챗GPT에
예술을 물어보다

    미국의 인공지능 회사인 오픈에이아이(Open AI)가 2022년 12월 1일 공개한 대화형 인공지능 챗봇인 챗GPT(ChatGPT)가 뜨거운 관심을 불러일으키고 있다. 사용자가 대화창에 텍스트를 입력하면, 그에 맞춰 대화를 함께 나누는 서비스이다. 챗GPT는 인간과 자연스러운 대화를 나누고 질문에 대한 답변도 제공한다. 챗GPT는 가끔 잘못되거나 편향적인 정보를 제공할 수 있으며, 2021년 이후의 지식은 제한돼 있다는 한계도 있다.

    챗GPT는 특정한 주제에 대한 시를 써달라면 요청하면 그럴듯한 시를 써 내려가기도 하고, 노랫말도 만들어내기도 한다. 윤석열 대통령도 2023년 1월 행정안전부 업무보고에서 "신년사를 챗GPT가 써보게 했더니 훌륭하더라, 잘 연구해서 공무원들이 활용할 수 있게 잘 리드해달라"고 당부했다고 한다.

나도 호기심이 발동하여 ChatGPT에 접속하여 예술과 관련된 몇 가지 질문을 던져보았다. 먼저 구글 검색창에 ChatGPT라는 검색어를 넣고 엔터를 치면 여러 개의 링크 안내가 나오는데 『ChatGPT: Optimizing Language Models for Dialogue』로 들어가서 첫 화면 중단에 『TRY CHATGPT』이라는 네모진 메뉴를 클릭하면 하단에 대화창이 나온다. 그곳에 텍스트를 입력하면 몇 초 후에 답변이 줄줄 나오기 시작한다.

첫 질문을 던져보았다. *(질문) 예술이란 무엇이며, 살아가는 데 꼭 필요한 것인가요? (답변) 예술은 창조적인 활동으로서, 사람들이 아름다움을 창조하고 이를 표현하는 것을 말합니다. 미술, 음악, 연극, 영화, 문학, 무용 등 다양한 분야에 걸쳐 예술이 존재합니다. / 예술은 인간이 가지는 창의성과 상상력을 발휘할 수 있는 중요한 수단이며, 인간의 삶을 더욱 풍요롭고 의미 있게 만들어줍니다. 예술은 인간이 가진 다양한 감정과 경험을 표현하는 방법이기도 합니다. 예를 들어, 음악은 슬픔, 기쁨, 사랑, 분노 등 다양한 감정을 음악적으로 표현할 수 있으며, 미술은 인간이 느끼는 아름다움을 시각적으로 표현할 수 있습니다. / 또한 예술은 문화적인 면모를 보존하고 전달하는 역할도 합니다. 인간의 문화와 역사는 예술과 밀접한 관련이 있으며, 예술은 우리가 살아가는 사회와 문화를 이해하고 유지하는 데 중요한 역할을 합니다. / 따라서, 예술은 살아가는 데 꼭 필요한 것은 아니지만, 삶의 질을 높이고 인간적인 가치를 더해주는 중요한 측면이 있습니다. 예술을 통해 새로운 경험을 쌓고, 자아를 발견하며, 인간적인 면모를 발휘할 수 있습니다.*

꽤 괜찮은 대답이다. 두 번째 질문을 던져보았다. (질문) 예술인은 어떠한 마음가짐으로 살아가야 하나요? (답변) 예술인은 창작과 예술 활동을 통해 더 나은 세상을 만들고, 사람들의 삶에 영감을 주고, 인간의 아름다움을 발견하며, 문화와 예술을 발전시키는 역할을 가지고 있습니다. 이를 위해서는 몇 가지 마음가짐이 필요합니다. / 1. 열정과 자기희생: 예술은 일종의 직업이 아니라, 예술가의 삶과 신념이 담긴 창작물이기 때문에, 예술가는 자신의 열정과 예술에 대한 자기희생을 가지고, 작품에 최선을 다해야 합니다. 2. 탐구적인 마음가짐: 예술가는 새로운 것을 탐구하고 발견하는 탐구적인 마음가짐이 필요합니다. 새로운 재료, 기술, 스타일, 주제 등을 탐구하면서 더 나은 작품을 만들어내야 합니다. 3. 겸손함: 예술가는 항상 자기 작품을 개선하고 발전시키기 위해 항상 배우려고 노력해야 합니다. 이를 위해서는 겸손한 마음가짐이 필요합니다. 다른 사람들의 조언과 비판을 수용하고 개선할 수 있는 유연성과 겸손함을 가져야 합니다. 4. 창의력: 예술가는 창의력이 필요합니다. 창조적인 아이디어와 새로운 방식으로 문제를 해결할 수 있는 능력이 필요합니다. 예술가는 창조적인 과정에서 새로운 것을 발견하고 이를 자기 작품에 적용해야 합니다. 5. 인내심: 예술가는 대개 예술적인 목표를 위해 오랫동안 수고를 하며 투자해야 합니다. 이를 위해서는 인내심이 필요합니다. 예술가는 자신의 목표를 위해 끊임없이 노력하고, 어려움에 부닥칠 때도 포기하지 않고 인내하는 능력이 필요합니다. / 이러한 마음가짐을 가지고 예술가는 끊임없이 발전하며, 더 나은 작품을 만들어내고 사회적 가치를 창출할 수 있습니다.

꽤 괜찮은 답변이었다. 그래서 좀 더 까다로운 세 번째 질문을 던져보았다. (질문) 전업 예술가로서 살아가는데 가장 어려운 점은 살아가기 위한 생활비를 마련하기 어렵다는 것입니다. 어떻게 이 문제를 해결해야 할까요?

(답변) 전업 공연예술가로서 생활비를 마련하는 것은 어려운 일입니다. 하지만 다음과 같은 방법을 고려해볼 수 있습니다. 1. 자신의 공연을 기획하고 공연하면서 수익을 창출하는 것: 공연예술가로서 자신의 공연을 기획하고 직접 공연하면서 수익을 창출할 수 있습니다. 이를 위해 공연 장소를 대여하거나, 펀딩 등의 방법을 이용하여 자금을 조달할 수도 있습니다. 2. 예술 기관과 협업하여 공연을 진행하는 것: 예술기관에서 공연 기획자나 공연예술가로 활동할 수 있는 기회가 제공됩니다. 예술기관과 협력하여 공연을 기획하고 공연료를 받는 것도 가능합니다. 3. 예술 교육 등을 진행하면서 수익을 창출하는 것: 공연예술가로서, 자신의 전문성을 바탕으로 예술 교육 등을 진행하여 수익을 창출할 수 있습니다. 이를 위해 학교나 문화 예술 기관에서 강의를 진행하거나, 워크숍을 개최할 수도 있습니다. 4. 공모전, 콩쿠르 등에서 수상하면서 수익을 창출하는 것: 공모전, 콩쿠르 등에서 수상하면서 상금이나 인센티브 등의 형태로 수익을 창출할 수도 있습니다. / 또한, 공연예술가로서의 경력과 인지도를 높이기 위해, 공연 활동과 창작 활동을 지속하고, 대중적인 작품을 만들어 높은 인기를 끌거나, 국내외의 공연 예술 행사에 참여하는 등의 활동을 통해 자신의 공연 예술 활동을 널리 알리는 것도 중요합니다. 이러한 노력을 통해 수익 창출뿐만 아니라, 공연예술가로서의 인지도와 경력을 높일 수 있습니다.

이렇듯 인공지능 기술은 우리의 질문에 명확하고 정확한 답변 수준까지는 아니지만 참고할만한 답변을 내놓는 수준까지 와 있다. 놀라운 발전이다. 분명 지금은 과학기술 발전의 속도가 놀랍도록 빠르다. 시대의 큰 변환점을 가고 있다는 것은 분명하다. 이런 디지털 시대에 우리 예술가들은 인간만이 가질 수 있는 아날로그적 따뜻한 심성에 기반을 두고, 매력적인 창의력과 무한한 상상력으로 미적 탐구를 해나가야 할 것이다.

8

예술 표현의 자유,
한계는 어디까지인가

모든 사람은 예술가적 소질을 타고 태어나

예술의 사전적 의미는 인간의 사상, 감정 등을 일반인이 지각할 수 있는 유·무형의 콘텐츠를 매개로 표현하는 창작행위 또는 그 결과물인 창작품을 말한다. 즉, 예술은 인간의 주관적이고 창조적인 미적 체험을 그림, 소리, 무용, 글씨 등의 형태 언어로 외부에 표현하는 활동이라 할 수 있다. 예술은 때론 각박하고 힘겨운 우리 삶에 새로운 행복과 희망을 품게 해주며, 서로와 서로를 이어 주어, 하나가 되게 하고, 심지어 산업의 동력으로까지 작용하기도 한다. 그래서 예술은 사막처럼 험난한 우리네 인생길에 오아시스와 같은 존재이기도 하다.

어쩌면 모든 사람은 태어날 때부터 예술가적 소질을 타고났다고 할 수 있다. 신생아의 옹알이는 신생아의 창조적이고 예술적인 행위라 할 수 있다.

유아들의 행동을 유심히 관찰하다 보면 예술적 행위를 쉽게 접할 수 있다. 유아들은 혼자서 노래를 곧잘 부르는데 가만히 들어보면 기성곡이 아니라 스스로 작곡, 작사하여 노래를 부르며 혼자 즐거워한다. 이것은 어린아이들이 선천적으로 작곡가 적 소질을 타고난 예술적 행위라 할 수 있다. 어린아이에게 크레파스나 색연필을 쥐여주면 엄마가 애지중지 정성스럽게 도배한 거실 벽면을 온통 그림판으로 만들어놓는다. 화가가 따로 있는 것이 아니다. 또 어린아이들이 혼자 장난감 놀이를 하는 것을 보면 혼자서 대화를 주고받으며 상황극을 진행하는 것을 흔히 보는데 대본을 만드는 작가와 연출가, 배우 등 일인다역의 예술적 행위를 하는 것을 볼 수 있다. 이러한 행동은 성장기를 거쳐 성인이 되어서도 지속되는데 주변 사람들의 눈치를 보며 행동해야 하는 사회 환경에 적응해가면서 예술적 행위가 줄어든다.

예술표현의 불가피한 제약 필요하더라도, 표현의 본질 훼손되는 일은 없어야

예술적 행위를 자신의 전문영역이자 업으로 하는 사람을 예술인이라 한다. 그러한 예술인이 자기 작품으로 예술적 행위를 할 때 예술표현 한계의 관점에서 종종 문제가 일어난다. 2022년 예술의 표현과 관련하여 논란이 일어난 3가지 일이 있었다. 하나는 지난 9월 부천국제만화축제에서 전국학생만화공모전 고등부 카툰부문 금상을 받은 〈윤석열차〉에 상을 준 만화영상진흥원에 정부가 엄중 경고한 일과, 2022년 10월 부천국제애니메이션 페스티벌의 부대 행사로 열린 '국제애니메이터&만화가 초청전'에 출품한 오창식 작가의 〈멤버 유지(member yuji)〉 전시를 불허한 일과, 지난해 10월 부마민주항쟁 43돌 기념식에서 공연될 예정이었던 가수 이랑의 노래 〈늑대가 나타났다〉를 행정안전부가 노래 가사를 문제 삼아 다른 가수로 교체 출연하게 했다는 일이다. 세 작품 모두 형사 처벌 대상은 아니었지만, 사회적 파장은 대단했다.

예술가의 창작 자율성, 다양성, 독자성은 보호받아야 한다. 예술인의 예술적 행위에 대한 예술적 표현은 법으로 보장되어 있다. 예술표현의 자유 권리로 보장된 역사는 그리 오래되지 않았다. 절대왕권 시대에는 예술의 자유는 허락되지 않았으며, 중세 유럽 교황이나 교회, 신성을 모독하는 예술표현은 엄격히 금지되었다. 근대에 와서 유럽을 중심으로 예술표현과 언론의 자유가 기본권으로 보장하였다. 1919년 독일 바이마르 헌법 제142조에 '예술의 자유'를 최초로 명문화했고, 우리나라는 1948년 헌법의 역사와 함께 출발하였으며, 헌법 제22조에 "모든 국민은 예술의 자유를 가지며 예술가의 권리는 법률로써 보호한다"라고 명문화하였다.

예술 작품은 예술가의 감정과 생각이 자유롭게 표현될 때 탄생할 수 있다. 이러한 예술 표현의 자유를 억압한다면 예술의 다양성을 막는 일이며 훌륭한 예술 작품은 물론, 다양하고 가치 있는 문화 산물이나 사상의 자유까지도 침해받게 될 것이다. 어떤 작품이나 예술가의 행동을 보고 일시적으로 불편하거나 불쾌한 감정이 생길 수 있지만, 훗날 그 작품의 진정한 의미가 인정되어 사회뿐만 아니라 인류 전체에게 의미 있는 예술 문화유산이 사례는 무수히 많다.

예술표현의 자유는 보장하되, 예술가도 모두에게 희망과 위로를 주는 예

술표현을 지향해야

　그런데 예술의 표현의 자유는 무제한일까? 그렇지는 않다. 헌법에서도
"타인의 명예나 권리 또는 공중도덕이나 사회윤리를 침해하여서는 아니 된
다"라고 명시되어 있어 법률로써 필요한 최소한의 범위에 그치는 제약이 따
른다. 아름답고 다양한 예술 작품이 우리의 삶을 풍요롭고 행복하게 만들어
주지만, 공공질서와 사회윤리를 위협하는 예술은 제한되어야 한다.

　예술적 표현일지라도 악의를 가지고 허위의 사실을 적시함으로 인해 타
인의 명예가 실제로 명예가 훼손된다든지, 타인이 가지는 사생활의 비밀,
즉 사생활권을 침해한다든지, 음란성, 폭력성, 사행성(게임물을 통한 예술적
표현)이 지나친 예술적 표현이라든지, 공중도덕이나 사회 윤리에 어긋나는
표현은 당연히 제한되어야 할 것이다. 단 유의할 것은 제한이 필요하더라도
예술표현의 본질이 훼손되게 해서는 안 될 것이다.

　예술표현의 한계를 규정하는 것은 고정된 것이 아니라 시대, 사람, 관점
등에 따라 달라진다. 요즘은 오프라인 공간뿐만 아니라 온라인 공간, 즉 사
이버 공간으로 예술의 공간이 확장되고 있고, 예술의 장르가 갈수록 다양
화되고 있어 예술표현의 한계를 정의하는 것이 더욱 어려워지고 있다. 즉,
창작의 자유와 표현, 그리고 공공성 사이에서 명확한 경계를 짓기 어려워지
고 있다. 그러나 분명한 것은 예술표현에 있어 예술표현 자유의 본질은 보
장하되, 예술가 또한 더불어 살아가는 세상 모두에게 희망과 위로를 주는
예술표현을 지향해야 할 것이다.

9

스테디셀러『손자병법』을 다시 꺼내며

나는 정부 문체부 산하 문화기관장이나 지역 문화기관장을 두루 거치면서 대통령과 문체부 장관과 지자체장들의 자질에 따라 국민이나 지역민에게 돌아갈 혜택이나 폐해를 지켜보았다. 스스로 모범을 보임은 물론, 전문가 출신 기관장의 전문성을 신뢰하고 지원은 하되, 간섭하지 않았던 문체부 장관이나 지자체장에 대한 존경심은 아직도 내 마음에 뚜렷이 남아있다. 물론 그때가 성과도 가장 좋았다.

삼류 경영자는 자신의 능력을 쓰고, 이류 경영자는 남의 힘을 쓰며, 일류 경영자는 남의 머리를 쓴다 했다. 이럴 때 떠오르는 고전(古典)이 있다. 다름 아닌 지도자의 자질과 경영철학을 명료하게 논했던 스테디셀러『손자병법(孫子兵法)』이다.

『손자병법』은 6,200여 자에 불과하지만 간결한 단어에 승패와 운명의 변화 원리를 놀랍도록 정확하게 압축한 전쟁의 고전이다. 또한 인류 최고의 병법서로 통하는 『손자병법』은 처세와 경영, 더 나아가서 치국(治國)의 보감(寶鑑)으로 널리 지도서로 받아들여지며 고금(古今)을 통해 동양뿐 아니라 서양에서도 가장 많이 읽힌 병서 가운데 하나다. 미국이 1990년대 초 이라크와의 걸프전 지상전에 참여하는 해병대 장병들에게 90쪽짜리 『손자병법』을 필독서로 나눠 줬다는 뉴스는 화제를 불러일으키기에 충분했다.

『손자병법』은 단순히 전쟁의 지혜를 넘어 인간의 심리를 날카롭게 통찰했기에 "『손자병법』을 천 번 읽으면 신과 통하는 경지에 이른다."라는 말이 있다. 우리가 『손자병법』의 한 구절로서 흔히 알고 있는 지피지기(知彼知己)면 백전백승(百戰百勝)이라는 말은 "적을 알고 나를 알면 백 번 싸워도 위태롭지 않다"라는 지피지기 백전불태(知彼知己 百戰不殆)에서 유래된 말이다. 손자(孫子)는 중국 춘추시대의 전략가인 손무(孫武)를 높여 부르는 호칭이다. 손무는 "전쟁은 나라의 대사이다. 전쟁에서 최하책은 성을 공격하는 것이고, 최상책은 모략으로 이기는 것이다."라고 역설하여 '전쟁에서는 싸우지 않고 이기는 것이 최상'이라 했다.

손무는 장수의 자질로 지혜(智), 신의(信), 인애(仁愛), 용기(勇), 엄격함(嚴)을 고루 갖추어야 한다고 했다. 현대의 리더가 갖추어야 하는 덕목과 일맥상통한다. 손자병법에는 네 종류의 장수가 등장한다. 용장(勇將)은, 지장(智將)을 이길 수 없고, 지장은 덕장(德將)을 이길 수 없으며, 덕장은 복장(福將)을 이길 수 없다.

용장(勇將)이란 적을 여러 번 대파한 전적이 있는 장수로서 강적이라도 두려워하지 않고 기세는 대군을 능가하는 용맹한 장수를 말한다. 지장(智將)이란 학식이 높고 지략이 뛰어난 장수로서 변화무쌍하며 화를 복으로 돌릴 줄 알아 위기에서도 승리를 끌어내는 지혜로운 장수를 말한다. 덕장(德將)이란 부하들에게는 온화한 덕을 베풂으로써 존경받는 덕망이 있는 장수이다. 복장(福將)은 운장(運將)이라고도 한다. 하늘이 돕는 좋은 운(運)을 타고난 장수로서 지혜(智慧·知慧)와 꾀는 부족해도 운이 좋아 싸움에는 늘 이기는 장수를 말한다. 그래서 용장은 살아서 세상을 호령하고, 지장은 죽어서 서재로 남겨지고, 덕장은 영원히 사람들의 마음에 기억된다는 말이 있다.

문화계의 한 사람으로서 대통령에게 바라는 최소한의 소망이 있다. "국가는 전통문화의 계승·발전과 민족문화의 창달에 노력하여야 한다."라는 헌법 제9조와 제69조 대통령의 취임 선서 "나는 헌법을 준수하고 국가를 보위하며 조국의 평화적 통일과 국민의 자유와 복리의 증진 및 민족문화의 창달에 노력하여 대통령으로서의 직책을 성실히 수행할 것을 국민 앞에 엄숙히 선서합니다."를 지키고 구현해내는 대통령이다. 그런 대통령을 생전에 만나기를 간절히 기대해본다.

10

문화예술계, 어른에 목마르다

젊은 예술계의 항해는 '선배'라는 '배'에 오를 때 든든해진다

우리 사회는 여러 선진국에 비해 볼 때 노인들에 대한 예우가 깍듯하다. 노인층이 경제적, 신체적 약자인 측면도 있겠지만 버스나 지하철에는 어김없이 경로석이 마련되어 있고, 노인에게는 지하철 무임승차를 할 수 있도록 '어르신 교통카드'가 지급되어 있고, 노인수당 등 노인들에 대한 다양한 사회복지 제도가 가동되고 있다. 우리나라는 '효(孝)' 사상을 바탕으로 전통적으로 경로 우대문화가 잘 조성되어있는 모범적인 국가라고 할 수 있다.

그런데도 사회 각계각층에서 "우리 사회에는 어른이 없다"라는 아쉬움과 푸념을 자주 듣는다. '어른'이란 말을 국어사전에서 찾아보면 '다 자란 사람. 또는 다 자라서 자기 일에 책임을 질 수 있는 사람'이라고 정의되어 있다. '우리 사회에 어른이 없다는 말'은 사회적 책무를 다하는 존경받을만한 어른다운 '어르신'이 없다는 말일 것이다. 어른이란 후진들이 옳은 길을 가도록 마음으로 보듬어 주고, 잘못된 길을 갈 때 서슴없이 회초리를 들고 꾸짖는 분일 것이다. 그 회초리엔 후진들에 대한 진정성 있는 사랑과 일관성 있게 중심을 잡고 옳은 길로 인도하려는 따뜻한 마음이 담겨있어야 한다.

"나 때는 말이야"라고 할지 모르지만, 나의 청소년기나 청년기에는 사회적인 이슈가 대두되거나 혼란스러울 때마다 준엄하게 꾸짖어주시던 큰 어른들이 있었다. 그러한 어른들이 계심으로써 가르침을 받거나 마음의 위안을 받고 용기를 내었던 그런 시절이 있었다. 그러나 지금은 내가 종사하고 있는 문화예술계만 살펴보아도 죄송스럽게도 어른다운 어른을 찾아보기 힘들다. 마음으로 믿고 의지하고 따를 수 있는 어른이 없다는 건 서글프고 안타까운 일이다. 어른다운 어른, 어른 역할을 제대로 하는 어른이 없다는 사실은 오늘을 사는 우리 모두의 아픔이자 이 시대의 아픔이다. 개탄스러운 몇 년 전 문화예술인 블랙리스트 사태가 있었을 때 우리 후배들을 위하여 용감히 나서서 당시 정부의 잘못된 행태를 공개적으로 질타하셨던 원로 어른이 있었는지 그 함자가 잘 기억나지 않는다.

빛을 밝혀주고 꿈이 되어야, 진짜 별이다

문화예술계에는 성공한 원로 예술인들로 구성된 '대한민국예술원'이라는 기관이 있다. '대한민국예술원(이하 예술원)'은 예술의 창작·진흥에 공로가 큰 원로 예술가를 문학·미술·음악·연극 분야별로 선정해 우대하고 예술 창작활동을 지원하는 기관이다. 회원의 자격은 예술 경력이 30년 이상이며 예술 발전에 공적이 현저한 사람으로 하며, 활동비로 매월 180만 원의 수당도 지급되고 있다. 또한, 예술원 회원들을 대상으로 하는 사업에서도 정액 수당 외에도 추가적인 활동비가 지급된다고 한다. 예술원 회원 임기 역시 70대였던 정년제가 없어지고 사회적 책임감과 위상을 높인다는 이유에서 2019년에는 종신제로 굳어졌다. 대단한 예우이다.

그러나 국가로부터 이러한 파격적인 대우를 받는 예술원 회원들이 후배 예술인들의 본보기가 되기는커녕 자신들만의 특권 확보에 더 관심을 두고 있다는 민망한 비판을 받고 있다. 나 또한 예술원 회원들이 문화예술계 원로로서 후배들의 아픔에 깊이 공감하고, 후배 예술인들의 창작환경 개선을 위하여 동분서주하였다거나, 정부의 잘못된 문화정책이나 문화행정을 질타하거나, 대안을 제시하였다는 소식을 들어본 적이 없다. 이 정도라면 대한민국예술원의 존립이나 현재의 운영 방식을 다시 한번 생각해봐야 하는 것은 아닌가 생각한다.

이런 경우는 비단 '대한민국예술원'의 경우만은 아니다. 각계각층에 원로회의라는 것이 이곳저곳에 있지만, 구색 갖추기나 기관장이나 단체장의 명분 축적용으로 활용되는 일이 허다하다. 프로야구선수로서 현역 시절 선동열과 함께 한국프로야구를 대표하는 양대 산맥으로 손꼽히는 투수이자 롯데 자이언츠를 상징하는 선수로 야구팬들에게 절대적인 지지를 받았던 최동원 선수가 암 투병 중 마지막 인터뷰에서 "별은 하늘에만 떠있다고 별이 아니고, 누군가에게 빛을 밝혀주고 꿈이 되어야 진짜 별"이라는 말은 원로들에게 주는 따끔한 충고가 아닐 수 없다.

비바람 막아줄 원로 예술인 많아지기를

원로 문화예술인들은 문화예술 공동체에 참가하여 공동체의 발전을 도모해주고 후배 문화예술인들을 위해 목소리를 낼 줄 아는 용기 있는 원로가 되어야 한다. 원로 예술인이란 자신이 가진 오랜 경륜과 경험 등 자신의 자원을 바탕으로, 예술계 공동체인 후배 예술인들을 지원하고 지켜줄 수 있는 사람, 필요한 곳에서 자신의 권위를 올바르게 행사하고, 그 권위에 걸맞은 책임을 지는 사람이어야 한다.

어려운 시대에 자신의 예술세계를 구축하며 치열하게 살아온 원로 예술인들의 삶의 여정은 존경받을만하다. 그러나 예우만 받으려고 하지 척박하고 절박한 예술계 상황은 나 몰라라 하고 제 자리 지키기에 몰두하거나 한 자리 차지하겠다고 정치권이나 기웃거리는 한심한 원로들이 눈에 자주 밟히는 것은 나만의 시각이 아니길 바란다. 심한 말 같지만 잘못된 관행과 일에 쓴소리 한번 못하는 인물은 원로 예술인도 아니고 선배도 아니다. 후배 문화예술인들로부터 원로로서의 대우받기 이전에, 문화예술계 후진들의 아픔에 깊이 공감하고, 배려하고 성원하며 이끌어줌을 실천하는 선배다움이 있어야 하지 않을까?

문화예술계 원로분들 중에 어르신다운 올곧은 분들이 물론 있으실 것이다. 왜 없겠는가? 이러한 훌륭한 원로분들의 강직한 목소리가 전혀 반영되지 못한 채 묻혀버리는 현재의 소통 시스템에도 문제가 있다. 그렇다면 원로들의 목소리가 반영될 수 있도록, 언론이 더욱 많은 관심을 두고 원로들의 목소리에 귀를 기울여 주고 이슈화하고, 정치인들과 고위 관료들도 정례적으로 원로들의 의견을 경청하여 반영하는 시스템을 갖춰주길 바란다.

예술인들의 아픔을 깊이 공감해주고, 때론 자기희생으로 거센 비바람을 막아줄 우산이 되어주는 용기 있고 존경받는 원로 예술인들이 더욱 많아지기를 소망해본다. 예술인들의 거울이 되고 모델이 되며, 잘못된 관행과 일에는 거침없이 쓴소리를 내주고, 후진들에게 꿈과 용기를 주는 원로 예술인에 우리 문화예술계는 목마르다.

11

신임 국립극장장에게 바란다

우리나라의 대표극장이라고 할 수 있는 국립중앙극장의 극장장이 거의 1년 반 가까이 공석인 채로 극장장 선임 공모가 세 차례나 무산된 데 이어, 우여곡절 끝에 이번 4차 공모에 박인건 전 대구오페라하우스 대표가 국립극장장으로 선임되었다. 아무쪼록 문화예술계 중진인 박인건 신임 국립극장장이 우리 국립극장을 우리나라의 대표극장이자 세계적인 극장으로 거듭날 수 있도록 잘 이끌어주기를 바라며 축하의 마음과 함께 몇 가지 당부의 말을 보낸다.

1년 반의 극장장 부재의 공백을 딛고 우뚝 일어서야 한다

박인건 신임 국립극장장은 경희대 기악과(바이올린)를 거쳐 경희대 대학원 음악교육학 석사 과정을 졸업한 후, 서울 예술의전당 공연기획부장, 세종문화회관 공연기획부장을 거쳐 경기아트센터 사장, KBS교향악단 사장,

대구오페라하우스 대표이사 등 예술경영에 30년 이상을 매진해온 공연문화예술 현장에서 활동해온 문화예술경영 전문가다.

하지만 백전노장의 그로서도 고민과 부담이 클 것이다. 내부적으로 어떻게 하면 1년 반이라는 극장장 부재 동안 흩어졌던 내부 직원들의 마음을 조속히 하나로 모아 역동적인 조직으로 전환할 수 있을 것인지에 대한 고민이 깊을 것이다. 그의 이력에서 알 수 있듯이 서양음악 부문에는 전문성이 있지만, 전통예술 분야에서 전문성이 부족한 그로서는 어떻게 하면 3개의 전속 전통예술 단체를 무난하게 이끌고 갈 수 있을 것인지에 대한 고민이 있을 것이다. 외부적으로는 어떻게 하면 국립극장을 전통예술을 기반으로 하는 우리나라의 대표극장으로서 위상을 높일 수 있을 것이며, 기관의 글로벌 역량을 강화해 나갈 수 있을 것인가에 대한 고민이 클 것이다.

국립극장을 다이내믹하고 역동적인 조직으로 이끌어 가야 한다

신임 극장장이 해결해나가야 할 당면과제는 너무도 많다. 최근 들어 국립극장을 둘러볼 기회가 있었다. 한마디로 말해서 국립극장의 역동성이 보이지 않았다. 문제는 리모델링 기간 위축되었던 국립극장의 역동성을 되찾는 것이다. 예전의 국립극장은 프로듀서시스템이 활성화되어 활발한 신작 개발이 가능했었는데 요즘은 행정 시스템으로 전환된 느낌이 있다. 신임 국립극장장은 부임 후 먼저 환경분석을 해보고 극장경영의 효율성을 높일 수 있도록 조직을 개편하여 다이내믹하고 역동적인 조직으로 이끌어 가야 한다. 프로듀서시스템 활성화로 활발한 신작 개발과 혁신적인 마케팅 전략도 필요하다.

 현재 국립극장 예산은 총 366억으로서 공연 활동 지원 77억, 전속 단체 운영 125억, 공연예술박물관 운영 6억 정도로 편성되어 있다. 완성도 있는 작품들을 제작해야 하는 제작극장으로서 예산이 너무 적다. 책임 운영기관이다 보니 모객이 쉬운 공연에 집착하는 유혹에 빠지기도 쉽다. 제작극장으로 온전한 기능을 하기 위해서 좀 더 많은 예산확보가 필요하다. 신임 극장장은 예산확보를 위하여 문체부와 한 몸이 되어 기재부와 국회 상임위 의원님들을 지속해서 설득하여 예산확보에 힘써야 한다.

 국립극장의 인적 구성은 일반행정직 공무원, 별정직 공무원, 일반 계약직 공무원, 예술단원, 기획단원, 기간제 근로자로 구성되어 있어 전문성 축적이 쉽지 않고 공통된 합의를 끌어내는 것이 쉽지 않다. 구성원과의 진정성 있는 소통을 통하여 국립극장이 발전할 수 있는 동력을 끌어내야 한다. 아울러 감독기관인 문체부하고도 지속적인 소통을 통하여 당면과제를 해결해나가면서 문체부의 문화정책과 방향성에 궤를 함께 해야 한다.

 우리 국립극장이 단순히 우수 레퍼토리를 제작해 내는 제작극장에서 한 발 더 나아가 우리나라 전통 공연예술계의 플랫폼 기능을 강화해야 하며, 지방 문화예술회관이 운영하는 극장과의 상호 협업 프로그래밍을 활성화하여 상생 구도를 구축하고 지역 문화 격차 해소에 노력해야 한다. 또한 디지털 환경 변화에 따라 소셜 미디어 기반 홍보 및 온라인 공연 영상 콘텐츠의 기획, 제작, 공유 시스템 운영 및 소통 채널 확장이 필요하다.

문화광장을 시민에게는 친화적인 공간, 젊은 예술가들에게는 연행 공간으로 개방해야 한다

국립극장을 들를 때마다 느끼는 점은 문화광장이 시민들과 예술가들의 문화공간, 휴식 공간, 소통 공간의 기능을 하고 있지 못하다는 것이다. 낮에 국립극장을 들르면 마치 깊은 산속의 절간에 온 적막한 기분이 든다. 공연이 없는 저녁에 오면 국립극장은 어둠 속에 잠겨있다. 이래서야 하겠는가? 국립극장의 문화광장은 휴식 공간, 먹을거리, 볼거리, 들을 거리, 즐길 거리가 풍성한 시민 문화공간이 되어야 하며, 젊은 예술가들에게 문화광장을 개방하여 전시 공간 및 거리예술공연, 버스킹 공간이 되도록 활성화할 필요가 있다. 또한 주간에도 공연과 문화예술교육 프로그램 활성화가 필요하다. 공연의 경우 시민들을 위한 힐링 공연프로그램과 외국 관광객을 위한 전통예술 상설 공연프로그램이 필요하다.

국립극장에는 공무원노조와 예술단원노조 등 복합적인 노조 활동이 있다고 알고 있다. 신임 극장장은 노조를 적대관계로 생각하지 않고 있으며 동반자 관계로 생각해야 한다. 그들의 주장을 역지사지의 입장에서 경청하고 요구사항 중 들어줄 수 있는 것은 들어주고, 그렇지 못한 것은 지속적인 설득을 통하여 동반자 관계를 유지해야 한다.

국립극장 내에 있는 국립극장진흥재단을 더욱 활성화하여 재정자립도를 향상해야 한다. 또한 공연예술박물관은 박물관의 전시 공간을 첨단기술을 활용한 품격있는 전시 및 교육 공간으로 업그레이드가 필요하다. 현 전시

공간은 국립극장 전시 공간으로 너무 초라하다. 또한 공연예술 관계자들을 위하여 공연예술자료의 접근성을 보다 높일 필요가 있으며 지속·가능한 레퍼토리 제작을 위하여 박물관 조직에 레퍼토리 개발 연구팀을 운영할 필요가 있다.

3개 전속 예술단체의 체질 개선과 단체 간 융복합 레퍼토리를 창출해야 한다

국립극장은 국립창극단, 국립무용단, 국립국악관현악단 3개 전속 예술단체가 있다. 창극, 무용, 국악을 다양한 장르와의 융·복합을 통해 새로운 매력을 지닌 작품을 창출해야 한다. 예술단체를 갖는다는 건 언제고 무대화할 준비된 레퍼토리를 갖겠다는 것이다. 전속예술단체의 단원들이 고루 출연할 수 있도록 맞춤형 레퍼토리 제작이 필요하다. 또한 새로운 젊은 스타 단원의 생산이 필요하다. 전속단체 우수 레퍼토리 지방공연 활성화가 필요하다.

예를 들어 국립창극단 소속 기악부 단원 등 부족한 전속예술단체의 단원은 충원해주어야 한다고 생각한다. 혹자는 국립국악관현악단과 협업하면 될 것 아니냐고 할지 모르지만, 창극의 연주 언어와 국악관현악의 연주 언어는 성격이 확연히 다르다. 관중과 배우가 혼재되었던 마당놀이는 극장형으로 전환되어야 한다. 곡예, 풍물, 탈춤 등 전통연희 부분도 부족하다. 국립전통연희단을 만드는 것이 이상적이기는 하나 현실적으로 힘들다면 국립무용단에 전통연희부를 두고 부족한 부분을 채우는 것이 좋다고 생각한다. 또한 국립국악관현악단은 기악 연주에만 머무르지 말고 가곡, 민요, 일반 가창이 포함된 성악부를 신설하여 가악(歌樂)이 어우러지는 더욱 풍성한 레퍼토리 창출이 필요하다고 생각한다.

전속 예술단체가 아무리 좋은 레퍼토리를 개발하였다 해도 관객들에게 정확한 정보를 전달해주는 홍보와 그것을 필요로 할 수 있는 관객들을 대상으로 찾아가는 마케팅이 필요하다. 모객 전략은 홍보와 마케팅이 서로 상호 연동하면서 작용하도록 해야 한다. CRM(customer relationship management) 마케팅이 효율적으로 이루어지게 하는 것이 가장 효과적이라고 생각한다. 불특정 다수를 대상으로 하는 전통적인 마케팅 전략이 아니라 관객의 성별, 예매 채널, 장르 선호도, 패키지 구매 여부 등의 데이터베이스를 근거로 특정 대상을 찾아내 온, 오프라인으로 자주, 편하게, 쉽게 국립극장을 찾아올 수 있도록 지속적이고 집중적인 관계를 이어가도록 해야 한다. 처음 방문한 관객이 다시 한번 찾아오도록 해야 하고, 점점 더 자주 드나들게 되면서 나아가 공연예술 애호가가 될 수 있도록 관객을 지속해서 발굴해야 한다.

과거 극장 운영 비판에 대한 성찰과 거듭나기가 필요하다

국립극장은 안호상 극장장 시절에 흥행에 성공하고 레퍼토리 시즌제가 정착되어 성과를 거두었으나 전통에 기반을 둔 국가대표 극장의 정체성이 손상되었다는 비판을 받기도 했다. 이 시대 관객과 호흡할 가능성을 전통에서 끌어내야 한다. 당시 레퍼토리 시즌제는 세계적인 연출가들을 초빙하여 작품을 만들어 이슈를 생산해낸 점은 평가할만하다. 그러나 그 작품들이 세계무대로 확장되어 뜨거운 반응을 끌어내는 데는 다소 부족했다고 본다.

세계인과 소통할 수 있는 공연작품 제작을 위해 해외 예술가와 스태프, 외국의 자본과 기술력을 투자받아 중장기 공동제작을 추진하는 데 주저할 필요가 없다. 고유의 정체성을 가진 우리의 전통 공연예술이 세계무대에서 조명을 받도록 해야 한다. 그런 의미에서 우수 레퍼토리 해외 공연은 더욱 활성화되어야 한다. 신작과 우수 레퍼토리 재공연 레퍼토리 시즌제는 지속되어야 하지만 대작 중심의 레퍼토리 제작에 치우친 점이 아쉽다. 다양한 특성을 가진 전속예술단체 단원들을 활용한 중규모, 소규모의 레퍼토리 제작과 아웃리치 프로그램의 보완이 필요하다.

전통공연예술계의 허브와 플랫폼 역할을 해야 한다

끝으로 국립극장은 한국이 한국을 대표하는 경쟁력 있는 콘텐츠의 생산기지와 순수 전통 공연예술의 허브와 플랫폼 역할을 해야 한다. 요즘의 시대적 감수성을 꿰뚫고 있는 다양한 예술가들을 초청하여 새로운 작품들을 창작해야 한다. 국립극장은 국민의 세금으로 유지되고 있다. 민간단체와 경쟁하라고 국고를 들이는 건 분명 아닐 테다. 민간단체는 하지 못하는 예술 활동, 나라를 대표할 수 있는 작품 활동을 하라는 뜻이 담겨 있다. 국립극장이 오페라나 뮤지컬처럼 버라이어티하고 화려한 작품들을 제작하려고 하기보다는 콘텐츠로 경쟁해야 한다. 그리고 너무 새로운 것에 집착해서 이전의 것을 지키지 못하는 우를 범해서는 안 될 것이다.

내외부의 지속적인 소통과 전문가의 조언을 널리 구해 나가길

국립극장이 제작하는 공연은 전통을 기반으로 한 새로운 창작이 접목되어야 한다는 대전제는 변함이 없다. 그렇지만 시대와 공유할 수 있는 시대적 감성을 담아야 대중의 마음을 얻을 수 있다. 공연예술의 의미와 가치는 그것을 즐기고 호응하는 관객과의 소통에 기반하기 때문이다.

신임 극장장은 국립극장을 우리나라를 대표하는 전통 공연예술 제작극장이자 국내적으로는 전통 공연예술계의 플랫폼 기능을 하고, 대외적으로는 국립극장의 우수한 레퍼토리 해외 공연을 통하여 세계적인 국립극장으로서의 우리나라의 문화적 품격을 드높여야 한다는 역할을 해내야 한다는 부담감이 클 것이다. 그러한 부담을 더는 방법은 내외부의 지속적인 소통은 물론 전문가의 조언을 널리 구해야 할 것이다. 박인건 신임 극장장의 건투를 빈다.

12

예체능계 병역 특례 제도, 이대로 좋은가

2022년 하반기에는 세계적인 아이돌 그룹 방탄소년단(BTS) 등 국위를 선양한 대중문화예술인의 대체복무 전환과 관련된 뜨거운 국민적 논쟁이 있었다. 여론조사 기관인 리얼미터가 전국 만 18세 이상 성인 남녀 1천18명을 대상으로 조사한 결과, 방탄소년단(BTS) 등 국위선양에 이바지한 대중문화예술인을 예술·체육요원으로 편입하는 병역법 개정안 심사와 관련해 찬성이 60.9%, 반대가 34.3%로 나타났다.

국위를 선양한 대중문화예술인의 예술·체육요원으로 편입하는 병역법 개정에 찬성하고 있는 측의 의견으로는 병역의 예술·체육요원 제도가 국가의 경제적 이익을 추구하기 위해 만들진 제도인데 국위선양을 한 대중문화예술인이 병사로서 국방의무를 하는 것보다 예술·체육요원으로 복무함으로써 더 많은 대한민국의 플러스를 준다는 논리다. 개인이 현역병 생활을 통해 국가에 이바지하는 것보다 해당 분야에서 봉사함으로써 국가에 이바지하는 이익이 더 크다면 그렇게 하는 것이 옳다는 의견이다. 반대하는 측의 입장은 병역특례에 대한 공정성 형평성 문제가 야기되므로 반대한다는 것이다. 거기에 한발 더 나아가서 산업기능요원에 대해서도 병역특례를 주는 것까지 중단해야 한다고 주장한다.

이러한 격렬한 논쟁은 국회 상임위를 포함하여 한동안 계속되었고 결국 국위를 선양한 대중문화예술인이라도 예술·체육요원으로 편입하는 병역법 개정으로 보충역 대체복무의 확대는 병역 의무 이행의 공정성 측면에서 반대한다는 국방부의 견해 표명이 있었고, 결국 2022년 12월 13일 그룹 방탄소년단(BTS)의 진(30·본명 김석진)이 전방 육군 사단 신병교육대로 입영하면서 그 논쟁은 잠시 수면 아래로 가라앉았다.

K-pop, K-movie, K-drama 등으로 국위를 선양하거나, 프로축구나 국가대표 선수로 국위를 선양하여 우리나라의 인지도와 신뢰도를 높여 결과적으로 우리나라 산업의 해외 진출의 마중물 역할을 해주는 자랑스러운 청년들이 많다. 우리나라 국민이라면 누구나 이러한 젊은이들로 인하여 대한민국 국민이라는 것에 뿌듯한 자부심을 느낄 것이다. 그러나 위에 언급했듯이 이러한 자랑스러운 예체능계 영재 젊은이들의 병역 혜택 말만 나오면 갑자기 살얼음판 분위기로 바뀐다.

병역특례 혜택을 보는 젊은이들의 통계자료를 살펴보면 연구기관 전문연구원으로 12,538명, 산업체 산업기관 요원으로 55,202명, 승선근무예비역 인원으로 4,783명, 모두 72,523명이나 된다고 한다. 그런데 예술·체육요원 젊은이들은 258명으로 겨우 0.36% 정도밖에 안 된다. 형평성 면에서 예술·체육요원들이 연구기관 전문연구원, 산업체 산업기관 요원, 승선근무예비역 인원과 비교하면 너무도 적다.

　예술체육요원 복무제도는 병역을 면제해주는 것이 아니라 국위선양 및 문화창달에 이바지한 예술·체육 특기자에 대하여 군 복무 대신 일정 기간 예술·체육요원으로 복무하게 하는 제도이다. 현행 병역법은 국제예술경연대회 2위, 국내예술경연대회 1위, 올림픽 3위 이상, 아시안게임 1위 등으로 문화창달과 국위선양에 이바지한 예술·체육 분야 특기자에 대해 군 복무 대신 34개월간 예술·체육요원으로 대체복무하도록 하고 있다. 이 제도는 73년부터 시행되어 오늘날까지 운영되고 있는데 그 혜택 대상 범위가 점차 축소되어가고 있다.

　예술·체육요원 제도는 문화체육관광부 장관 지휘·감독하에 병무청장이 정한 해당 분야에서 의무 복무하게 하는 제도이다. 예술 요원의 복무 분야는 대학(전문대학 및 대학원 포함)에서 예술 분야 학과를 전공하거나, 중학교 이상의 학교에서 예술 분야 교직에서 근무(단, 대학 강사는 주 4강좌 이상)하거나, 국립 및 공립 예술단체에서는 예술 요원 편입 당시의 예술 분야에 종사하거나, 개별(창작)활동자는 각 협회가 인정하는 개인 발표 및 전시회를 연 1회 이상 또는 타인과 공동발표 및 전시회를 연 2회 이상 개최하거나, 국가무형문화재 전수 이수자의 경우 예술 요원 편입 당시의 예술 분야에 공익 근무를 의무적으로 하는 것이다.

체육요원은 선발 당시의 체육 종목의 선수로 등록 활동하거나, 대학(전문대학 및 대학원 포함)에서 체육 분야 학과를 전공 또는 해당 종목에서 선수로 활동하거나, 중학교 이상의 학교에서 체육 지도 분야에 종사하거나, 국, 공립기관 또는 기업체의 실업체육팀에서 해당 종목의 선수, 코치, 감독들로 종사하거나, 문화체육관광부 장관이 인정하는 체육단체와 대한체육회 중앙경기단체 및 시·도 체육회에 등록된 체육시설에서 체육지도자 활동하거나, 올림픽대회 및 아시아 경기대회에서 프로선수 참가가 허용된 종목에 입상 후 체육요원에 선발되어 프로팀에서 근무하는 경우도 해당한다. 한국기원 소속 바둑기사로 활동하는 것도 인정된다.

위의 사항에 해당하지 않는다고 하더라도 예술 혹은 체육요원 모두 의무복무 34개월간 총 544시간 해당 복무 분야에서 사회적 취약계층, 청소년 및 미취학아동 등을 대상으로 공연, 강습(교육), 공익캠페인 등 공익복무를 의무적으로 하면 된다.

물론 남성 젊은이들에게는 병역 문제는 매우 민감한 문제이기는 하다. 그러나 18개월이라는 병역 기간을 마치고 돌아오면 다시 예전의 예체능 기량으로 돌아오는 데는 상당한 시간이 걸리고 다시는 그 기능을 회복하지 못하는 사례는 허다하다.

문화선진국으로 가는 지금 아직도 50년 전 개발도상국 시절에 국가산업의 육성·발전과 경쟁력 제고와 수출 확대를 위해 제정한 병역 혜택에 머무르고 있는 병역 혜택에 관한 법률을 그대로 시행하고 있다는 것은 문제가 아닐까? 이제는 예체능계 영재 청년들에 대한 병역 혜택의 범위를 과감히 확대해 보기를 검토해보기를 바란다.

13

춥고 배고플 2023 공연예술시장, 주목해야 할 관객 타깃

금년도 우리 사회 전반에 걸친 전망을 각 영역의 전문가들이 내놓고 있다. 올 한 해를 바라보는 공통적인 전망은 우리나라가 경제 상황의 장기침체 국면에서 벗어나기는커녕 코로나19 세계적 대확산 여파와 러시아의 우크라이나 침공, 식량 및 에너지 위기, 치솟는 인플레이션, 각국 정부 긴축 정책, 기후 위기 등으로 더욱 어려워지리라는 것이다.

그나마 다행스러운 것은 K-Pop, K-Drama, K-Movie, K-Game 등 K-콘텐츠 산업은 경제침체 속에서도 선전하리라는 전망이다. 그러나 문화예술계, 특히 예술인들이나 예술단체들은 올 한해도 고전할 것으로 전망된다. 이런 상황 속에 살아남아야 하는 절박함이 문화예술계 전역에 팽배하다. 경제침체 속에서 허리띠를 졸라매고 좀처럼 지갑을 열려고 하지 않는 관객층을 공략해야 하는 공연예술계의 고민은 더욱 깊어진다. 특히 눈에 띄는 경향은 소비자들의 소비 패턴 트렌드를 '과시적 비소비' 혹은 '체리슈머

(Cherry-sumer)' 등으로 표현할 정도로 더욱 까다로워질 것이라는 전망이 지배적이다.

올해 2023년은 계묘년(癸卯年) 토끼의 해이다. 토끼는 겁이 많은 예민한 동물로도 알려졌지만, 판소리 수궁가에서 나타나듯이 지혜로운 동물로도 알려져 있다. 토끼의 지혜를 잘 나타내 주는 말로서 교토삼굴(狡兎三窟)이라는 말이 있다, "교활한 토끼는 3개의 숨을 굴을 파 놓는다"라는 뜻이다. 우리 예술인들과 예술단체는 이 어려운 시대에 이 어려운 상황을 극복하기 위하여 하나의 방안만이 아니라 플랜 B, 플랜 C를 함께 마련해두어야 할 것 같다.

폭풍우와 한파가 몰아쳐도 살아남는 자가 승자라는 말이 있듯이, 살아남아야 한다. 올해도 2022년과 같이 티켓 파워를 가진 스타들이 출연하는 공연과 뮤지컬 시장은 그런대로 선전할 전망이라 공연시장의 양극화는 더욱 심화할 것 같다. 이럴 때 그런대로 흥행이 보장되는 티켓 파워를 가진 스타들이 출연하는 공연과 대형 뮤지컬 제작과 같은 대규모 투자가 엄두가 나지 않는다면, 어린이들과 어린이를 동반한 가족 단위의 관객층을 대상으로 하는 프로그램과 같은 소규모의 공연 콘텐츠를 공략해보라고 권하고 싶다. 정작 자신은 밥을 굶을지언정 자녀 교육을 위해서는 기꺼이 지갑을 여는 것이 우리네 부모이기 때문이다.

요즘은 어린이를 가족 단위의 관객이 늘어나는 것이 추세이고, 예술교육 환경이 좋지 않은 어린이집 혹은 유치원이나, 초등학교가 더욱 질 좋은 문화예술교육을 위하여 전문 예술단체와 협업하여 정규수업 시간에 운영하는 창의 재량 학습 시간에 지역 문예회관으로 문화예술교육 공간을 옮겨 공연 감상을 통한 문화예술교육을 하는 것이 큰 호응을 얻고 있다.

서울시 노원구 노원문화예술회관의 〈교과서 예술여행〉의 경우는 성공적인 사례로 들 수 있다. 이 프로그램은 문화예술교육 공간을 학교 교실에서 공연장으로 옮겨 공연 감상과 체험활동을 통하여 학생들의 예술적 감성과 창의력, 상상력을 키워주고 더 나아가 바람직한 인성 형성에 기여할 수 있는 프로그램으로서 학교와 학부모로부터 뜨거운 반응을 끌어내며 10년째 성공적으로 이어오고 있다.

〈교과서 예술여행〉은 초등학교 1학년부터 6학년까지 교과서의 노래와 춤, 음악, 놀이 영역을 모두 도출해 놓고 학교 교실에서 이루기 어려운 부분을 어떻게 하면 공연 감상과 체험활동을 통하여 예술적 감성과 창의력, 상상력을 키워주고 더 나아가 바람직한 인성 형성에 기여하는 프로그램이다. 총 4차시로 구성되어 있는데 수업은 학교 교실이 아닌 지역 공공 문화공간인 노원문화예술회관에서 학교 정규수업 일과 중에 편성되어 1년에 4번 이루어진다. 1차시는 우리음악(국악), 2차시는 외국음악(양악), 3차시는 춤(우리춤, 외국춤), 4차시는 전통연희(풍물, 탈춤 등)로 구성되어 있다. 이 프로그램이 공연장에서 이루어지다 보니 학생들에게 공연장에서 지켜야 할 에티켓과 공연을 관람하는 요령에 대한 교육도 이루어지고 공연예술에 대한 경험이 축적되어가면서 자연스럽게 공연예술과 친숙해져 미래의 극장 고객을 확보하고 문화시민을 양성하는 효과도 갖는다.

이 프로그램은 학생들에게는 질 높은 문화예술교육 프로그램을 향유토록 하고, 문화기획자들에게는 지속적인 수익 창출의 효과를 거두고, 공연예술가들에게는 지속적인 일자리 창출이 되고, 지자체에서는 지역민의 교육열에 부응하는 지자체에 대한 신뢰감을 깊게 해주는 효과를 거두고, 지역 문예회관에는 극장 가동률을 높여주는 일석(一石) 오조(五鳥)의 효과를 거두고 있다.

또한 어린이를 동반한 가족 단위를 대상으로 하는 소규모 공연도 공략해볼 만한 공연 콘텐츠다. 최근 들어 주말 휴일제가 도입되면서 여가 시간이 늘어나면서 가족 단위의 공연 관람이 크게 늘었으나 정작 집을 나서면 마땅히 아이들과 함께 볼 재미있고 함께 볼 적당한 공연을 찾기가 어렵다. 이러한 수요에 부응하여 다양한 장르의 질 높은 공연예술작품을 제작하여 공연하는 것을 권하고 싶다. 아마 기대 이상의 호응이 있으리라고 장담한다. 서울시의 '종로아이들극장'이나 노원의 '노원어린이극장'은 주말마다 공연이 매진되고 있는 것이 그 좋은 사례이다.

또 어린이집이나 유치원에서도 유아들을 대상으로 하는 공연에 대한 수요는 크지만 이에 부응하는 공연 프로그램은 절대적으로 부족하다. 공연예술단체들이 지역 단위의 어린이집 연합회와 유치원연합회와 협업하여 유아들을 위한 공연예술작품을 제작하여 지역 문예회관이나 순회 방문 공연을 하는 것도 좋은 방법이 될 것이다.

이 밖에도 여러 가지 좋은 방안이 있을 것이다. 2023년 공연예술시장은 춥고 배고픈 한 해가 될 것이다. 이러한 절박함과 간절함이 방안을 마련하게 하고, 희망을 품고 어려움을 극복하며 살아갈 수 있는 삶의 동력을 갖게 할 것이다.

"구하라, 그러면 얻을 것이요. 두드려라! 그러면 열릴 것이다."라는 말이 있듯이 최선을 다하는 2023년을 보내시기를 바란다.

14

2023년 1분기 공연예술시장을 둘러보며

2020년 1월 코로나19 국내 첫 확진자가 발생한 지 만 3년이 지났다. 그러지 않아도 힘겹게 생존을 위한 몸부림을 쳐왔던 우리 공연예술계는 더욱 깊은 늪에 빠지고 말았다. 지난 5월 5일 WHO가 코로나19의 '국제적 공중보건 비상사태 선포'를 해제 발표 후 우리 정부도 6월부터 코로나19 위기 경보를 '심각'에서 '경계'로 조정한다고 발표한 바 있다. 이제 본격적인 일상으로 복귀를 시작하였다. 그런 이유에서인지 우리 공연예술계도 올해 초부터 3년간의 깊고 깊은 늪에서 빠져나오고 있다.

예술경영지원센터에서 발표한 자료에 의하면 금년도 1분기(1월~3월) 공연 실적 공연 건수, 티켓예매 수, 티켓 판매액 모두 4개년 동기간 중, 올해 가장 우수한 실적을 보였다. 2023년 1분기 공연 건수는 2,756건, 공연 회차는 21,462회, 티켓 예매 수는 336만 건, 티켓 판매액은 1,557억 원으로, 모든 실적 면에서 `20년~`22년 대비 최소 13.5%에서 최대 295.7%까지 증가하였다. 장르별 가장 많은 공연이 이뤄진 장르는 서양음악(클래식)으로 전체에서 47.4%를 차지하였다. 티켓 예매 수와 티켓 판매액은 예전과 마찬가지로 상대적으로 티켓 가격이 높은 뮤지컬 장르가 각각 57.2%, 75.9%로 가장 큰 비중을 차지하였다.

반면, 2022년 같은 기간보다 가장 높은 증가 폭을 보인 장르는 공연 건수, 티켓 예매수, 티켓 판매액 기준 모두 순수무용 장르가 차지하였다. 그러나 그것은 우리 순수무용계가 활기를 되찾았다는 말은 아니다. 올해 순수무용의 급성장 원인은 세계적 인기를 누리는 파리 오페라 발레단의 〈지젤〉 공연이 30년 만에 국내에서 이뤄졌고, 높은 대중적 인기를 자랑하는 선원 월드투어가 코로나19 이후 오랜만에 국내에서 이뤄지는 등 잇따른 외국 무용단의 내한 공연이 1분기 순수무용 시장의 호황을 견인한 것이니 마냥 반길 소식은 아니다. 공연 실적이 가장 우수한 지역은 변함없이 서울로 나타났으며, 서울을 제외하고는 시 단위 기준, 부산의 티켓 판매액이 가장 우수하였으며, 도 단위 기준으로는 경기도-경상북도 순이었다.

가장 많은 공연이 이뤄진 공연장 규모는 100~300석 미만 소극장, 티켓 예매 및 판매가 가장 많이 발생한 공연장 규모는 1,000석 이상 대극장이었으나, 2022년 같은 기간보다 가장 높은 증가 폭을 보인 시설 규모는 공연 건수, 티켓 예매 수 및 판매액 기준 모두 100석 미만 소극장이었다. 그러한 통계를 증명해 보이듯이 티켓 예매 수 티켓 예매 수 및 판매액이 가장 많이 발생한 공연은 대학로 공연이었다고 한다. 반가운 소식이 아닐 수 없다.

2023년 1분기 공연시장 티켓 판매액 상위 10위권에 든 작품들을 살펴보면, 뮤지컬이 9개를 차지하였고, 유일하게 연극 〈셰익스피어 인 러브〉가 상위권에 들었다. 다만, 해당 작품의 경우, 최소 5만 5천 원에서 최대 11만 원을 호가하는 상대적 고가 연극 공연으로 예술의 전당이라는 1,000석 이상 대극장에서 8주 넘게 진행된 점을 고려할 때, 높은 티켓 가격과 대극장 공연, 인지도 높은 스타 출연이 우수한 티켓 판매 실적으로 귀결되었을 것으로 보인다.

장르별로 살펴보면 연극의 경우 대학로 소극장이 활기를 찾기 시작했다는 점이다. 그러나 현장을 찾아가 보면 인지도가 높은 배우가 출연하지 못하는 연극 공연은 아직도 고전을 하고 있음이 그대로 느껴진다. 뮤지컬의 경우는 올해 1,000석 이상 대극장 뮤지컬 공연 건수가 많이 증가했는데 이에 대한 연유는, 코로나19로부터의 영향력 감소 및 사회적 거리두기 해제로 뮤지컬 시장의 공격적인 상영이 증가하였고, 이에 따라 내한 공연과 대형 창작뮤지컬의 비중이 커지면서 발생한 결과로 추정된다.

서양음악(클래식)의 경우 증감률 기준, 2022년 같은 기간보다 전 실적 모두 다 같이 증가하는 양상을 보였으며, 특히 티켓 예매 수와 티켓 판매액은 각각 전년 대비 85.6%, 95% 증가로 크게 성장하였다. 23년 1분기 클래식 티켓 판매 상위 10개 작품이 차지하는 비중은 클래식 전체의 35.5%로 타 장르 대비 상위 작품에 대한 수요 쏠림이 비교적 높지 않은 편이지만, 김호중, 포레스텔라, 히사이시 조, 정명훈 & 조성진 등 대중적 인기가 높은 특정 스타들의 작품이 상위권을 점령하고 있다.

국악의 경우 2023년 1분기 한국음악(국악)의 공연 건수는 188건으로 전체 시장에서 6.8% 비중을 차지하여 대체로 실적이 저조하였다. 이에 대한 원인은 '풍류대장', '이날치' 등 수요가 많은 대형 인기 연주자들의 공연이 2023년 1분기에 이뤄지지 않으면서 발생한 현상으로 보인다. 1분기 한국음악(국악) 장르의 공연 특성을 살펴보면 아동공연 건수가 4.3%로 가장 높은 비중을 차지하였고, 티켓 예매 수(비중 8.4%)와 티켓 판매액(비중 6.7%) 또한 마찬가지로 아동 공연이 압도적으로 높은 비중을 차지하였다는 점이다. 근 몇 년간 국악 시장에 대중화 바람이 불며, 대중적 인지도를 갖춘 예술가들의 출연작을 중심으로 수요 쏠림 현상이 극심해졌고, 이 같은 양극화 현상은 2022년 정점에 이르렀다. 반면, `23년에 들어서며 스타 출연작 공연이 감소하기 시작하였고, 상위권 작품의 티켓 판매 비중이 2022년 같은 기간보다 36.3% 가량 줄어들며 관객 집중화 완화 양상을 보였다.

순수무용(서양/한국)의 경우 2023년 무용 공연은 총 76건, 티켓 예매 수는 약 5만 매, 티켓 판매액은 약 33억 원으로 집계된다. 무용 장르의 2022년 같은 기간보다 공연 실적은 타 장르와 비교하여도 유독 높은 증가세를 보였다. 2023년에 들어서며 무용 장르도 여타 장르들과 함께 상승곡선을 타고 있는데, 이렇듯 무용 시장의 뒤늦은 성장이 올해 무용 시장의 성장 폭을 더욱 두드러져 보이게 하였다. 아울러 그동안 성사되지 못했던 대규모 내한공연(선윈 월드투어, 파리 오페라 발레, 〈지젤〉)이 올해 1분기 전폭 추진되며 전년 대비 높은 성장을 이끌었다.

대중음악의 경우 `23년 1분기 전체 공연(연극, 뮤지컬, 서양음악, 국악, 순수무용)과 대중음악 장르를 포함한 총 공연 건수는 3,415건이며, 이 중 대중음악은 659건으로 전체의 19.3%를 차지하고 있다. 상위 10개 작품을 살펴보면, 아이돌 공연 4개, 내한 공연 1개, 밴드공연 1개, R&B 공연 1개, 트로트 공연 1개, 기타 2개로 구성되어 있으며, 모두 서울의 1,000석 이상 대극장(체육시설)에서 진행되었다.

여러 가지 어려운 환경 속에서도 우리 공연예술시장은 기나긴 불황의 터널을 벗어나고 있는 것은 분명하다. 그러나 공연예술계도 대형공연이나 스타마케팅으로 인한 '부익부 빈익빈' 현상에서 자유롭지 못하다. 그러나 대학로 소극장들이 꿈틀대며 조금씩 활기를 되찾고 있는 것에서 보듯이 꼭 스타마케팅이나 대형공연이 아니더라도 장르 불문 '작아도 명품'을 만든다는 마음으로 소규모 공연이지만 창의력과 상상력에 기반한 높은 연출력과 연기력으로 명품 공연을 만들어 중장기 공연으로 간다면 해법이 만들어지지 않을까 생각해본다.

15

문화를 돈벌이의 수단으로만 보지 마라

나는 우리나라가 그저 경제적으로 윤택한 잘 사는 나라가 아니라 문화로 품격이 높은 진정한 의미의 선진국이 되는 꿈을 자주 꾼다. 그런 날이 하루빨리 오기를 기다린다. 가정에서도, 직장에서도, 학교에서도, 공원에서도, 지하철 역사에서도, 버스정류장에서도, 공공건물에서도, 카페에서도, 음식점에서도, 거리를 걸어가도, 그 어느 곳에서도 늘 아름다운 시(詩)와 만나고, 아름다운 그림과 조형미술을 만나고, 아름다운 음악과 춤을 만나는 나라를 상상해본다. 이러한 일은 상상 속에서만 가능한 일일까?

문화의 중요성을 강조할 때 백범 김구의 〈나의 소원〉이 자주 인용되곤 한다. 백범은 "우리의 부력(富力)은 우리의 생활을 풍족히 할 만하고, 우리의 강력(强力)은 남의 침략을 막을 만하면 족하다. 오직 한 가지, 가지고 싶은 것은 높은 문화의 힘이다."라고 하였다. 백범이 꿈꾸었던 것은 문화강국 대한민국이었다. 20세기 초 갖은 역경 속에서도 조국의 독립을 위해서 헌신하였던 백범이 다가올 21세기가 문화가 국가경쟁력의 주요 원동력이 되는 문화의 세기가 되리라는 것을 예견한 탁월한 식견에 감탄하지 않을 수 없다.

　　그러면 백범이 갖고 싶었던 '문화의 힘'은 무엇일까? 문화는 인간이 살아가면서 필연적으로 만날 수밖에 없는 트라우마와 외로움을 치유하는 힘을 갖고 있다. 요즘에는 음악치료, 미술치료, 연극치료 등 문화예술을 이용한 많은 프로그램이 주목받고 있다. 우리가 일상에서 지치고, 외롭고 쓸쓸할 때 들려오는 한 곡의 노래와 음악이 우리 마음을 얼마나 따뜻하게 감싸주며 위로해주는가? 문화는 적자생존의 치열한 삶 속에서 만나는 오아시스 같은 존재로서 우리에게 행복감을 안겨주어 삶의 질을 한껏 높여주는 힘을 가지고 있다.

　　예전에는 문화예술이 예술인들의 전유물이었으나 요즘에는 일반 국민이 구경꾼이나 문화향유자로 머무는 것이 아니라 문화생산자로서 스스로 노래하고, 연주하고, 그림을 그리고, 글을 쓰며 행복해하고 성취감을 느끼는 생활예술의 시대가 되었으니 '문화의 힘'은 너무나도 크다.

　　그리고 문화는 미래의 꿈나무들의 바람직한 인성 형성과 창의력과 상상력 형성에 탁월하고 필수적인 '힘'을 갖는다. 주지하는 바와 같이 미래 첨단산업의 동력은 석탄도, 석유도, 기계도 아닌 상상력과 창의력이다. 그래서 어린이들의 상상력과 창의력 신장을 위해서 문화예술교육의 중요성이 그 어느 때보다도 강조되고 있다. 또한 국민의 월드컵 응원과 지난 촛불혁명에서 보았듯이 문화는 이념과 계층, 세대, 지역 간 갈등을 초월하여 우리를 하나로 통합시켜주는 '힘'을 갖고 있다.

　최근에는 문화는 제조업 못지않게 고부가가치를 창출해내는 문화 산업적 기능을 하고 있다. K-Pop, K-Drama, K-Movie, K-Game, K-Animation 등 문화예술 콘텐츠 산업이 세계 각국에서 주목받으며 막대한 외화를 벌어드리고 있다. K-Culture의 약진으로 문화뿐만 아니라 타 영역에서 우리나라의 위상이 동반 상승하고 있다는 것을 우리는 너무나 잘 알고 있다. 이러한 K-Culture의 기반에는 우리의 기초 문화예술이 든든하게 소스를 제공하고 있기에 가능한 것으로 생각한다. 문화가 경쟁력의 기반이 된다는 것을 알고 있던 선진국들은 오래전부터 문화예술에 막대한 투자를 하고 있으니 '문화의 힘'은 아무리 강조해도 지나치지 않는다.

　지난 1월 5일 문체부가 대통령에 대한 2023년 업무보고가 있었다. 문체부 업무보고는 우리나라 정부가 한 해 동안 어떻게 문화정책을 펼쳐나갈 것인가를 밝히는 것이기에 매우 중요한 것으로 생각한다. 그런데 그 자리에서 있었던 대통령의 발언에 대하여 문화예술계에서는 우려의 말들이 많다.

　대통령은 이 자리에서 "문화에 있어서도 K-콘텐츠를 키우는 과정에서 지방의 로컬 콘텐츠, 로컬 브랜드를 자꾸 키워야 한다"라며, "문체부에서는 소위 지방경제를 활성화하고, 균형발전을 이끌어갈 수 있는 이런 로컬 브랜드 활성화에도 많은 관심을 가져달라"고 당부하면서 "콘텐츠 산업이라는 것이 콘텐츠 산업에 그치는 것이 아닌 모든 인프라 산업, 방산, 대한민국의 이미지를 제고함으로써 직관적으로 영향을 미친다"라고 발언하면서 덧붙여 "K-콘텐츠 수출뿐만 중요한 게 아니라 앞으로는 콘텐츠 산업이 우리의 어떤 역량을 강화시키고 수출동력을 키우는 데 가장 중요한 분야가 될 것"이라고 하였다.

모두 지당한 발언이다. 그러나 문화계에서는 대통령과 정부가 문화를 산업적, 경제적 시각으로만 보고 문화를 돈벌이 수단으로 육성하겠다는 것은 아니냐는 우려의 목소리가 높다. 앞에서도 언급한 바와 같이 문화는 산업적 기능뿐만 아니라 치유와 힐링의 기능, 삶의 질을 향상해주는 기능, 창의성과 상상력을 키워주는 문화예술교육 기능, 사회를 하나로 통합시켜주는 기능, 국격을 높여주는 기능 등 헤아릴 수 없이 많다. 우리나라뿐만 아니라 세계 경제의 장기적인 침체의 상황에서 국면에서 경제를 활성화해야 한다는 대통령과 정부의 절박한 마음은 이해하지만, 문화가 우리네 삶에 미치는 수많은 역할이 많은데 문화를 돈벌이의 수단 정도로 생각하는 것은 아닌지 우려스럽다.

우리나라 헌법 제9조에는 "국가는 전통문화의 계승·발전과 민족문화의 창달에 노력하여야 한다."라고 명시하여 국가에 '전통문화의 계승·발전과 민족문화의 창달에 노력'할 의무를 명시하고 있다. 그리고 헌법 제66조에 "나는 헌법을 준수하고 국가를 보위하며 조국의 평화적 통일과 국민의 자유와 복리의 증진 및 민족문화의 창달에 노력하여 대통령으로서의 직책을 성실히 수행할 것을 국민 앞에 엄숙히 선서합니다."라고 국정을 책임져야 할 대통령 취임 선서문에 대통령이 '민족문화의 창달에 노력'할 것을 대통령의 책무로 분명히 해두었다.

아무쪼록 대통령과 국가는 헌법에 명시된 문화창달을 위한 국가의 책무를 다시 한번 더 살펴보기를 바란다. 돌봐주어야 할 것은 문화 콘텐츠 산업 외에도 민족문화의 창달, 문화예술의 진흥, 생활예술의 진흥, 국민 문화 향유의 확대, 문화예술교육의 활성화, 예술인 지원 등 국가의 기본적인 책무에 관해서 관심과 지원을 소홀히 해서는 안 될 것이다.

16

문화예술 공공기관장 선임 행태,
한심하다

문체부 장관 임명부터 편향 인사의 불길한 신호탄이었다

문화예술 관련 공공기관장은 기관 운영의 공공성, 예술성, 수익성을 균형 있게 관리해야 하는 전문성과 노련한 경험을 요구하는 중책이다. 지난 정부에도 문화예술 관련 공공기관장 선임의 공정성에 대한 시비가 없었던 것은 아니었지만, 이번 정권 출범과 동시에 시작된 문화예술 관련 공공기관장 선임 행태는 기가 차다 못해 점입가경이다.

지난 5월 윤석열 당선인의 대통령직인수위원회 특별고문으로 활동했던 중앙일보 정치부 기자 출신인 박보균 씨가 문화체육관광부 장관으로 임명된 것은 인사 망사의 불길한 신호탄이 되었다. 박보균 씨를 우리나라 문화체육관광 분야를 이끌어가는 수장으로서 적합한 인물인가에 대해서는 동의하는 분은 거의 없을 것이다.

이어서 지난 6월 예술의전당 사장에 피아니스트인 장형준(60) 서울대 음대 교수가 임명됐다. 장형준 예술의전당 사장이 피아니스트로서 연주 활동도 적은 데다 교육자로서 주로 학생 지도에 무게 중심을 두어왔던 분이었기에 공연예술 전반에 대한 전문성과 극장경영에 경험이 풍부한 인사가 선임될 것으로 예상했던 문화예술계는 의외의 인사에 적잖게 술렁였다.

얼마 전 9월 20일에는 동아방송예술대학교 백현주(49) 교수가 국악방송 사장에 임명되었다. 백현주 신임 사장은 서울일보 정치, 문화부 기자의 경력을 갖고 있으며 방송의 예능 프로에서 주로 활동하였으며 얼마 전에는 제20대 대통령직인수위원회 사회복지문화분과 전문위원을 역임하였다. 백현주 신임 사장이 우리 국악과 전통예술을 방송을 통해 국민에게 알리기 위해 설립된 국악방송 사장으로서 전문성을 갖추고 있는 사람인가에 대해 '그렇다'라고 동의할 사람은 거의 없을 것 같다. 마치 인사 망사 줄줄이 알사탕을 보는 것 같고, 정부가 국민을 참 우습게 보는 것 같아 마음이 씁쓸하다.

국립극장장 인선 1년간 끌어온 이유가 무엇인가

국립극장장 선임 공모의 경우는 문체부가 2022년 9월 임기가 끝난 김철호 당시 국립극장장의 후임을 새롭게 뽑기로 하면서 인사혁신처가 6월 선발 공고를 내어 많은 사람이 지원했으나 두 차례의 공모가 무산되고, 새 정부가 들어서서 세 번째 공모가 있었지만, 지금까지 선임을 미루고 있다. 지금껏 공모가 무산된 이유에 대해서 많은 뒷이야기가 있다. 공모 과정에서 국립극장장으로서 전통공연예술에 정통하고 충분한 극장 운영에 대한 경륜과 전문성을 갖춘 인사가 탈락하는 등 코드 인사를 위한 '무늬만 공모'라는 말도 무성하다. 아니 땐 굴뚝에 연기가 나겠는가?

국립극장은 전통에 기반을 둔 동시대적 공연예술 창작을 지향하고 있는 우리나라 공연예술을 대표하는 극장으로서 국립창극단, 국립무용단, 국립국악관현악단 등 3개의 전속단체를 보유하고 있다. 국립극장장은 전통공연예술에 정통하고 극장 운영에 대한 경험과 전문성을 갖춤은 물론 세계화 시대에 우리 국립극장을 국제적인 대표 극장으로 발전시킬 수 있는 역량과 비전을 갖춘 사람이 되어야 한다. 1년이라는 기간을 극장장을 공석으로 둔다는 것은 국가의 직무 유기가 아닐 수 없다.

정부 산하 문화기관장 공모 방식 개선되어야 한다

지금과 같은 극장장 공모 방식은 개선될 필요가 있다. 문화예술 전문가들의 일반적 견해는 국립극장장 선임은 해외처럼 전문가들로 추천위원회를 구성해 역량 있는 분을 추천하는 방식을 도입해야 하여 문체부 장관은 추천위원회의 심의를 거쳐 복수로 올라온 최종 후보자 가운데 낙점하도록 하는 방식으로 선임 프로세스를 바꾸면 공정성과 투명성도 담보할 수 있으리라는 것이 중론이다. 그러나 추천위원회 구성 단계에서 공정성과 투명성이 담보되지 못한다면 '짜고 치는 고스톱'이라는 지적 또한 면하지 못할 것이다. 아무쪼록 적임자로 국립극장장 인선이 마무리되기를 촉구한다.

17

예술가들에게 좌파냐, 우파냐를 묻지를 마라

나에 대해서 잘 알고 있지 못한 분들과 온라인 SNS로 소통할 때 가장 큰 부담스럽고 당혹스러운 질문은 "당신은 좌파인가?" 아니면 "우파인가?"로 양분하여 직접 물어보거나, 내가 어디에 속하는지 알아보기 위하여 우회적으로 간을 보는 경우이다. 나는 사람을 그런 이분법적 분류방식으로 구분하여 대하는 것이 너무 싫다. 게다가 자신을 스스로 그 틀 안에 가둬두고 행동하는 사람들을 보면 더욱 안쓰럽다.

국어사전식으로 정의해본다면 좌파는 정치적으로 급진적·혁신적 정파를 뜻하고, 우파는 정치적으로 점진적·보수적 정파를 뜻할 것이다. 다시 말해 좌파는 진보, 혁신 또는 사회주의적 사상이나 경향을 가진 인물이나 단체를, 우파는 보수, 자본주의적 사상이나 경향을 가진 인물이나 단체를 말할 것이다. 그러나 세상은 다양한 서로 다른 시선과 생각이 어울려 발전해 나가기 때문에 끊임없는 토론과 실험을 통하여 최선을 추구해나가면 될 일이다.

이미 우리는 과거 정부에서 양쪽 이념을 자칭하는 정부를 경험한 바 있다. 이승만 정부, 박정희 정부, 전두환 정부, 노태우 정부, 이명박 정부, 박근혜 정부가 한쪽에 서 있고, 김대중 정부, 노무현 정부, 문재인 정부가 다른 한쪽에 서 있다. 지금의 윤석열 정부는 보수 정부를 자칭하지만, 윤석열 대통령은 가끔 김대중 대통령이나 노무현 대통령을 존경한다고 말해서 대단히 미안한 말씀이지만 윤 대통령의 정치적 정체성이 헷갈릴 때도 있다.

좌에 속해 있든, 우에 속해 있든 간에 역대 정권들이 저마다 노력한 점은 있었겠지만, 다음과 같은 질문에 대답해야 할 것이다. 집권 기간 진정 국민의 자유와 복리의 증진을 위하여 사회 전반에 쌓인 병폐에 대한 개혁에 힘썼는가? 아니면 그렇지 못했다든가, 혹여 노력했다 하더라도 용두사미로 끝나지 않았는가? 그리고 구원(舊怨)의 보복과 이권(利權)의 교대를 위하여 대결 구도에 골몰하지 않았는가?

아마도 역대 그 어느 정부도 나의 이러한 질문에 완전 자유로운 정부는 없을 것이다. 그렇기에 이번 정부는 나의 질문의 내용을 음미하고 또 음미하여 이전 정부들의 잘못을 거듭하지 않아야 할 것이다. 단번에 세상은 달라질 수는 없으나 진정성과 선의를 갖고 노력한다면 언젠가는 우리 모두 바라는 '정의롭고 행복한 나라'가 될 수 있을 것이다.

살다 보니 여든 야든 간에 많은 정치인을 알고 지낸다. 나는 문화예술의 중요성을 인정하고 중시하는 정치인들을 좋아한다. 내가 알고 있는 정치가 중에는 진정성 있게 예술인을 존중하고, 힘겹게 예술 활동하는 예술인들을 지원하고자 법과 제도를 개선해주기 위하여 노력하는 분들도 더러 있다. 나는 다년간 국회 의원회관에서 국회의원실 주관으로 개최되는 문화예술과 관련된 정책 세미나나 토론회에 발제자나 토론자, 가끔은 진행자로 활동했다. 행사가 시작되면 당연히 주관한 국회의원이 영향력 있는 동료의원들을 대동하고 참석하여 주관의원으로서 인사말을 하고 동원된 의원에게는 축사를 맡긴다.

그런데 행사가 시작되면서부터 의원들의 진정성이 보이기 시작하는데 대부분 인사말이나 축사가 끝나면 바쁘다는 이유로 슬금슬금 사라지기 시작한다. 이래서는 정책 세미나나 토론회가 힘을 받기는 어렵다. 그런데 아주 특별한 경우이긴 하나 몇몇 의원들은 끝까지 자리를 지키고 당일 논의한 내용이 법제화하여 실효를 거둘 수 있도록 참석한 관련 공무원들에게 다짐받는 등 꼼꼼히 챙겨주는 정치인도 있다.

올해 초 국회 의원회관에서 이북5도무형문화재연합회와 D 국회의원과 공동으로 '이북5도 무형문화재 전승 현실화 방안'이라는 주제로 정책토론회가 열렸다. 토론회의 취지는 이북5도무형문화재가 법에 따른 지원 대상인 국가지정문화재와 시·도지정문화재에 포함되지 않은 탓에 전승지원금 지원의 사각지대에 머물고 있어 안정적인 전승이 이루어질 수 있도록 정부와 국회가 관련 법안을 보완하자는 의도였다.

발제자 외에 정부 관계자로 문화재청 담당 사무관과 행안부 담당 사무관이 배석하였다. 그런데 토론회를 주관한 D 의원은 토론회가 끝나기까지 자리를 지키고 있었고, 토론회 막바지에는 배석한 정부 관련자들에게 법 보완이 이루어질 수 있도록 약속을 받아내는 등 진정성 있는 노력을 보여 토론회 좌장을 맡았던 나로서는 여야를 떠나서 아직도 이러한 국회의원이 있다는 것에 깊은 감명을 받았다. 장관까지 지낸 3선의 중진 의원이 그런 모범적인 자세를 보여주어 더욱 인상 깊었다. 아무도 거들떠보지 않는 이북5도 무형문화재의 전승을 위해서 애쓰고 있는 전승자들이 안정된 기반 위에서 전승 활동을 할 수 있도록 배려하는 정치인의 모습은 내가 진정 바라는 정치인의 모습이었다.

예술가들도 국민이니 자신의 정치적 견해를 가질 수는 있다. 그러나 자신의 예술을 사랑하는 수요자 중에는 다양한 정치적 견해를 가질 수 있으므로, 자신의 정치적 견해를 공공연하게 드러내는 것은 삼가야 한다. 개인적으로 나에게 "당신은 좌파냐", 혹은 "우파냐" 하고 묻는다면 문화, 사회 부문에서는 어느 정도 진보적이고 혁신적인 면을 갖고 있어 좌파라 할 수도 있고, 교육 및 경제 부문에서는 어느 정도 보수적인 면을 갖고 있어서 우파라고도 할 수 있어, 그 어느 한쪽으로 분류되는 것이 싫다. 그러니 예술가들에게 좌파냐, 우파냐를 묻지를 마라. 예술가들은 예술을 위해 존재한다. 예술가들은 자기의 정치적 견해와 관계없이 자신의 예술세계를 구현하기 위하여 매진할 뿐이다.

18

예술행정의 완성은 홍보

대부분의 문화재단 직원들은 구민들에 대한 문화서비스를 제고하고 관내 예술인들의 창작환경 개선을 위해 저마다 자신에게 맡겨진 일에 최선을 다하고 있다.

허나 그러한 사업들이 구민들과 관내 예술가들이 잘 알고 있지 못하거나, 체감되지 못한다면 무슨 소용이 있겠는가? 마치 비단옷을 입고 밤길을 걸어가고 있는 형상과 같아서 애써 한 일을 아무도 알아주는 사람이 없어서 헛수고로 돌아가는 것과 같다.

그래서 홍보가 중요한 것이다. 홍보의 중요성은 아무리 강조해도 지나치지 않는다. 그래서 앞서가는 재단은 홍보팀을 따로 두고, 전 직원의 홍보맨을 강조한다.

예술행정의 완성은 홍보에 있다.

19

문화적 국격을 갖춰야 선진국이다

이제는 우리나라가 선진국 대열에 들어섰다고 하는 말이 사실인 것 같다. 한국을 찾은 외국인들이나 오랜만에 고국을 찾아온 국외교포들의 입에서 나오는 말도 한국이 선진국 대열에 들어섰다는데 이견이 없다.

교통망도 최고 수준이다. 시골 오지 마을에 가도 비포장도로를 찾기 어려울 정도로 깔끔히 도로가 포장되어 있다. 먹고 싶은 음식은 클릭 한 번이면 언제든 배달시켜 먹을 수가 있고, 웬만한 생필품은 스마트폰으로 주문할 수 있게 되었다. 의료보험 체제도 잘되어 있어서 가벼운 질병부터 중병까지 치료받는 데 그리 큰 어려움이 없게 되었다. 의복이나 신발도 패션의 흐름에 따라 바꿔 입고 신기가 그리 어렵지 않게 되었으며, 모두는 아니지만 거주하는 집뿐만 아니라 공중화장실에 이제는 대부분 비데 시설이 갖추어지게 되었다. 교육에 대한 지원도 잘 되어있어서 시골 학교라 하더라도 교육 시설만큼은 세계 그 어느 곳에 못지않게 잘 갖추어져 있다.

요즘은 코로나19 때문에 해외여행이 어렵게 되었지만 요 몇 해 전만 하더라도 공항에는 해외여행객들로 늘 북적거렸고 가까운 이웃 나라 한 번 다녀오지 않은 사람이 거의 없을 지경이 되었다. 그런데도 모두 경제가 어렵다고 하고, 더 강한 경제 대국이 되어야 한다고 입을 모으고 있다.

경제 대국이 된다고 선진국이 되는 것일까? 아니다. 모름지기 선진국이라면 시민의 식이 선진국다워야 선진국이 되는 것이다. 시민의 식은 후진국에 머물러 있는데 번지르르하게 치장했다고 해서 선진국 시민이 되는 것은 아닐 게다.

이제 숨 고르기가 필요한 시기가 된 것 같다. 그동안 우리는 앞만 보고 달려왔다. 다른 선진국들이 몇백 년의 시간을 들여 이룩한 성과를 우리는 앞만 보고 뛰어 몇십 년 만에 이룩하였으나 시민의식도 함께 선진국 수준에 이른 것은 아니다. 선진국이라 하면 국민의 자질과 교양과 시민의식과 책임감과 도덕성이 갖춰져야 선진국 시민으로 불릴 수 있을 것이다.

자신을 낮추고 남에게 기회를 줄 줄 아는 미덕과 자신의 욕망을 절제하고 사회적 약자들에게 관심을 가지고 배려할 줄 아는 시민의식이 보편화하여 있는 나라가 진정한 선진국이며, 그러한 나라에 사는 사람이 선진국 국민일 것이다.

문화민족으로서 문화적 정체성을 지키고 거리를 나서면 일상에서 어디에서나 자연스럽게 문화예술과 만날 수 있는 문화적 품격을 갖춘 나라가 선진국이다.

20

공연예술시장의 새로운 대안,
거리공연이 더욱 풍성해지려면

길고 긴 코로나19 감염 확산으로 공공극장이 활력을 잃게 되면서 공연 예술 시장의 새로운 대안으로 주목받게 된 것은 거리공연이다. 물론 그 이전에도 거리공연이 전혀 없었던 것은 아니다. 나이가 지긋한 분들은 시장바닥에서 혹은 거리를 떠돌며 정체불명의 약이나 싸구려 화장품을 팔기 위하여 다니던 유랑 예인들의 거리공연을 기억하고 있을 것이다.

거리공연의 영어 명칭은 버스킹(Busking)이다. 버스킹은 거리공연(Street Performance)과 동의어다. 버스킹의 의미가 "길거리에서 공연하다."라는 의미의 버스크(busk)에서 유래된 만큼, 거리에서 자유롭게 공연하는 것 모두를 총칭하는 의미가 되었다. 버스킹이라는 용어가 처음으로 사용된 것은 19세기 후반 영국이라 알려져 있으나, 실제로 버스킹이 시작된 것은 동서양을 막론하고 고대사회로 거슬러 올라간다고 할 수 있다.

도시 문화가 오래되어 광장이나 골목 문화가 발달한 유럽이나, 이러한 문화를 받아들인 북미 등지에서는 버스커들을 흔히 볼 수 있다. 북미 같은 경우에는 흔히 생각하는 스트릿 버스킹도 있지만, 동부 기준으로 지하철에서 버스킹하는 사람들도 제법 보인다. 일본에서도 신주쿠, 시부야 등 사람들이 많이 모이는 지역에서 버스킹을 심심찮게 볼 수 있다. 우리나라에서는 서울의 대학로, 홍대, 신촌, 건대, 한강공원, 부산의 광안리 해수욕장, 서면, 남포동, 해운대, 인천의 로데오거리, 월미도 음악분수 옆, 광주의 충장로, 대구의 동성로, 수성못, 김광석 거리 등 전국적으로 거리공연이 펼쳐지고 있다.

거리공연의 장점은 다양한 장르의 거리공연 예술가들과 관객이 인접 거리에서 소통할 수 있다는 점이다. 거리공연을 통해 다양한 장르의 예술을 즐길 수 있다는 장점은 있으나, 관객들의 호응을 유도하기 위해 거리공연이 너무 지나치게 대중화, 상업화되어가고 있다는 비난도 함께 존재한다. 관객으로선 제대로 된 음악 공연을 극장에서 보려면 적지 않은 돈을 지불하고 입장권을 사야 하지만, 거리에서는 공짜로 음악 공연을 즐길 수 있다는 장점이 있다. 그리고 지역 상인들로선 거리공연 예술가들이 볼거리, 들을 거리, 즐길 거리를 풍성하게 해주어 유동 인구가 모일 수 있게 하여 상권을 활성화해준다는 장점이 있다.

거리공연이 활성화된 또 하나의 이유는 주말 휴일제가 도입되면서 주말 여가가 늘어나서이다. 가족 단위 나들이가 잦아지면서 거리공연을 통해서 볼거리, 들을 거리, 즐길 거리를 만날 수 있다는 것이다. 거리공연은 도시 생활의 삭막함으로부터의 해방구 역할을 하며 삶에 지친 도시인들에게 힐링과 삶의 활력을 제공한다.

거리공연은 사회의 부조리와 불공정함, 지도층에 대한 실망감에 대하여 거리공연의 해학과 풍자를 통하여 대리만족을 취할 수 있다. 거리공연은 테마공원, 유동 인구가 많은 지역 명소 중심으로 거리공연이 펼쳐진다. 또한 시군구 등 광역 및 기초지자체들은 코로나19로 지친 지역민의 문화 향수를 통한 만족도를 높이기 위해 거리공연을 경쟁적으로 유치하고 활성화를 위해 거리예술제를 주관 주최하는 경향이 늘어나고 있다.

그러나 소음 문제 제기로 자유롭게 거리공연을 하기 어렵다는 단점이 있다. 요즘은 주변 상인들의 영업에 피해를 주는 사례로 항의받는 경우가 많으며, 행인들의 거리 통행에 불편을 초래하기도 하고, 조용히 걷고 싶은 사람들의 눈살을 찌푸리게 하고, 조용히 살고 싶은 인근 주택가의 주민들에 의하여 민원이 제기되기도 한다.

그런 어려움에도 불구하고 요즘 거리공연 시장이 치열해지면서 거리공연 예술가들은 좀 더 핫한 소재가 없을까 하는 소재의 빈곤함 속에서 깊은 고민에 빠져있다. 관객들의 눈높이는 나날이 높아지고 까다로워지고 있어, 관객의 눈길을 사로잡을 수 있는 소재와 레퍼토리 개발을 위한 고민이 깊어진다. 그러나 대안이 없는 것은 아니다. 먼 곳에서 찾을 일이 아니라 우리 것에서 찾으면 된다. 바로 우리 전통사회의 유랑예인 집단의 예능에서 찾으면 된다.

우리나라 전통사회의 유랑예인 집단의 공연예술은 한국식 버스킹의 시작이라고 할 수 있다. 사실 근대 이전 거리공연을 논하자면 광대도 일종의 버스커(거리공연자)라고 볼 수 있다. 사대부 중심의 전문 예인들의 공연예술을 접하지 못했던 서민 계층들에겐 유랑예인들의 연희예술은 해방구와 같은 역할을 했을 것이다. 지배계층의 부패와 불공정에 대한 반감을 품었던 서민들에게는 유랑예인들의 수준 높은 예능을 통한 문화 향유와 유랑예인들의 재담과 연기 속에 녹아들어 있는 풍자와 해학이 담긴 연희예술을 통하여 대리만족을 느꼈을 것이다. 유랑예인들의 수준 높은 예능의 전승이 단절되지 않았다면 오늘날의 거리예술의 레퍼토리가 더욱 풍성하고 다양해졌을 것이다.

거리공연에 익숙했던 과거 전통사회의 남사당패, 사당패, 대광대패, 솟대쟁이패, 초라니패, 풍각쟁이패, 광대패, 걸립패, 중매구패, 굿중패, 애기장사패 등 우리의 전통 유랑예인 집단의 찬란하고 다양한 예능에 눈길을 돌려본다면 유랑예인 집단의 소재와 레퍼토리가 보물창고였다는 것을 알게 될 것이다. 우리의 유랑예인 집단들의 찬란했던 예능은 일제강점기를 거치면서 전승이 단절되는 비운을 맞이하였으며 해방 후 6·25전쟁과 산업화의 시기를 맞으면서 역사 속으로 거의 사라져버렸다.

이제는 그 많고 많은 유랑예인 집단 중 남사당패만이 국가무형문화재로 지정이 되어 겨우 그 명맥을 유지하고 있다. 유랑예인 집단의 예능에 대한 문헌 자료와 그림 자료는 충분하지는 않지만 남아있고, 그들의 다양한 예능을 복원하기 위하여 수많은 시도도 있었고 연구자료도 적지 않으니 이제라도 사라져버린 우리나라의 유랑예인 집단들의 찬란했던 다양한 예능을 복원하여 거리공연으로 환원한다면 더욱 풍성한 거리공연 예술이 꽃피어 나게 될 것이다.

21

'예술의 전당'은 실패한 문화공간이다

오랜만에 서초동 예술의 전당에 들렀다. 한때 내가 일하던 곳이었는데 들를 때마다 낯설다. 나는 번듯한 '예술의 전당' 직원은 아니었고 '예술의 전당' 내 세(貰) 들어 일하는 문체부 산하 모 문화기관의 대표로 2년 남짓 예술의 전당을 매일 들락날락했다. 오늘은 고객 신분으로 이곳에 들렀다. 마침 점심시간이라 점심을 뚝딱 해치우고 시간이 남아 전당 내 커피숍에 들러 우아하게 아이스 아메리카노를 즐기며 생각에 잠겨본다.

남들은 '예술의 전당'을 성공한 문화공간이라 추켜세우고 부러워하지만 나는 그렇게 생각하지 않는다. 절대로 배가 아파서 하는 말이 아니다. 외형으로 보아서는 이만한 공간이 없다. 번듯한 대극장과 중극장, 소극장과 야외극장을 갖추고, 넉넉한 전시실도 여러 개 있고, 여러 개의 문화예술 교육실과 번듯한 서예관이 자리 잡고 있으며, 식당과 커피숍 등 편의시설이 잘 갖추어져 있다. 이러니 외형만으로 보면 부러워할 만하다. 그러나 '예술의 전당'은 국가가 구축하고 운영하는 문화공간으로서는 대표적으로 실패한 문화공간이라 생각한다.

'예술의 전당' 내 극장은 여러 개지만 상주 공연예술단체도 없고, 자체 기획공연(제작 공연)이라고는 눈 씻고 찾아보기 힘든 곳이며, 미술관은 있어도 자제 기획전시라고는 만나보기 힘든 곳이 국립 예술의 전당이다. 한마디로 돈 받고 장소 빌려주고 그 수입으로 직원 월급 주고 시설 운영하는 곳이다. 전당 내 편의시설도 직영은 없고 모두 임대 운영이다. 그냥 강남이라는 좋은 곳에 있어 국가가 민간인에게 자리 빌려주고 돈을 받아 운영하는 곳이다.

국가가 운영하는 문화공간이라면 최소한 '예술의 전당'이라는 이름에 걸맞게 공연예술계와 시각예술계의 플랫폼 역할을 해야 하는데 그러한 기능과 프로그램이 전혀 없다. 그리고 우리나라 예술을 선도하는 기획공연을 제작하고 기획전시를 주도하여 방향을 제시해야 하는데 자체 기획공연과 기획전시는 거의 없다. 국가가 세운 문화공간이 임대공간으로 명성을 날려서야 되겠는가?

하지만 이런 문화공간이라도 있는 것이 어디냐? 이런 공간이 있어서 예술가들이 공연도, 전시도 할 수 있으니까! 언제 국가가 문화예술을 책임져 준 적이 있었던가? 모두 민간 차원에서 성과를 올렸고 지금도 혈투를 벌이고 있다. 예술가들이여! 힘내시라!

22

문체부 예산 7조 중
예술인 창작지원예산 1%인 나라

정병국 신임 한국문화예술위원장의 어제 인터뷰 기사를 보았다. 그가 취임한 지 두 달이 조금 넘어서의 인터뷰가 눈에 들어온다. 그가 위원장에 선임될 당시 문화계의 반응은 그리 호의적이 아니었다. 정치인 출신이라는 이유에서였다. 나 또한 우려를 표하면서 이렇게 칼럼을 썼다.

"이러한 문화계의 분위기를 정 신임 위원장이 예견하지 못하지는 않았을 것이고, 그럼에도 불구하고 신임 위원장직을 수락한 만큼 위원장직을 성공적으로 수행하기 위한 각오도 되어 있을 것이라 믿고 싶다. 그가 어떠한 행보를 할 것인지, 어떠한 성과를 거둘 것인지 관심 깊게 지켜보려 한다."라고 언급한 바 있다.

그의 어제 인터뷰 기사를 읽던 중 유독 눈에 띄는 부분이 있었다. 다음과 같다.

"배고프던 시절에 문화예술을 진흥하겠다고 진흥원을 만들어 기금을 모금했고, 그걸 기반으로 오늘날 한류 열풍에 문화강국 소리를 듣게 된 거잖아요. 그런데 정부 예산은 문화콘텐츠 산업 쪽에 편중되고 순수예술은 소외 받고 있죠. 문체부 예산 7조 중 예술인 창작 지원이 1%라는 게 말이 됩니까. 세계 어느 나라도 순수예술로 돈을 벌 수 없지만 그래도 지원하는 건, 예술적 기반이 없으면 콘텐츠도 존재할 수 없기 때문이에요. 이대로라면 문화콘텐츠 산업도 지속 가능하지 않을 겁니다."

그의 진단이 정확하다고 생각한다. 위원장이 이렇게 정확한 진단을 하고 있다면 참으로 다행스러운 일이다. 정부가 순수예술의 진흥을 도외시한 채 문화예술을 산업적인 측면으로만 보고 문화콘텐츠 산업에만 예산을 퍼붓고 있어 안타까워하던 차에 이러한 그의 진단이 반가웠다.

게다가 정 위원장은 5선 국회의원 경륜에다 국회 문방위원장을 거쳐 문체부 장관까지 거친 분이기에 더욱 기대해볼 만하다는 생각이 든다. 기대를 갖고 그의 앞으로의 행보를 지켜보려 한다. 간절히 바라건대 '역시나'라는 말이 다시는 나오지 않기를!

23

공연시장을 누가 황폐하게 했나,
그 대안은?

공연시장은 활성화되고 있지만

예술경영지원센터에서 지난 8월 발표한 올해 상반기 공연시장 동향에 따르면 우리나라 공연시장은 코로나19 확산의 영향으로 인한 시장 침체·위축기로부터 회복세를 지나 본격적인 '성장세'로 진입하는 양상을 보인다는 반가운 소식이다. 그러나 또 어떠한 위기가 갑자기 불어 닥쳐 모처럼의 회복세가 꺾일지 아무도 모른다.

상반기 공연시장은 공연 건수, 티켓판매 수, 티켓 판매액 모두 지속 증가 추세이며, 2020년 대비 2021년 증가율에 비해, 2021년 대비 2022년 증가율에서 큰 폭의 차이를 보인다. 전통적 공연 비수기인 5월, 6월이 각각 티켓 판매액 1, 2위의 실적을 보이며 4월 사회적 거리두기 해제 이후 공연시장의 활성화 경향이 두드러지고 있다.

장르별 상황을 알아보면 2022년 상반기 공연 건수의 경우 클래식 장르가 가장 많았고, 티켓판매 수와 티켓 판매액의 경우 뮤지컬 장르에서 가장 높았으며, 평균 공연 회차의 경우 장르별 시장 속성에 따라 연극·뮤지컬 분야가 높게 나타났다. 뮤지컬 장르 이외에도 클래식 및 국악 장르는 각각 다양한 대중 장르 및 미디어와 결합한 콘텐츠에 대한 호응, 방송 등의 영향으로 관객 저변 확대의 가능성을 보여주었다. 국악의 경우를 예를 든다면 전통예술 계승뿐만 아니라 매체와 결합하여 새로운 형식으로 대중성을 확보하기 위한 창작자들의 노력이 많이 이뤄지고 있다.

공연시장 청신호에도 불구하고 불확실성 여전히 많아

또한 뮤지컬 장르의 비중은 전체의 약 79%로 가장 높은 시장 점유율을 보였으나, 코로나19가 가장 극심했던 2020년 상반기 대비로는 약 8%p 하락하며 코로나19 확산세가 증가할수록 뮤지컬 장르 점유율이 올라간다는 기존 KOPIS 분석 결과를 증명하였다. 성과가 확실한 대형 작품만이 상연되었던 2020~2021년과 달리 올해는 다양한 작품들이 개막되어 볼거리가 많아져 공연생태계가 건강을 되찾아가는 신호로 볼 수 있다.

2022년 상반기 뮤지컬 시장 규모는 1,826억 원으로 코로나19 이전보다도 높은 이러한 경향은 모든 장르에 영향을 미치고 있다. 특히 5~6월은 비성수기임에도 대극장 창작뮤지컬의 성과도 크게 향상되면서 뮤지컬 시장조성 이래 최대의 호황기를 맞이하였다.

한편, 2022년 상반기 무용 시장은 상당한 회복세를 보였으나 코로나19 이전 수준에는 미치지 못하였으며, 연극시장 역시 괄목할만한 큰 약진은 보이지는 않았다.

지역별, 공연장 규모별, 기타 시장 특성을 살펴보면 지역별 추이의 경우, 2022년 상반기에도 공급과 수요 모두 서울편중 현상이 꾸준히 나타났으며, 이 같은 현상은 수요 측면에서 더 심하게 나타났다. 공연 건수 및 티켓판매 수와 판매액 순위는 다소간 상이하나 가장 높은 실적을 자랑하는 상위 4개 지역은 서울, 경기, 부산, 대구 지역이다.

공연장 규모별 추이의 경우, 500~1,000석 미만의 중극장에서 가장 많은 공연이 이뤄졌고, 티켓판매 실적은 1,000석 이상의 대극장에서 가장 높게 나타났다. 한편, 상반기 전체와 달리, 1~5월까지 월별 공연장 규모별 공연 건수는 100~300석 규모가 가장 높은 수치를 보인 바 있다.

2022년 상반기 공연시장은 팬데믹의 회복을 넘어 그 이상의 성장세로 진입하였으며, 이러한 성장세가 안정적으로 자리를 잡을지는 하반기 추이를 지속 관찰할 필요가 있다. 하반기 공연 및 축제 증가가 지속된다면 이 같은 성장세가 유지될 것으로 예측되는 한편, 코로나19 재확산 세 및 경제불황의 장기화 등으로 오픈런이나 내한 공연에 타격이 있다면 성장 추이에 심각한 변동이 있을 것으로 전망한다.

공연시장을 왜곡한 주범 공공극장, 출연료 가이드라인 필요하다

공연시장의 회복세에도 불구하고 공연계의 부익부 빈익빈 현상은 더욱 심화해가고 있다. 공연시장 고유의 특성인 승자독식 구조(대규모 공연, 대중적 프로그램과 출연자 중심 수요 쏠림 현상)는 여전하다. 인지도 높은 출연자의 출연료는 천정부지로 치솟았다. 이런 현상을 만든 주범은 누구일까? 정부나 지자체가 운영하는 공공극장들이 바로 범인이다. 건강한 공연시장을 형성하도록 도움을 주어야 할 공공극장이 오랫동안 공연시장을 왜곡시키고 황폐하게 했다.

공공극장들은 기획공연이라는 명분으로 인지도 높은 소수 출연자에게 터무니없는 고액의 출연료를 지급하고 공연을 유치하고 그것을 실적이라고 자랑하는 것이 현실이다. 공공극장은 공공성을 내세워 수익성에 큰 부담을 갖지 않으므로 거액을 지불하고 인지도 높은 출연자를 초청하는 것이다. 이러한 것이 공연시장을 왜곡시키고 망쳐 놓았다.

그렇다고 정부나 지자체가 운영하는 공공극장에 출연하는 예술인들에 대한 표준 출연료를 만들도록 할 수도 없기에, 유럽 공공극장에서 스타급 개인 출연료의 상한선을 2만 유로(2천7백6십만 원)로 정해 놓았듯이 우리나라 공공극장도 개인 출연자에게 지급할 수 있는 상한선을 정하게 하는 것도 좋은 방법일 것이다. 지자체가 주관하는 축제나 행사에 초청하는 예술인의 출연료도 마찬가지이다.

그리고 공공극장의 기획공연에서도 반드시 장르별로 안배하도록 하고, 기획공연 건수의 50%는 젊은 예술가에게 출연 기회를 주는 기획공연과 모든 예술가에게 기회를 부여하는 기획공연을 적절히 안배하도록 법제화하여 공공극장이 적극적으로 나서서 건강한 공연시장을 조성하도록 해야 한다.

창의력과 상상력이 지배하는
스토리텔링의 시대이다

오늘날은 스토리텔링(storytelling)의 시대라는 말을 흔히 한다. 스토리텔링이라는 말은 무엇일까? 정의한다면 스토리텔링이란 줄거리가 있는 이야기를 다양한 방법으로 전달하는 것이다. 스토리텔링은 스토리(story)와 텔링(telling)의 합성어이다. '스토리(story)'가 '무엇'이라는 내용을 나타낸다면, '텔링(telling)'은 '어떻게'라는 형식을 나타낸다. 즉 이야기를 전달하는 모든 수단과 방법을 말한다.

예를 들어 〈콩쥐팥쥐〉의 설화가 있다고 치자. 설화 〈콩쥐팥쥐〉의 줄거리는 스토리(story)다. 이 콩쥐팥쥐를 동화로 전달할까? 소설로 할까? 영화로 할까? TV 드라마로 할까? 애니메이션으로 할까? 뮤지컬로 할까? 연극으로 할까? 이때 동화, 소설, 영화, TV 드라마, 애니메이션, 뮤지컬, 연극은 텔링(telling)이다.

따라서 스토리텔링은 OSMU(One Source Multi Use)와 통한다. 다시 말해 하나의 원작이 다양한 분야나 장르에 활용되는 것을 말한다. 그러므로 창의력과 상상력이 스토리텔링의 퀄리티를 좌우한다. 창의력과 상상력은 갑자기 생성되는 것이 아니라 유년기에 예술적 경험에 의하여 형성되기 때문에 유년기의 재미있는 예술교육을 통하여 다양한 경험을 쌓게 하는 것이 중요하다.

스토리텔링은 문화콘텐츠 산업의 성장과 관련하여 캐릭터, 영화, 애니메이션, 드라마, 소설, 게임 콘텐츠 등과 연관되는 것뿐 아니라 지역축제와 관광산업, 그리고 지역 이미지 창출 등과도 밀접한 연관이 있다.

따라서 스토리텔링은 고부가가치를 만들어내는 산업적 구조와 밀접하다. 바야흐로 창의력과 상상력이 지배하는 스토리텔링의 시대이다.

2부

건강한 문화생태계를 꿈꾸며

나는 모든 주민이 일상에서 문화로 행복하게 살아가는 '문화도시'를 상상해본다. 가정에서도, 직장에서도, 학교에서도, 공원에서도, 지하철 역사에서도, 버스정류장에서도, 공공건물에서도, 카페에서도, 음식점에서도, 거리를 걸어가도, 그 어느 곳에서도 늘 아름다운 시(詩)와 만나고, 아름다운 그림과 조형미술을 만나고, 아름다운 음악과 춤을 만나는 도시를 상상해본다. 이러한 일은 상상 속에서만 가능한 일일까?

1

파리목숨 같은 문화재단 대표 자리

문화재단의 대표들은 일반 직원들과 달리 계약직이다. 문화재단 대표들은 임기 중 잠깐의 명예는 있을지 몰라도 대부분이 2년 혹은 3년 임기의 계약직이니 신분의 안정성은 도모할 수 없다. 현재 재직하고 있는 문화재단 대표 중 일부는 전문성과는 관계없이 소위 낙하산을 타고 내려온 공무원 출신이거나 문화계 변방에서 기웃거리던 분들도 있지만, 대부분이 평생을 문화예술계에서 일해온 분들로 경험과 전문성이 높다.

지방선거가 끝난 후 새로운 지자체장들이 들어서서 그런지 요즘 연임을 못 하고, 아니면 임기가 남았음에도 불구하고 그동안 쌓아온 성과와 관계없이 문화재단 대표직을 떠나는 문화예술계 동지들을 지켜보며 마음이 편하지 않다. 대표직을 떠나는 그들은 얼마나 상실감이 클까? 상황이 이렇다 보니 요즘 각 재단 대표 공모가 한참이다. 공모는 무늬만 공모이지 미리 정해놓고 하는 공모라는 말도 무성하니 마음이 허탈하다.

언제나 문화재단 대표직 자리가 파리목숨이 아닌 불공정으로부터 자유로워지는 날이 올지 그날이 기다려진다.

2

예술은 절망 속에서도
희망과 자유를 꿈꾸게 한다

코로나19가 바꾸어 놓은 황폐한 우리들의 삶

답답한 세상이다. 사람 살아가는 세상이 점점 각박해지고 힘겹다. 2019
년 11월부터 중국에서 최초 보고되어 퍼지기 시작한 코로나19가 2020년 초
우리나라에서 확산하기 시작하면서 감염 예방을 위한 사회적 거리두기와
육로와 뱃길, 하늘길이 막히는 바람에 사회적, 경제적 영향도 막대하여 대
공황 이후 가장 큰 경제침체를 겪어야 하는 상황을 맞아야 했다. 얼마 전 전
세계에서 코로나19 비상사태가 3년여 만에 공식적으로 해제됐으나 코로나
19는 여전히 4분당 1명의 목숨을 앗아가는 주요 사인으로 남아 있다.

종교, 정치, 경제, 교육, 문화, 스포츠, 군사, 외교 등 영향을 받지 않은 곳
이 없을 지경이다. 우리 공연예술계도 사회적 거리두기 조치로 예술 활동이
장기간 중단 혹은 제한되어 일자리를 잃은 공연예술인들이 택배나 퀵서비

스, 혹은 대리기사직으로 연명해야 하는 서글픈 일이 속출하였다. 게다가 올해 2월 러시아의 우크라이나를 침공으로 인한 서방의 경제제재와 이에 맞선 러시아의 석유와 가스 공급 중단으로 경제적 침체는 더욱 깊은 수렁 속에 빠져 언제 헤어 나올 수 있을는지 미궁에 빠져 있다. 현재 코로나19 비상사태는 해제되었으나 한번 침체의 수렁 속에 빠져 있었던 공연예술계는 좀처럼 회복되지 못하고 있다.

통계청이 발표한 최근 발표한 '사망원인 통계'를 보면, 자살 사망자 수는 전년 대비 157명(1.2%)이 증가한 총 13,352명이었다고 한다. 하루에 평균 자살 사망자 수는 무려 36.6명이라고 한다. 비극적인 일이다. 경제협력개발기구(OECD) 회원국들의 평균 자살률이 10만 명당 평균 11.1명 자살률을 보이는 것에 비해 우리나라는 26명으로 OECD 38개 회원국 중 자살률 1위라는 불명예를 차지하고 있다. 자살의 원인은 정신적·정신과적 문제가 가장 많고, 뒤이어 경제생활 문제, 육체적 질병 문제, 가정 문제, 직장 또는 업무상의 문제, 남녀 문제, 사별 문제, 학대 또는 폭력 문제 순으로 많은 것으로 나타난다. 자살이라는 극단적 선택은 현명한 일이 아니지만 오죽하면 스스로 목숨을 끊었을까 하는 안타까움이 크다. 어쨌든 삶에서 희망이 보이지 않을 때 그러한 선택을 고민하게 되는 것이다.

허구한 날 정쟁으로 국민은 마음 둘 곳이 없다

이렇게 어려운 상황인데도 2022년 대선을 치르면서 우리 국민의 마음은 양분되었고, 대선 후 국민의 마음을 다시 하나로 모으고, 어려워진 경제를 구하기 위하여 동분서주하며 머리를 맞대야 할 정치권은 오히려 국민을 둘로 나누고 허구한 날 싸움질에 몰두하고 있어 국민은 마음 둘 곳이 없이 헛헛해지고 있다. 미래가 보이지 않는 길을 걷고 있는 상처투성이의 우리 국민은 어디에 마음을 붙이고 살아가야 할까. "죽을 놈은 죽고, 살 놈은 살아라."라는 '각자도생'하라는 아주 무책임한 태도로 국민을 대하는 것이 아닌지 울화가 치밀어오른다.

얼마 전 심야시간대에 케이블 텔레비전을 통해 외화〈쇼생크 탈출〉재방영을 보았다.〈쇼생크 탈출〉은 자기 아내와 아내의 정부를 살해했다는 누명을 쓰고 악명 높은 '쇼생크' 교도소에 갇힌 주인공 '앤디(Andy)'가 희망의 끈을 놓지 않고 끝내는 탈출하여 결국 자유를 얻게 된다는 이야기인데 감동적인 장면과 대사로 가득한 명작 중의 명작이었다.

그 중의 가장 감동적인 장면은 기지와 지혜로서 교도소장의 신임을 받은 주인공 '앤디'가 교도소 내 도서관 소장 도서를 늘리기 위해 끈질기게 노력하여 마침내 주 의회로부터 마침내 소정의 지원금과 함께 중고도서와 음반을 받게 되는데, 음반을 정리하던 중 모차르트 작곡의 오페라〈피가로의 결혼〉음반을 우연히 발견하게 된다. 그는 사무실 문을 걸어 잠그고 오페라 피가로의 결혼 중 '편지의 이중창(The letter of Duet)'을 설치된 스피커를 통해 오페라가 교도소 전체에 울려 퍼지게 하자 모든 죄수는 물론 교도관들마저 온몸이 마비된 듯 모두 꼼짝 않고 그 음악에 빠져들어 가던 장면이었다. 그리고 그 장면에 이어진 동료 죄수 '레드'의 회상의 대사가 내 뇌리에서 떠나지 않았다.

문화예술은 황폐한 삶을 기름지게 하고, 자유와 희망을 꿈꾸게 한다

"나는 지금도 그때 두 이탈리아 여자들이 무엇을 노래했는지 모른다. 사실 알고 싶지도 않았다. 때로는 말하지 않는 것이 최선인 경우도 있는 법이다. 노래가 말로 표현할 수 없을 정도로 아름다웠다. 그래서 가슴이 아팠다. 이렇게 비천한 곳에서는 상상도 할 수 없는 높고 먼 곳으로부터 새 한 마리가 날아와 우리가 갇혀 있는 삭막한 새장의 담벼락을 무너뜨리는 것 같았다. 그 짧은 순간, 쇼생크에 있는 우리는 모두 자유를 느꼈다."

교도소에 울려 퍼진 모차르트의 음악은 모두가 갈망하는 인간다움, 자유와 희망의 다른 이름이었다. 예술의 아름다움이 절망적인 상황과 공간 속에서도 사람에게 자유와 희망을 꿈꾸게 한다는 것을 간명(簡明)하게 설명하는 장면이었다.

지금은 코로나19의 장기화와 러시아의 우크라이나 침공으로 인한 전쟁 발발로 세계 경제 침체와 미국의 강력한 자국 산업 보호 정책과 중국 반도체 수출규제로 우리 경제도 침체가 깊어져 그 어느 때보다 어려운 시기이다. 정치지도자들은 우리 국민에게 희망을 품도록 정책을 펴나가야 한다. 절망적인 쇼생크 감옥 담장 안에 울려 퍼진 모차르트의 음악 같이 서민들의 마음을 어루만지고 꿈과 희망을 품게 해주어야 한다. 그러므로 정치지도자들은 문화예술의 숨겨진 역할에 주목할 필요가 있다.

일제강점기 속에서도 우리의 민요 〈아리랑〉은 우리 민족의 시름과 한을 달래 주었고, 2002월드컵 때의 5박자 박수 장단과 촛불집회 때 가수 전인 권의 노래 〈걱정 말아요 그대〉가 우리를 하나 되게 하였던 것에 주목해야 한다. 문화예술은 이렇게 사회적 갈등을 해소하고 우리 국민을 하나 되게 하는 통합의 역할을 한다. 사회 통합의 역할을 하는 장르는 음악만이 아니 다. 문학, 미술, 연극, 무용, 영화, 드라마, 만화 등도 음악 못지않은 큰 역할 을 한다.

문화예술을 산업적인 측면으로만 바라보지 말고, 기초예술 기반 구축에 힘 쓰라

문화예술은 사회적 통합의 역할 뿐만 아니라 미적 향유를 통한 삶의 질 향상뿐 아니라 고독하거나 상처 입은 마음을 치유하는 데에도 큰 역할을 한다. 장기간 경제침체로 상처투성이가 된 국민의 마음을 달래줄 수 있는 것은 예술이다. 전 시대의 산업의 동력이 석탄, 석유, 전기, 지식이었지만 이 시대 산업의 동력은 창의력과 상상력, 그리고 예술적 감성이다. 미래의 주역 이 될 어린이들과 청소년들에게 예술적 경험은 예술적 감성. 창의력, 그리고 인성 함양에도 결정적인 역할을 한다. 게다가 K-Pop, K-클래식, K-무비, K-드라마 등 문화예술을 통한 한류의 확산에서 보았듯이 고부가가치를 창출 하게 '굴뚝 없는 공장', 즉 산업적 기능을 갖는다.

올해 초 "2023년 문체부 주요업무 추진계획"을 보면 온통 "K-콘텐츠를 지원, 활용하여 산업화하겠다"라는 계획으로 가득 차 있다. 산업화는 민간 차원에서 잘 해왔다. 앞으로도 잘해 나갈 것이니 국가는 지원만 하면 된다.

정부가 문화예술을 너무 산업적인 측면으로만 바라보는 것은 경계해야 한다. 대신 K-콘텐츠의 기반이 되는 기초예술의 기반이 굳건히 구축되도록 적극적으로 지원해야 한다. 중앙 정부나 광역 및 기초 지자체는 문화예술이 국민의 일상생활 속에 녹아들어 가 삶의 질을 향상하게 하고, 사회적 갈등 해소와 국민 통합에 이바지할 수 있도록 문화예술 진흥에도 깊은 관심을 두고 지원을 아끼지 말아야 할 것이다. 삶의 질을 향상하게 시키는 것은 밥으로만 해결되는 것은 아니기 때문이다.

3

「지역문화진흥법」은 구현되고 있는가

2014년 「지역문화진흥법」이 제정되어 시행된 지도 9년이 흘렀다. 「지역문화진흥법」은 지역문화의 진흥을 위하여 필요한 사항을 법령으로 정하고, 지역 간의 문화 격차를 해소하고, 지역별로 특색 있는 고유한 문화를 발전시키며, 지역주민의 삶의 질을 향상하겠다는 취지를 담고 있다. 「지역문화진흥법」이 제정되어 시행되고 있다는 것을 얼마나 많은 국민이 알고 있을까? 과연 현재 「지역문화진흥법」은 충실히 구현되고 있는가?

「지역문화진흥법」 제정으로 지역문화에 대한 최소한의 지원 근거, 지역문화재단 등 지역문화 지원 시스템에 대한 근거, 지역문화 관련 예산 및 지자체 계획수립에 대한 근거는 마련되었으나 지역 문화정책의 주체에 관한 규정이 모호하고 법적 구속력이 강하지 않아서 지역문화 주체들 간의 혼란은 정리되지 않고 있다. 또한, 지역문화진흥기금 등 지역문화 예산 마련에 대한 구체적인 방안과 의무가 미비한 등 여러 한계가 존재하고 있다. 다시 말해 법은 제정되어 시행되고 있으나 그 성과는 아직도 미진하다.

그렇다면 9년 전 이 법이 제정된 목적과 배경을 다시 한번 더 되새겨 다시금 가속해 볼 필요가 있다. 「지역문화진흥법」을 제정하게 된 데에는 지역문화 진흥을 통하여 지역민의 삶과 지역사회의 질을 향상하게 시켜 지속 가능한 지역문화 기반을 구축하겠다는 것이다. 또한, 문화를 매개로 사회통합, 치유, 소통의 사회를 구축하고, 지역 간 균형발전과 상생 협력의 지역문화를 만들어나가며, 지역 고유의 자원과 가치를 재인식하여 경제 발전에도 이바지하도록 하겠다는 것이다.

이런 시도에는 몇 가지 사회적 환경변화가 배경이 되었음을 알 수 있다. 먼저 우리나라의 인구 성장이 둔화하는 가운데 특히 지방에서의 인구 감소와 고령화가 급속이 진행되고 있어 그 대책이 필요하다는 점. 그리고 급속한 경제성장과 도시화, 고령화 등에 의한 사회적 문제 및 비용 발생과 이를 해소하고자 하는 사회적 요구가 증대되고 있다는 점. 또한, 주민의 삶의 질 향상, 공동체적 가치 회복 및 사회적 안전망 임무를 수행하는데 지역문화가 그 역할을 할 수 있다는 점과 지역문화의 경제적 가치 인식이 증대되고 있어 지역 고유의 문화가치와 정체성에 부합하는 문화발전을 위한 제도적 기반으로서 새로운 법이 필요하다는 점 등이 그 배경이다.

결국, 각 지역이 자신의 정체성과 고유문화를 바탕으로 도시의 문화가치를 제고하고 사회경쟁력을 높여 도시발전을 이룩하느냐 못하느냐, 즉 문화도시를 만들어내느냐 못하느냐가 성패를 결정짓게 된 것이다. 문화도시로 만들어 가는 데는 크게 세 가지 전략이 필요하다.

첫째, 공동체 문화를 중심으로 고유한 지역 가치와 삶의 문화를 찾고 향유하는 작은 마을 단위 지역문화를 활성화하고, 지역에 이미 존재하는 문화자산의 새로운 가능성과 가치를 재발견하여 지역문화발전의 원동력으로 활용하고, 지역 고유자원과 문화, 역사를 활용한 축제, 전통시장 등 지역경제 활성화 모델을 발굴, 발전시켜 나가는 것이다.

둘째, 지역주민들이 자발적으로 일상생활에서 문화를 접하고 향유할 수 있는 생활밀착형 문화 활동을 활성화하고, 지역주민이 쉽게 향유할 수 있도록 기회를 제공하는 수요자 기반의 맞춤형 문화 활동을 증가시켜 주어야 한다. 지역 문화공간의 다변화, 다목적화, 가변화로 문화예술과 일상생활을 연결, 주민들이 더욱더 쉽게 문화와 접할 수 있도록 해주어야 한다. 또한, 공원, 역, 자치센터, 골목, 건물 로비 등 일상 공간의 문화 공간화를 확대해 나가도록 해야 한다.

셋째, 지역의 문화정책 수립과 사업추진을 지원하는 전문기관으로서 지역문화재단의 기능을 강화해야 한다. 아직도 기초문화재단이 설립되어 있지 않다면 설립을 서두를 필요가 있다. 또한, 지역의 문화가치를 제고하고 활성화하는 문화 주체로서 지방문화원의 위상 상승 및 역할을 강화해야 한다.

지역문화의 진흥은 선진국으로 가는 지름길이다. 따라서 이 시점에 「지역문화진흥법」을 다시 한번 들여다볼 필요가 있다. 지역의 문화 수준을 높이면 국민이 행복해지며, 문화를 매개로 사회가 통합되며, 더 나아가 지역 문화자원을 활용하여 경제 발전에도 이바지할 수 있는 등 문화가 지닌 부가가치가 너무도 크기 때문이다.

4

문화가 꽃피는 대한민국을 꿈꾼다

세계는 빠르게 변화하고 있다. 세계 경제와 사회는 창의력과 상상력이 성장 동력이 되고, 서비스, 예술, 콘텐츠 등 창조산업이 주력산업이 되는 시대로 전면적인 재편이 이루어지고 있다. 그동안 문화는 향유의 개념 또는 경제발전의 부수적인 것으로 여겨졌지만, 지금은 경제를 이끌어가는 견인차로 주목받고 있다. 상상력과 창의력은 창의적 문화의 바탕 위에서 생성될 수 있는 새로운 경제의 성장 동력이다.

우리는 일제강점기에서 해방되어, 지난 70년 동안 자유민주주의 체제를 확립하고, 산업화와 민주주의를 정착시켰다. 물론 아직은 미완이기는 하다. 이제는 모든 국민이 행복한 선진화로 나아가야 할 때이다. 대외적으로는 세계화, 지식정보화, 지구환경 문제, 국제적 다원화 등의 변화를 아우르는 한편, 내부적으로는 문화 등 새로운 성장 동력을 발굴해 고품격 국가로 나아가야 한다.

선진국이란 경제적으로 발전된 나라를 말하는 것이 아니다. 모든 국민이 경제·문화·복지의 혜택을 고루 누리는 국가를 선진국이라 말할 수 있다. 이제는 모든 국민이 문화를 누릴 수 있고, 문화로 행복해질 수 있고, 문화를 통하여 함께 소통하는 사회를 만들어 나가야 한다. 또한 문화를 통하여 공동체 문화를 발전시키고 역사·문화교육을 등을 통해 사회통합을 이루어 나갈 수 있다. 산업화와 민주화 과정에서 불가피하게 발생한 계층 간, 지역 간, 세대 간 상처와 갈등은 문화로 치유할 수 있다. 문화는 우리 사회를 건강하게 일으켜 새로운 미래로 나아가게 할 수 있는 핵심 고리이다.

문화는 시대적 요구를 실현하는 기본 동력이며 핵심이다. 그러므로 문화의 가치와 질을 더욱 높이고, 삶을 더욱 품격 있게 만드는 생명력으로 문화는 거듭나야 한다. 문화나 예술은 다른 무엇을 위한 도구가 아니라 그 자체로서 가치가 존중받고 인정되며 확대되어야 한다. 문화, 예술 그 자체의 완성도와 가치를 높여야만 우리 국민뿐만이 아니라 세계인들로부터 우리나라의 국격을 인정받을 수 있다.

"모든 길은 로마로 통한다"라는 말이 있듯이, "모든 문제는 교육으로 통한다"라고 생각한다. 조기교육부터 황혼기의 교육까지 건강한 교육은 건강한 국민을 만들고, 강력한 나라를 만든다. 새로운 산업 동력으로 등장한 창의력과 상상력은 건강한 조기교육을 바탕으로 성장한다. 어릴 때 문화예술과 자연스럽게 접하며 자란 아이들은 예술적 감수성과 상상력, 그리고 창의성이 풍부하다. 그런 아이들이 자라나 성인이 되면 산업을 선도하는 창의력을 지닌 지도자가 되는 것은 당연한 일이다. 성공한 첨단 벤처 산업의

CEO들의 면모를 살펴보면 공통으로 창의력과 상상력, 그리고 예술적 감수성이 뛰어난 인물들이라는 것은 이상할 것이 하나도 없다.

현재 우리나라는 문화예술을 진흥하기 위하여 국가나 지방정부가 나서서 많은 지원을 해주고 있다. 세계 각국의 문화예술 진흥 지원 규모에 있어서 다른 나라들에 비해서 우리나라는 선진국 수준이라고 생각한다. 이 점은 매우 잘하고 있다고 생각한다. 이제는 문화예술의 완성도와 가치를 높이기 위해서는 기존의 문화예술 지원사업에 행해지던 소액다건식(少額多件式)의 획일적 지원이나, 과정이나 결과의 평가 없이 답습되는 지원방식 등은 지양되어야 한다. 향후의 지원방식은 예술 분야의 창작 활성화 및 우수한 창작물 제작 활동의 안정적인 창작 기반을 마련하기 위하여 향후 완성된 예술작품으로 발전될 가능성이 있는 완성도 있는 예술 창작물을 발굴하고, 지원하여, 창작물의 지속성 기반을 마련할 수 있도록 준비단계부터 완성과 작품 확산까지를 세분화한 단계별 지원이 필요하다.

순수 문화예술의 진흥 못지않게 중요한 것은 문화콘텐츠 개발이다. 문화와 기술이 융합하여 새로운 가치와 고부가가치를 창출해 낼 수 있는 문화콘텐츠 사업의 중요성은 아무리 강조해도 지나치지 않다. 콘텐츠 산업 진흥 정책의 내용은 세계적 대세이다.

우리는 반만년의 유구한 역사 속에서 성장해온 우수한 전통 문화유산을 갖고 있다. 전통 문화유산을 자원으로 하여 우리의 전통과 정신이 새로운 가치로 성장하고 확대될 수 있도록 체계적이고 전방위적인 시스템을 구축해야 한다. 또한 가상현실(VR), 컴퓨터그래픽(CG) 등 CT 디지털 기술과 융합된 소설, 만화, 영화, 게임, 드라마, 공연예술 등 콘텐츠 영역 간 유기적 연계와 협력을 기반으로 종합적이고 지속적인 발전 동력을 확보해 나가야 한다. 그리고 이를 통하여 새로운 경제성장을 주도할 핵심적인 소프트 파워를 형성해 나가야 한다.

일찍이 독립투사 백범 김구는 그의 글 〈나의 소원〉에서 "우리의 부력(富力)은 우리의 생활을 풍족히 할 만하고, 우리의 강력(強力)은 남의 침략을 막을 만하면 족하다. 오직 한 가지, 가지고 싶은 것은 높은 문화의 힘이다." 라고 피력하였다. 21세기가 '문화의 세기'가 될 것이며 '문화'가 국가경쟁력의 주요 원동력이 되리라는 것을 예견하였다. 그 험난했던 일제강점기에 조국광복을 위해 싸웠던 20세기에 백범은 무엇을 꿈꾸었던가? 바로 '문화강국 대한민국'이다. 그것은 이제 실현 불가능한 일이 아니다. 그것은 실현할 수 있는 일이며, 그 책무가 바로 우리에게 있다.

5

문화예술 지원사업 명칭,
외국어를 사용해야 품격이 올라가나?

나는 매일 아침 출근하면 공모사업에 목마른 예술가들이나 문화기획자들이나 지망생들을 위하여 문화예술기관 주관의 공모사업이나 취업을 위한 공모사업이나 직원 채용 정보를 퍼와 페북에 공유하는 일로 하루를 시작한다. 그러나 문화예술계에 오랫동안 종사해온 나로서도 선뜻 이해하기 어려운 공모사업 명칭에 당혹스러울 때가 자주 있다. 이것은 나만 그렇게 느끼는 것이 아닐 것이다.

서울문화재단 홈페이지 공모 공지에 들어가 보자. 여러분들은 선뜻 이해하시겠는가? 사업명이 이해할 듯 말 듯 알쏭달쏭하다. 사업 명칭이 이해되기는커녕 어지러울 지경이다.

'2022 삼일로창고극장 기획사업 〈창고개방〉 [리서치 프로젝트 : 극장활용법] 공모', '2022년 포르쉐 드리머스 온(Dreamers. On) - 서울 미디어아트

프로젝트 〈시티 해커스〉', 'Unfold X 기획자캠프 전문기획자 양성과정 공모', '2022년 예술청 공연예술분야 1인 플레이어(실연자) 지원 〈1 Stage for 1 Player〉 공모', '2022 공성장형 예술실험지원 〈링크(LINK)〉 참여예술가 모집', '서울예술교육센터 예술교육 Practice Academy 〈아뜰리에로의 초대〉 공모', '〈2022 서울예술교육TA(Teaching Artist)〉 공모'

   이런 현상이 어디 서울문화재단의 공모 명칭의 경우에만 그러하겠는가? 서울문화재단을 예로 들어서 미안하다. 감정은 없다. 정부 산하 문화예술지원 기관이나 타 광역문화재단, 지역문화재단의 사업 공모에 이런 일은 비일비재하다. 비교적 익숙한 영어 단어일지라도 우리말로 대체 가능하다면 그렇게 해야 할 것이다. 굳이 영어로 할 필요가 있을까? 언어는 우리의 문화와 개인의 생각을 지배하기 때문에 되도록 우리말로 명칭을 사용해야 한다. 공모사업 이름만으로도 사업의 성격을 쉽게 이해할 수 있도록 쉬운 우리말로 바꿔 쓰면 얼마나 좋을까?

   공모사업뿐만이 아니다. 정부나 지방자치단체가 주관하는 축제 명도 마찬가지이다. '서울뷰티먼스', '서울뷰티트래블위크', '서울뮤직페스티벌', '서울드럼페스티벌', '서울스테이지11', '원주다이내믹댄싱카니벌', '인천페타포트음악축제', '완주와일드푸드축제', '대전사이언스페스티벌', '포항스틸아트페스티벌' 등등 이루 헤아릴 수 없이 많다. 지역문예회관의 명칭 또한 그러하다, ○○문예회관이라는 명칭을 버리고 속속 ○○아트센터라는 이름으로 갈아타고 있다. 그래야 문예회관의 품격이 올라간다고 생각하고 있는 것 같다.

이러지 않았으면 좋겠다는 뜻을 비공식적인 채널을 통하여 지적했건만 개선되지 않고 있다. 외국어를 써야 품격이 올라간다고 생각하는지 알 수가 없다. 문화 관련 영역뿐만 아니라 요즘 우리나라 사회 각 영역에 외국어 사용 남발은 위험 수위를 넘고 있다. 그 선두에는 지상파나 종합편성채널 등의 방송 등 언론이 앞장서고 있다. 충분히 우리말로 표현 가능한데도 굳이 외국어를 사용하고 있다. 외국어를 사용하면 튀어 보이거나, 유식해 보인다거나 시대를 앞서간다고 생각하는지 알 수가 없다.

정부나 지자체에서 가용하는 모든 사업명은 일반 국민이 이해하기 쉬운 우리말로 사용하도록 의무화한 「국어기본법」이 있다. 그러나 유명무실하다. 우리말을 더욱 아끼고 사랑하자고 앞장서야 할 행정기관이 생각 없이 외국어를 모국어처럼 사용하고 있어 눈살을 찌푸리게 한다. 「국어기본법」은 2005년 1월 27일 '국어의 사용을 촉진하고 국어의 발전과 보전의 기반을 마련하기 위해 제정'된 국어 관련 법률이다. 「국어기본법」 제10조에는 "공공기관 등의 장은 국어의 발전 및 보전을 위한 업무를 총괄하는 '국어책임관'을 소속 공무원 또는 직원 중에서 지정하여야 한다."라고 되어 있다.

「국어기본법」 시행령에서는 '국어책임관'의 임무와 책무가 명시되어 있는데 '국어책임관'제를 실효적으로 운영하는 기관이 얼마나 있는지 모르겠다. 만일 「국어기본법」만 잘 준수하였다면 이러한 일은 벌어지지 않을 것이다. 정부나 지자체는 지속할 수 있는 국어 감수 체제를 통해 올바른 공공언어의 기반을 구축해야 할 것이다.

한덕수 국무총리가 얼마 전 제576돌 한글날을 맞아 "정부는 공공기관, 언론과 함께, 공공언어에서 불필요한 외국어 사용을 줄이고, 쉬운 우리말로 바꾸어나가겠다"라고 밝히며 "변화하는 언어환경에 맞춰 우리의 말과 글을 더욱 아름답게 가꾸어 나가겠다"라고 강조한 바 있다. 정말 그래 주셨으면 고맙겠다. 서울시도 올해 "10월부터 시와 산하 출연기관을 대상으로 정책사업명 실태조사를 한다"라고 7일 밝혔다. 국어 전문가로 구성된 외부 연구기관이 12월까지 홈페이지와 시정 홍보자료 등에 사용된 정책사업과 행사 명칭을 검토한 뒤 외국어 남용 등으로 순화가 필요한 표현을 선별할 예정이라고 한다.

　최원석 서울시 홍보기획관은 "그간 서울시가 일부 정책사업명에 불필요한 외국어를 사용해 언론의 지적을 받았던 것도 사실"이라며 "한글날을 맞아 공문서나 정책사업명에 외국어를 남용한 사례가 없는지 되돌아보고 자체 점검 및 사전 감수 절차를 강화하겠다"라고 말했다고 한다. 정부와 서울시의 이러한 공언이 이번에도 말 잔치로 끝날지, 이번에는 지켜질지 지켜볼 일이다.

　매년 한글날만 되면 "불필요한 외국어 사용을 줄이고, 쉬운 우리말로 바꾸어나가겠다"라며 반복하는 말의 잔치는 무성했다. 이번에는 정말 정부나 지자체, 그리고 모든 문화예술 지원 관련 산하기관들이 공모사업명, 각종 보도자료, 공문서, 정책 용어, 산하 기관명 등 대외적으로 공개되는 공공언어에서 솔선수범하길 바란다.

6

문화훈장 추천 방식 이대로 안된다

문화훈장, 문화발전에 공적이 큰 존경받는 분에게 수여되어야 한다

1973년부터 수여된 문화훈장은 문화, 예술 발전에 공을 세워 국민 문화 향상과 국가 발전에 이바지한 공적이 뚜렷한 자에게 정부가 수여하는 명예로운 훈장이기에, 문화예술인이라면 누구나 받고 싶은 포상이다. 매년 문화예술의 발전에 크나큰 업적을 남긴 문화예술인들에게 문화훈장이 수여되고 국민과 동료 문화예술인들로부터 축하의 마음을 받는다. 대체로 생존하고 있는 문화예술인에게 수여되지만 가끔은 고인에게도 추서된다.

소설가, 시인 등의 문학인이나 작곡가나 연주자와 지휘자 등의 음악인, 화가, 조각가 등 미술인, 무용인, 만화가, 탤런트나 영화배우 등의 배우나 가수 또는 코미디언 등의 연예인, 그리고 기타 문화인 등 우리가 흔히 알고 있는 문화예술계에 종사한 사람들이 그 대상이다. 이쪽 계열과 상관이 없어도 평생 문화계 발전에 지대한 공이 있으면 받을 수도 있다.

문화훈장은 국민훈장처럼 등급이 존재하며 1등급 금관부터 시작해 은관, 보관, 옥관, 화관까지 있다. 이와 별도로 나름의 업적이 있지만 훈장을 수여할 정도가 아닌 자에겐 문화포장이 수여된다. 단, 포장의 법적 효력은 훈장과 같다. 1급 금관 문화훈장은 공적 기간 30년 이상, 해당 분야 개척자, 원로급 및 작고 예술인에게, 2급 은관 문화훈장은 공적 기간 25년 이상, 해당 분야의 발전에 탁월한 업적이 있는 자에게, 3급 보관 문화훈장은 공적 기간 20년 이상, 해당 분야의 발전에 공적이 현저한 자에게, 4급 옥관 문화훈장은 공적 기간 15년 이상, 해당 분야의 발전에 공적이 현저한 자에게, 5급 화관 문화훈장은 공적 기간 15년 이상, 해당 분야의 발전에 이바지한 자를 기준으로 해당 문화예술 분야 발전에 대한 기여도와 그리고 후보자의 작품 그 자체 평가보다는 평생을 통한 지금까지 공로나 업적에 대해 심사하여 수여한다.

친일행각으로 지탄 받은 분에게 문화훈장 수여 옳지 않아

방정환, 김소월, 이효석, 조지훈, 이육사, 모윤숙, 김소희, 조병화, 황순원, 백남준, 서정주, 김기창, 김수영, 임권택, 박동진, 윤석중, 구상, 신상옥, 김동원, 송범, 박경리, 이청준, 김영랑, 유현목, 앙드레김, 박완서, 이우환, 이은관, 최인훈, 황병기, 박서보 등 이름만 들어도 알만할 분들이 금관 문화훈장을 받았다. 최근에 영화배우 윤여정 씨가 금관 문화훈장을 받았으며 문학평론가 이어령 씨와 코미디언 송해 씨는 고인이 된 직후에 금관 문화훈장을 추서 받았다. 그러나 역대 금관 문화훈장을 받은 분 중에는 친일행각으로 지탄받으신 분들도 더러 있어서 이런 분들에게 금관 문화훈장을 드렸던 것은 옳은 일은 아니라고 생각한다.

문화훈장은 특별한 경우에 수여되기도 하지만 대략 5월경 문화체육관광부에서 공모를 통하여 추천받아 원로 전문가들로 구성된 심의위원회를 거쳐 10월 문화의 달에 수여된다. 추천 방식은 문화예술 관련 단체나 개인이 추천하거나 본인도 자천할 수 있다. 서훈 부문은 문화일반, 문학, 미술, 공예·디자인, 건축, 음악·국악, 연극·무용 등 7개 부문이다. 추천서류에는 '문화예술발전 유공 후보자 추천서'도 들어가지만, 포상 후보자의 '정부포상에 대한 동의서'가 첨부되어야 한다. 결국 추천된 사람이 자신이 추천된 것을 인지하고 수상을 원한다는 의사를 밝힌 셈이다.

현재 셀프 추천, 옆구리 찔러 추천 판쳐

문화예술 관련 단체에서 추천한 분들은 대부분 현직 단체장이나 전임 단체장, 혹은 단체에 막강한 영향력이 있는 분을 추천하는데 포상 나누어 먹기, 대가성 행태의 냄새가 진동하고, 정말 추천된 분이 문화예술인으로서 국가와 국민이 인정할만한 인사인가에는 고개가 갸우뚱해지는 일이 많았다. 개인 추천의 경우에도 자발적인 추천이라기보다는 포상에 눈이 어두운 인사가 본인을 추천하도록 작용한 냄새가 진동하는 것이 대부분이다. 이런 추천을 우스갯말로 쓰리 쿠션 추천이라고 한다.

나도 문화예술계에 오랫동안 활동하다 보니 문화훈장 심의에 여러 차례 참여한 경험이 있었다. 심의를 하다 보면 이의를 제기할 여지 없이 충분히 훌륭한 분들이 추천되어 심의가 매끄럽게 끝나는 때도 있지만, 심의 과정이 끝날 무렵이 되면 심사위원들끼리 서로 눈치를 보며 허탈한 표정을 보이는 경우가 많다. 줄 만한 사람이 없다는 표정이다. 문화예술계에 혁혁한 업적을 보인 사람의 이름이 보이지 않는 것이다. 어느 정도의 업적은 인정되지만, 문화훈장을 수여할 정도에 미치지 못하는 분들이 추천되어 오는 경우가 많기 때문이다.

　문화훈장을 받을만한 충분한 함량을 가진 예술인들은 오직 예술만을 바라보며 치열한 삶을 살아온 분들로서 홀로 작업을 하므로 주변 사람들과 잘 어울리지 못하며 지내는 경우가 대부분이다. 그러한 분이 예술 관련 단체로부터 추천받거나 주위 사람들의 옆구리를 찔러 자신을 추천해달라고 할 리 만무다. 본인이 자신에게 상 달라고 하는 것은 체면과 자존심을 중시하는 우리나라 사람들의 정서로는 적합하지 않은 방식이며, 자존심을 목숨처럼 중시하는 예술가들에게는 더욱더 그렇다.

문화훈장 선정방식 개선되어야 한다

　그러니 문화훈장 추천 후보에는 그러한 분들의 이름이 보이기 힘든 구조다. 그래서 심의위원회에서 늘 나오는 이야기가 오늘 모인 심의위원들끼리 토론하여 훈장 포상 대상자를 추천하면 안 되는지 실무담당자들에게 문의해보지만, 돌아오는 대답은 포상 규칙에 따라 추천 공모 규칙에 따라야 한다는 것이다. 그래서 할 수 없이 추천된 분 중에서 그나마 괜찮은 분을 차선책으로 선정하거나, 거의 그런 일은 없지만 '해당자 없음'으로 결론이 나게 마련이다.

나는 이런 문화훈장 선정방식으로는 더 이상 안 된다고 생각한다. 한 가지 제안하겠다. 내 생각으로는 문화체육관광부 주관으로 문화예술 관련 기관 공무원이나 종사자, 문화예술 영역별 전문가들과 시민 대표로 구성된 '문화훈장 대상자 발굴 전담반'을 구성하여, 충분한 시간을 갖고 포상 대상자를 발굴하고 검증하여 1차로 걸러내고, 다음에 전문가로 구성된 심의위원회가 발굴 전담반에서 올라온 대상자 중에서 최종 후보자를 추천하여, 국민 검증을 거쳐 최종적으로 결정하는 것이 합리적이라고 생각한다. 어떤 방식이든 완벽할 수는 없지만, 현재의 정략적 추천, 셀프 추천, 옆구리 찔러 추천 방식은 더 이상 지속되어서는 안 된다.

7

우리 전통의 기반 위에
서양음악을 한다면

여러 해 전 국내 문화예술회관 종사자 전문역량 강화를 위하여 문예회
관 종사자들과 함께 유럽 해외연수를 떠난 적이 있었다. 주 방문국은 독일
과 오스트리아였는데 '베를린 도이치오퍼', '베를린 필하모닉', '드레스덴 젬
퍼오퍼', '라이프치히 오페라하우스', '비엔나 국립 오페라 극장', '로나허 극
장' 등 이름만 들어도 알만한 세계적인 극장을 둘러보는 행운을 가졌다. 우
리 일행은 각 공연장의 관계자들과 미팅을 통하여 선진화된 공연장 운영 시
스템을 알아보았을 뿐만 아니라, 프로그램 기획 및 홍보 방안 등의 시스템
을 심도 있게 들여다볼 수 있는 기회를 얻었다.

극장 시설 이곳저곳을 들여다보는 김에 '베를린 필하모닉 홀'에서 베를린
필하모닉의 연주를, '도이치오퍼'에서 오페라 '라트라비아타'를, '드레스덴 젬
퍼오퍼'에서 오페라 '토스카'를, '비엔나 국립오페라 극장'에서 오페라 '엘렉
트라'를 감상하게 되었다. 세계적인 관현악단의 연주와 오페라를 감상하는

기쁨도 컸지만, 우리나라 출신의 연주가들이 세계적인 오케스트라의 단원들로 활발하게 활동하고 있다는 사실과 우리나라 출신의 성악가들이 세계적인 오페라 무대에서 주연급 배우들로 활동하고 있는 현장을 두 눈으로 직접 보면서 가슴이 뿌듯해졌다.

이미 우리가 알고 있는 바와 같이 우리나라의 무수한 음악 영재들은 '쇼팽 국제 콩쿠르', '차이콥스키 콩쿠르', '베르디 콩쿠르', '퀸 엘리자베스 콩쿠르', '반 클라이번 국제 콩쿠르' 등 한 해에 수십 회에 걸쳐 영광스러운 수상을 거머쥘 만큼 우리의 연주 능력은 크게 신장하였다.

하지만 우리나라 작곡가들의 작품 중 전통음악에 기반을 둔 클래식 음악이 세계적인 공연 시장에서 호평받으며 세계적인 연주가나 성악가들에 의해서 연주되거나 불리고 있는 사례는 거의 찾아볼 수 없다. 2008년 로린 마젤의 지휘로 '뉴욕 필 하모닉 오케스트라'가 평양시 동평양대극장에서 연주한 북한 작곡가 최성환 작곡의 〈아리랑 환상곡〉의 감동은 지금도 가슴이 벅차고, 1972년 뮌헨올림픽 전야에 공연하여 격찬받은 윤이상의 오페라 〈심청〉, 그리고 이건용의 〈첼로산조〉, 〈만수산 드렁칡〉 등 정도가 내 기억에 남아 있을 뿐이다.

나는 꿈꾼다. 한국의 민요나 전통음악을 소스(source)나 소재로 활용하여 보편화된 서양악기로도 세계인들이 공감하고 세계인들도 연주할 수 있는 클래식 음악 레퍼토리를 작곡해 낼 수 있지 않을까. 이탈리아 오페라를 극복한 모차르트, 유럽을 음악을 받아들여 러시아 전통을 자연스럽게 녹여

내 라흐마니노프, 차이콥스키의 음악과 같은 성공적인 사례가 얼마든지 있지 않은가.

세계적인 오케스트라인 '베를린 필 하모닉 오케스트라'에서도 윤이상의 곡들로 구성해 기획 연주회를 열만큼 윤이상이 세계적인 작곡가로 위치를 굳힌 데에는 윤이상의 음악에는 유럽의 작곡가들에게는 없는 한국의 전통적 색채가 깔려있다는 점이다. 서울대 김승근 교수는 "(윤이상이 자라난) 통영은 그의 음악적 재료의 원천이 되는 곳으로, 일제강점기였음에도 불구하고 유랑극단의 가무극, 오광대놀이, 잔칫집에서 울리는 풍악 등 한국의 전통음악이 마을에 가득했다"라고 말하고 있다.

우리나라의 음악 영재들은 이러한 전통음악에 대한 기반 없이 서양음악을 학습하기 때문에 한국의 민요나 전통음악을 기반으로 하면서도 서양악기로도 세계인들이 공감하고 세계인들도 연주할 수 있는 클래식 음악 레퍼토리를 만들어내지 못하고 있는 것으로 생각한다.

그래서 클래식 음악 작곡에 종사하는 작곡가들은 우리의 전통음악을 좀 더 깊이 들여다보고 학습할 것을 제안한다. 아마도 지금의 클래식 음악가가 되기까지 우리의 전통음악에 관한 학습 경험이 거의 없었을 것이기 때문에, 늦게나마 지금이라도 우리의 전통음악을 깊이 들여다보면 우리의 전통 음악곡들의 멋과 흥을 느끼게 될 것이며 우리의 전통음악이 차별화되고 특성화된 작곡 소재의 보고(寶庫)라는 것을 깨닫게 될 것이다.

또한 클래식 음악을 교육하는 전문교육 기관에서는 교육과정에 반드시 다양한 전통음악 곡의 감상, 선법, 악조, 장단 등을 교육하고 부전공으로 국악기 연주를 포함할 것을 제안한다. 예를 들면 바이올린, 비올라, 첼로 전공자는 해금이나 아쟁을, 트럼펫, 호른, 트롬본, 튜바, 클라리넷 전공자는 피리나 단소를, 플루트 전공자는 대금이나 소금을, 하프 전공자에게는 가야금을, 타악기 전공자에게는 장구와 꽹과리를 부전공으로 학습하게 하여 짧은 산조 하나쯤은 연주할 수 있게 하는 것이다. 그리고 성악 전공자는 민요, 가곡, 가사, 시조를 부전공으로 학습하게 하면 좋을 것이다. 우리나라의 서양음악 전공자들이 우리 전통음악의 기반 위에 서양음악을 공부한다면 단단한 내공을 가진 세계적인 음악가로 성장하리라고 확신한다.

8

문화도시, 기초·광역문화재단 간 협력 구조가 살아야

2014년 「지역문화진흥법」이 점화한 기초문화재단 설립

"지역문화진흥에 필요한 사항을 정하여 지역 간의 문화격차를 해소하고 지역별로 특색 있는 고유의 문화를 발전시킴으로써 지역주민의 삶의 질을 향상시키고 문화국가를 실현"하기 위한 「지역문화진흥법」이 2014년 제정, 시행되면서 전국의 기초지자체는 과업을 수행하는 중심 기관으로 기초문화재단을 경쟁적으로 설립하기 시작하였다. 전국 각 지역의 기초문화재단은 나름대로 지역 문화생태계를 건강하게 구축하기 위해서 노력하고 있고, 일부 기초문화재단은 성공적으로 운영되고 있으나, 무늬만 문화재단이지 지방자치단체의 하청업자 수준으로 운영되고 있는 기초문화재단도 적지 않다. 기초문화재단이 정상적으로 운영되기 위해서는 충분한 사업예산이 확보되고 사업을 수행할 수 있는 전문인력도 확보돼야 하는데 그렇지 못한 기초문화재단이 많은 것이 오늘의 현실이다.

문화도시를 구축하기 위해서는 전문성과 수행력을 갖춘 기초문화재단의 설립이 필요하다는 것에는 공감대가 형성되었다. 그러면 기초문화재단이 성공적으로 운영되기 위해서 가장 중요한 것이 무엇일까? 기초문화재단의 최대 지원자가 될 기초자치단체장이 어떤 사람이냐에 달려있다. 자치구의 문화정책을 추진할 수 있는 튼튼한 기반을 구축하여 해당 지역을 문화도시로 가꾸어가겠다는 시장, 군수, 구청장 등 기초자치 단체장의 의식과 구현 의지가 중요하기 때문이다. 그다음 중요한 것은 단체장의 구현 의지를 수행할 기초문화재단의 대표가 어떤 사람이냐에 달려있다. 기초자치 단체장의 정책 방향을 잘 이해하고, 기초문화재단을 성공적으로 이끌 수 있는 전문성과 리더십을 갖춘 재단 대표의 선임이 중요한 이유이다.

전문성과 리더십을 갖춘 대표를 선임하여 기초문화재단을 성공적으로 운영하는 지역도 있는 반면에, 무늬만 공모 형식을 취했을 뿐 문화재단 운영에 필수적인 전문성과는 무관하게 기초자치 단체장 선거에 공을 세운 인사 혹은 측근을 재단 대표로 선임하여 운영을 맡기는 한심한 곳이 많은 곳이 현실이다. 이래서야 기초문화재단이 정상적으로 운영될 리가 없다. 그런 지자체장은 부끄러운 줄 알아야 한다.

기초문화재단이 성공하기 위한 전제 조건

일단 대표를 선임하면 기초 단체장은 기초문화재단 대표의 권한이 보장되는 환경을 만들어주어야 한다. 아무리 훌륭한 대표를 선임했다 하더라도 그가 일할 수 있는 환경을 만들어주지 못한다면 일을 잘 해낼 수가 없다. 재단의 모든 사업추진에 있어 단체장은 큰 그림만 제시하고 구체적 사업추진은 전문성을 갖춘 재단 대표에게 일임해야 하는데 일일이 자신의 결심을 얻어 사업을 추진하게 하는 단체장들이 아직도 많다. "지원은 하되 간섭하지 않는다"라는 팔길이의 원칙을 굳이 내세우지 않더라도 기초자치 단체장은 지역문화재단 경영의 전문성과 자율성을 최대한 보장해주어야 한다.

게다가 「지방자치단체 출자·출연 기관의 운영에 관한 법률」과 재단의 지도 감독부서라는 것을 내세워 재단의 사업을 일일이 간섭하는 감독부서 공무원들도 많다. "선무당이 사람 잡는다"라는 말이 있듯이 문화에 대해서 상식적인 지식과 알량한 경험을 내세워 재단 사업에 대해서 "좌로 가, 우로 가"하는 단체장과 감독부서 공무원들은 정말 위험한 존재이다.

일단 기초문화재단을 설립하면 단체장은 재단이 문화사업을 수행할 수 있는 전문인력을 확보해주고 지역주민의 다양한 문화적 욕구 충족을 위한 사업추진이 가능한 예산 지원을 해주어야 한다. 지역의 문화정책 및 진흥계획을 수립할 때는 자치구와 지역문화재단이 공동으로 수립하는 것이 맞다. 그리고 중요한 것은 자치구와 지역문화재단의 역할 분담을 분명히 하여 상생 구조를 구축해야 한다. 재단이 지속 가능한 지역문화를 활성화할 수 있도록 재단 지원을 위한 조례를 제정하여 뒷받침해주고, 기초문화재단이 성공적으로 사업을 수행할 수 있도록 추진사업에 대한 자치단체 차원의 전방위적 행정적 협업 체계가 구축될 수 있도록 지원해주어야 한다. 재단 또한 자치단체의 추진사업을 공유하고 네트워크를 강화해야 함은 물론이다. 재단 사업이 성공적으로 수행된다면 결국 지역민에게 수혜가 돌아가기 때문이다.

자치단체의 재단 감독부서 공무원들은 순환보직제이므로 전문성이 축적될만하면 타 부서로 전보되기 때문에, 재단 감독부서에는 학예직 등 상근 전문인력을 배치하는 것이 필요하다. 그래야 정책과 사업의 연속성이 담보될 수 있다. 그리고 자치단체의 문화정책을 전담하는 국 단위 조직이 만들어진다면 금상첨화이다.

자치단체의 문화정책을 수립하기 위해 전제할 것이 있다. 주먹구구식 정책 수립이 아닌 합리적 문화정책 수립의 기반이 될 지역 문화생태계 DB 구축 및 활용체계를 먼저 구축해야 한다. 지역별, 장르별 문화예술인과 단체, 장르별 생활예술인 및 단체, 문화기반시설 등 DB 구축이 필요하다. 그리고 그러한 DB는 개인정보 보안이 지켜지는 전제 조건 속에 누구나 쉽게 접근하여 활용될 수 있어야 한다. 그래야 예측 가능한 문화정책이 수립될 수 있기 때문이다. 재단은 주민, 기획자, 예술가, 전문가 등의 거버넌스가 이루어지도록 '지역문화예술위원회'를 구성하고 실질적인 운영이 되도록 하여 진정한 문화민주주의를 실천해 나가야 할 것이다.

궁합이 잘 맞는 광역문화재단과 기초문화재단이 되려면

광역문화재단은 시민의 자율적인 문화예술 활동을 진작시켜 지역의 문화예술진흥을 도모하기 위하여 문화예술진흥과 시민의 문화예술 활동 지원을 목적으로 설립되어 문화예술의 창작·보급 및 문화예술 활동의 지원,

문화예술의 교육 및 연구, 국내·외 문화예술 교류, 시민의 문화 향수 및 창의력 증진, 지역문화의 육성 지원 및 지역문화 전문인력 양성, 기타 재단의 목적 달성에 필요한 사업 등을 수행한다.

따라서 광역문화재단과 기초문화재단은 서로 협업하여 상생하는 수평적 구조로 가야 할 것이다. 그러기 위해서는 광역자치단체와 기초자치단체는 문화진흥 시행정책에 대한 공감대 및 공유가 필요하다. 문화정책을 수립하는 과정에서 광역과 기초 간의 충분한 토론과 합의가 필요하며 합의를 통해 결정된 문화정책은 장기간의 추진을 통해 성장하는 과정 또한 필요하다. 공감대와 공유가 이루어지기 위해서는 상시 소통구조가 이루어져야 하고, 사업추진을 상시 점검하는 정례 회의가 필요하다.

광역자치단체는 광역문화재단을 통하여 지역 전역의 문화공간을 과감히 기초문화재단에 위탁 운영하게 하고, 주민문화지원 사업 등 주민 밀착형 지원사업은 과감히 기초문화재단에 이양해야 할 것이다. 광역과 기초지자체와의 협력사업을 광역문화재단과 기초문화재단 간 협력사업으로 추진체계를 정비하고 일원화하는 것이 바람직하다. 광역문화재단 정책은 정치적 논리가 아니라 광역 문화생태계 구축을 위한 큰 틀에서 추진되어야 한다.

예술가지원, 공모사업 영역은 단계적으로 기초문화재단에 넘겨야

국가나 광역재단은 문화정책의 장기 비전과 전략을 수립하고, 예술가지원 등 공모사업의 영역은 단계적으로 기초문화재단으로 업무를 이관해야 한다. 기초문화재단은 지역 특성을 반영한 정책개발, 공모사업을 다양하게 개발하고 설계해야 한다. 이를 위해서라도 기초문화재단의 역할이 더욱 강화될 필요가 있다. 1973년 설립된 한국문화예술위원회의 역할이 한국문화관광연구원, 한국문화예술교육진흥원, 예술경영지원센터, 지역문화진흥원, 한국콘텐진흥원, 17개 광역문화재단 등으로 분산 배치된 것처럼 광역문화재단의 각종 지원금 제도, 공간 운영 등 다양한 역할을 과감하게 기초문화재단으로 이양할 필요가 있다.

지역민과 피부를 맞대고 사업을 추진하는 곳은 기초문화재단이므로 광역문화재단은 기초문화재단이 지역문화 인력 강화를 위한 지역문화 인력양성 사업, 일상 속 문화 향유를 위한 작은 도서관 건립 사업, 일상 속 문화생활을 누릴 수 있는 생활문화 공간 구축 사업, 자치구 축제 지원 및 육성사업, 예술 활동 거점 지역 활성화 사업, 마을예술창작소 지원사업, 문화생태계 구축 지원사업, 생활문화 활성화 지원사업, 예술교육 기반 조성 사업 등을 주도적으로 수행할 수 있도록 적극적으로 지원해주어야 한다.

광역문화재단과 기초문화재단은 지역민이 문화로 행복한 삶을 영위할 수 있도록 지원하고, 지역 예술가들이 마음껏 창작활동을 할 수 있도록 지원하기 위하여 설립한 조직이자 기관이다. 그러기 위해서는 기초문화재단과 광역문화재단 간 역할 분담은 물론 협력 구조가 살아야 한다. 그래야 지역문화가 건강하게 숨 쉬어, 문화의 꽃이 찬란하게 피어날 수 있다.

9

K-Contents 산업이
지속 가능한 효자 산업이 되려면

2022년 문화콘텐츠 산업 수출액이 사상 최대 124억 달러(약 14조3,000억 원)를 돌파했다는 소식이다. 이제는 문화콘텐츠 산업 수출액이 가전(86억 7,000만 달러), 이차전지(86억7,000만 달러), 전기차(69억9,000만 달러), 디스플레이 패널(36억 달러) 등 주요 수출 품목을 넘어 한국의 대표적인 수출 품목으로 자리 잡았다.

전문가들의 분석에 따르면 한국문화 콘텐츠 수출이 1억 달러 증가할 때마다 화장품, 식품 등 소비재 수출도 1억8,000만 달러가 함께 증가하는 것으로 분석됐다. 이 기세라면 추후 문화콘텐츠 산업 수출을 통한 제조업, 서비스업의 동반성장 수출 효과도 기대를 모은다. 해외에 나가보면 우리 K-Pop, K-Movie 등 K-Contents 산업의 약진으로 인하여 우리나라에 대한 인지도와 호감도가 높아져 어깨가 으쓱해졌다는 말을 많이 듣는 것만으로도 알 수 있다.

국가승인통계 콘텐츠 산업 분류에 근거해보면 문화콘텐츠 산업은 출판, 만화, 음악, 게임, 영화, 애니메이션, 방송, 광고, 캐릭터, 지식정보, 콘텐츠솔루션 등 11개 산업에 달한다. 올해 우리나라뿐만 아니라 세계 경제 상황이 어려울 것으로 예상되지만, 우리나라의 문화콘텐츠 산업은 꾸준한 성장세를 유지할 것으로 기대된다.

　우리의 문화콘텐츠 산업은 K-Contents 산업이라는 이름으로 불리고 있는데, K-Contents는 K-Culture에 기반한 것이다. K-Culture에는 K-Pop, K-Drama, K-Movie, K-Game, K-Webtoon, K-Comics & Animation 등이 속한다. K-Culture의 약진에 힘입어 요즘에는 K-Beauty, K-Battery, K-Tour, K-Food 등 콘텐츠 명칭 앞에 K자만 붙이면 K-Contents가 된다. 그만큼 K-Contents의 영토가 확장되고 있다.

　이러한 K-Contents의 약진은 우리의 전통문화가 세계적 보편성과 융합하여 세계 문화시장에서 경쟁력을 갖게 된 것에 기인한다. K-Contents는 세계 어느 나라의 사람들에게 익숙해 보이지만, 무언가 색다른 무엇이 있는 새로운 것이며 중독성이 있는 그 무엇이다. K-Contents, 즉 K-Culture의 출발점을 거슬러 올라가면 1988년 서울올림픽 시기였다고 생각한다. 서울 올림픽 개폐회식 문화행사에서 세계인들에게 보여줄 수 있는 것은 역시 우리 것뿐이라는 공감대를 갖게 된 것이다. 그러한 공감대를 바탕으로 1990년 전통문화의 산업화를 구체화한 '문화발전 10개년 계획'이 수립되어 한글 서체 개발, 전통 문양의 산업적 활용, 수제품과 저장식품 상품화 등이 추진되기 시작하였다.

2000년대에 접어들어 전통문화 산업에 관한 관심이 더욱 증가하면서 '2005년 한국 전통문화 콘텐츠 세계화 전략'이 수립되고 2007년 40대 과제를 선정하여 한국어, 한식, 한복, 한지, 한옥, 한국음악 등 한 브랜드를 중심으로 한 '한스타일 육성종합계획'이 발표되어 전통문화의 대중화, 산업화, 세계화가 본격적으로 추진되었다. 한(韓)과 민족문화라는 포괄적이고 복합적인 개념에서 전통문화 콘텐츠를 개발하고 세계화하자는 의도였다. 최근에 이르러서는 이러한 한 브랜드가 세계적인 보편성과 융합하여 경쟁력을 갖게 되어 큰 성과를 거둔 K-Contents 산업이 세계 문화시장에서 경쟁력을 갖게 되면서 정부 차원에서도 집중적인 투자와 지원을 하게 된 것에 이르렀다.

　　이제는 그동안의 기존정책의 성과를 더욱 확산함은 물론, 정책추진 과정에서 도출된 한계를 해소할 수 있는 정책 방향을 모색할 때다. K-Contents 산업이 지속하여 경쟁력을 가지려면 세계적인 보편성을 갖는 것도 중요하지만 그 원천과 기반이 되는 K-Culture가 더욱 튼튼해져야 한다.

　　콘텐츠 산업이 지속 가능하게 발전하기 위해서는 이 산업이 발전할 수 있는 환경을 만들어주어야 한다. 그러한 환경 조성은 성공적인 식물 재배의 원리와 같다. 끊임없이 영양분을 공급해줄 수 있는 토양이 있어야 하며, 광합성 작용을 잘 할 수 있도록 충분한 햇빛이 비칠 수 있는 위치에서 식물을 재배하고, 해당 식물이 잘 자랄 수 있는 적당한 습도와 온도를 유지해주고, 통풍을 원활하게 해주고, 병충해에 해를 입지 않도록 예방조치를 잘해주면 식물이 무럭무럭 잘 자라나 풍성한 결실로 보답하는 것이다. 이처럼 콘텐츠 산업이 무럭무럭 잘 자라나 풍성한 결실로 보답해줄 수 있는 환경을 조성해

주는 것이 중요하다.

　그러기 위해서는 법적 제도적 장치를 견고하게 마련해 줄 뿐만 아니라 인력지원, 자금 지원, 인프라 지원 등 치밀한 정책적 지원이 필요하다. 콘텐츠 산업 창업 지원, 전문 인력 양성 지원, 중소콘텐츠 사업자의 배려와 기술 개발 지원, 유통체계 지원, 국제협력 및 해외 진출 지원 등 콘텐츠의 기획부터 유통까지 촘촘한 지원 정책이 필요하다. 이 모든 것 중 가장 중요한 것은 콘텐츠 산업 인력이다. 결국 '사람'이다.

　콘텐츠 산업 인력은 첨단 미디어 영상 기술력 등 제작 역량을 갖추는 것은 필수이지만, 이러한 인력들이 한국인만이 가지고 있는 문화적 마인드에 기반을 둔 창의적이고 융합적인 인재들이어야 세계 각국의 콘텐츠 산업과는 차별화되고 특성화된 경쟁력 있는 콘텐츠를 만들어낼 수 있는 것이다. 그런데 이러한 인력들은 단시간 내에 만들어지는 것이 아니라 유아기부터의 창의 융합 교육과 한(韓) 브랜드가 일상화된 생활 속에서 체득되어 성장하는 것이다.

　그러기 위해서는 우리 것의 가치와 의미의 발굴과 교육이 필요하다. 우리 것을 제대로 이해하고 알아야 한다. 다시 말해 우리가 제대로 알고 즐겨야, 세계인들도 알고 즐길 수 있다는 말이다. 그러기 위해서는 유·초·중·고등학교의 체계적이고 연계된 전통문화에 대한 재미있는 교육이 필수적이다. 전통문화 교육과 함께 전통문화가 오늘날의 문화이자 미래를 창출해내는 문화로서 일상생활에서 향유될 수 있는 정책 마련과 환경 조성, 그리고 현장의 노력이 필요하다.

10

'사회복지사' 시대를 넘어
'문화복지사' 시대로

아직도 부족하다 말하지만, 우리나라처럼 사회보장제도가 촘촘하게 잘 되어 있는 나라도 그리 많지 않을 것 같다. 우리나라에선 「사회보장기본법」이 1996년 시행되었다. 그로부터 우리나라는 "모든 국민이 다양한 사회적 위험에서 벗어나 행복하고 인간다운 생활을 향유할 수 있도록 자립을 지원하며, 사회참여·자아실현에 필요한 제도와 여건을 조성하여 사회통합과 행복한 복지사회를 실현"하기 위한 사회보장 시스템을 가동하고 있다.

특히 "출산, 양육, 실업, 노령, 장애, 질병, 빈곤 및 사망 등의 사회적 위험으로부터 모든 국민을 보호하고 국민 삶의 질을 향상하는 데 필요한 소득·서비스를 보장하는 사회보험, 공공부조, 사회서비스를 위한" 사회복지 부분에 괄목할 만한 성장을 보았다. 내가 그동안 만났던 지방자치단체장들로부터 사회복지예산이 너무 많이 지출되어 정작 하고 싶은 사업이 있다고 해도 쓸 재원이 부족하다고 하는 푸념을 많이 들을 정도로 사회복지에 대한 예산지원은 선택이 아니라 이젠 필수가 되었다.

　사회복지와 관련된 법률을 대략 훑어만 봐도 「국민기초생활 보장법」, 「아동복지법」, 「노인복지법」, 「장애인복지법」, 「한부모가족지원법」, 「영유아보육법」, 「정신건강증진 및 정신질환자 복지서비스 지원에 관한 법률」, 「사회복지공동모금회법」, 「의료급여법」, 「기초연금법」, 「다문화가족지원법」, 「장애아동 복지지원법」, 「발달장애인 권리보장 및 지원에 관한 법률」, 「청소년복지 지원법」 등 상당히 많다. 「사회복지사업법」에 따라 국가가 시행하는 사회복지사 자격제도를 통하여 사회복지사를 배출하여 사회복지와 관련된 공공시설 및 공공기관에 배치하여 실효적 효과를 거두고 있다.

　촘촘해진 사회복지 관련법으로 인해 빈곤으로 밥을 굶을 정도의 사람은 좀처럼 찾아보기가 쉽지 않다. 생존에 필요한 사회복지 즉 '빵의 복지'는 어느 정도 충족이 된 셈이다. "사람은 빵만으로는 살아갈 수는 없다"라는 말이 진부한 표현이 된 지는 오래되었다. 이제는 삶의 질을 향상하기 위한 '문화복지'를 생각할 때이다. 도시화, 산업화가 가속화되면서 '빵'만으로는 해결할 수 없는 '삶의 질'에 대해서 진지하게 생각할 때가 된 것이다.

　문화의 역할과 기능은 다음과 같다. 문화는 상처 난 마음을 치유하고 힐링하게 해주는 기능뿐만 아니라, 삶의 질을 향상해주고, 현시대의 성장 동력이 된 상상력과 창의력의 기반을 만들어주고, 이념과 계층으로 갈라진 사회를 통합하게 해주며, 굴뚝 없는 산업의 역할을 넘어 선진국으로서의 국격을 결정짓게 하는 폭넓은 역할을 한다. 더군다나 고령화가 가속화되면서 노년층이 급속히 증가하였고 정년 후의 짧지 않은 생애를 만족시켜줄 해법은 '충분한 문화 향유'와 '생활예술에서의 성취감과 만족감'이라는 점에서 문화복지의 중요성이 더욱 강조되고 있다.

이제는 '빵의 복지' 시대에서 '문화복지'의 시대로 가야 한다. 이를 실현하고 실효화하기 위해서는 제도적으로 문화복지 체계를 사회복지 체계처럼 촘촘히 설계하고 시행해야 한다. 「사회보장기본법」이 시행되면서 함께 시행된 「사회복지사업법」에 따른 '사회복지사' 제도가 정착되었듯이 이제는 문화복지 시대로 가기 위해서는 국가가 자격을 부여하는 '문화복지사' 제도가 필요하다는 공감대가 형성되기 시작하였다. 따라서 이제는 '문화복지사' 제도를 법제화하여 문화복지 시대를 열어야 한다. 문화복지사 자격은 문화예술 전공자나 예술경영(행정) 혹은 문화콘텐츠나 문화기획 전공자 중 소정의 교육을 이수한 자에게 국가가 자격을 부여하여 문화복지 관련 시설이나 기관에 근무하게 하면 된다.

현재 지방직 공무원 채용 시 사회복지사 자격을 가진 자 중에서 사회복지직 공무원을 채용하여 사회복지 업무를 맡기듯이, 문화복지사 자격을 가진 자 중에서 문화복지직 지방공무원을 채용하여 문화복지 관련 부서와 일선 주민자치센터에 배치하여 문화복지 업무를 맡겨야 한다. 그리고 정부와 지자체가 문화복지 업무를 담당하고 있는 문화예술 관련 공공 지원기관과 광역 및 기초 지자체 문화재단, 지방 문화원, 문화의 집과 문화센터 등 문화복지와 연관된 법인과 시설에도 의무적으로 문화복지사를 배치하도록 법제화해야 할 것이다.

이렇게 문화예술에 대하여 전문성을 갖춘 문화복지사가 문화복지 현장에서 기획과 실행에 참여하게 되면 자연스럽게 문화예술이 진흥되는 효과도 거두게 될 것이며, 문화예술 관련 전공자나 기획자들의 일자리 창출에도 크게 이바지하는 효과가 있을 것이다.

문화복지사는 「문화예술교육지원법」에 의거한 문화예술교육사와는 분명한 차이가 있다. 문화복지사는 자신의 전문성을 바탕으로 문화복지 사업 현장에서 문화복지와 연관된 사업계획과 프로그램을 설계하고, 기획할 뿐만 아니라 실행단계의 업무를 담당하는 데 비하여, 문화예술교육사는 문화예술교육 혹은 문화예술교육에 관한 기획·진행·분석·평가 등의 업무를 수행할 뿐이므로 한계가 있다.

이렇게 하면 "모든 국민은 성별, 종교, 인종, 세대, 지역, 정치적 견해, 사회적 신분, 경제적 지위나 신체적 조건 등과 관계없이 문화 표현과 활동에서 차별받지 아니하고 자유롭게 문화를 창조하고 문화 활동에 참여하며 문화를 향유할 권리"를 명시한 「문화기본법」, "문화예술의 진흥을 위한 사업과 활동을 지원함으로써 전통문화 예술을 계승하고 새로운 문화를 창조하여 민족문화 창달에 이바지함을 목적"으로 하는 「문화예술진흥법」의 기본 정신도 자연스럽게 구현될 것이며, 문화강국으로 가는 튼튼한 기반이 마련될 것이다. 이젠 '문화복지사' 제도를 법제화하여 문화복지의 시대를 열어야 하는 시점이다.

11

공정과 상식,
예술지원 사업에서도 적용되어야 한다

연말이면 문체부 산하 지원기관들과 광역의 문화 관련 주무 부서와 광역 문화재단, 그리고 기초지자체 문화 관련 주무 부서와 기초문화재단에서는 문화예술단체와 예술인들을 대상으로 다음 연도 지원 사업 공모를 시행한다.

국가와 지자체가 문화예술의 진흥과 국민 문화 향유의 폭을 확대하기 위하여 문화예술단체와 예술인들에게 국비와 지방비를 투입하여 지원사업을 펼치는 것은 정말 잘하는 일이고 꼭 필요한 일이다. 그것은 열악한 환경 속에서 예술 활동하는 문화예술단체와 예술인들에게는 오랜 가뭄 끝에 내리는 단비 이상으로 고맙고 힘이 되는 일이다.

문화예술 지원 사업 공모의 취지를 정확히 이해하고 응모하여 해당 영역의 전문가들이 적법한 과정의 심의를 거쳐 공모사업에 선정되는 것은 당연히 축하할 일이다. 그러나 매년 지켜보는 일이지만 특정한 단체들이 지원 사업의 공모를 싹쓸이하는 것은 문제가 아닐 수 없다.

그러한 단체들이나 예술가들은 국비 혹은 지방비를 넉넉하게 지원받아 더욱 성장할 수 있었고 해마다 건강해지고 있는데, 반하여 번번이 공모사업에 제외되는 단체들이나 예술가들은 더욱 열악해질 수밖에 없었다. 후자에 속한 단체들이나 예술인들은 안타깝게도 결국 도태될 수밖에 없는 것이 현실이다. 특히 신생 단체들이나 인지도가 높지 않은 젊은 예술가들에게는 성장 기반이 마련되기가 더욱 어려운 것이 현실이다. 부익부 빈익빈 현상은 이곳에서도 존재한다.

예술단체나 예술인들의 특성상 일반적으로 문서작성 능력이 취약하다. 그래서 눈치 빠른 예술단체나 예술가들은 지원 사업 공모 심의 위원들의 입맛을 정확히 이해하는 문서기술자들에게 공모사업 신청서를 대필해주도록 의뢰하여 성과를 올리고 있는 것도 사실이다. 더욱 가관인 것은 요즘은 심지어 소위 잘나가는 예술단체들이 여러 개의 유령 예술단체로 사업자등록을 하여 공모사업에 모두 응모하게 하여 같은 지원 사업에 복수 선정되는 사례도 있다는 것은 알 만한 사람은 다 알고 있는 사실이다. 참 기가 막히고 어처구니가 없는 일이다.

그러다 보니 지원 사업을 주관하는 기관에서도 유령단체들을 솎아내는 기법을 개발하여 선정에 임하고 있다. 이러한 단체들이 적발되면 분명한 페널티가 부여되어야 한다. 문제가 있는 단체나 예술인의 명단이 지원 사업 주관기관에 공유되도록 하여 다시는 지원 사업에 응모하지 못하게 제도적으로 퇴출할 필요가 있다. 그런데도 머리싸움에서 끝내 이겨 빠져나가는 단체들은 있을 것이다.

어차피 국민이 내는 세금으로 지원 사업을 펼치는 것이니 되도록 사업의 취지와 목적에 맞게 예술단체들이나 예술인들을 선정하되, 특정한 예술단체나 예술인들에게 지원이 쏠리는 것은 지양하고 지원의 공정성, 객관성, 형평성은 조화를 이루어야 한다.

현재 문화체육관광부 산하 한국문화예술위원회 등 각급 문화예술 지원 사업에 응모하기 위해서는 '국가문화예술지원시스템(NCAS)'에 우선 응모하고, 선정이 결정되면 기획재정부의 'e나라도움'에서 교부 및 집행하는 이원화 시스템을 시행하고 있다. 지원을 받는 개인 혹은 단체는 불편하기 짝이 없지만, 어쩔 수 없이 감내하고 있다. 서울문화재단은 문화예술 지원 사업은 2021년부터 자체 개발한 서울문화예술지원시스템을 운영하고 있으며 기타 광역 문화재단과 기초문화재단은 자체적으로 각기 다른 방식으로 운영하고 있다.

그러나 어떠한 기관에서 지원 사업 공모를 시행해도 지원유형별 선정 예술단체와 예술인의 명단, 지원 규모, 문제 예술단체와 예술인 명단 및 위배 내용이 서로 공유되지 않고 있다. 이렇게 해서는 특정 단체나 예술인의 싹쓸이 혹은 중복선정 쏠림 현상을 억제할 수 없다. 지원 사업에 있어 특정한 단체나 예술인들이 중복으로 선정되는 쏠림 현상을 완화하고, 부정행위로 선정된 예술단체나 예술인의 명단을 공유하기 위해서는 새로운 방법을 강구해야 할 것이다.

그러기 위해서는 예술지원사업 선정 예술단체와 예술인 명단이 정부, 광역, 기초 어느 곳이든 공유될 수 있는 예술지원사업 선정 통합 사이트를 문화체육관광부가 별도로 운영하기를 제안한다. 공모사업을 수행하는 각급 기관 종사자들의 추가적인 업무가 발생하지 않도록 정부나 광역, 기초문화재단에서 선정된 예술단체와 예술인 명단이 확정되면 바로 통합 사이트로 연동되어 실시간 공유될 수 있도록 프로그램을 개발하여 운영하면 될 일이다. 그렇게 하면 완전히 논란을 잠재울 수는 없겠지만 특정 예술단체나 예술인에게 쏠림 선정 현상과 중복지원도 확연히 줄어들 것이다. 공정과 상식이 통하는 사회는 예술지원 사업에서도 적용되어야 한다.

12

「문화기본법」과 「지역문화진흥법」이 구현될 수 있는 대안

상상 속의 문화도시 가능한가

나는 모든 주민이 일상에서 문화로 행복하게 살아가는 '문화도시'를 상상해본다. 가정에서도, 직장에서도, 학교에서도, 공원에서도, 지하철 역사에서도, 버스정류장에서도, 공공건물에서도, 카페에서도, 음식점에서도, 거리를 걸어가도, 그 어느 곳에서도 늘 아름다운 시(詩)와 만나고, 아름다운 그림과 조형미술을 만나고, 아름다운 음악과 춤을 만나는 도시를 상상해본다. 이러한 일은 상상 속에서만 가능한 일일까?

대부분 사람이 그러하겠지만 나는 혼자만의 상상 놀이를 좋아한다. 나만의 상상 시간과 상상 공간을 설정해놓고 자유자재로 종횡무진 상황을 전개해 나간다. 때로는 장자(莊子)처럼 유유자적하게 지내기도 하고, 때로는 슈퍼맨이 되어 가상의 적을 과감하게 응징하기도 한다. 상상의 시간에 머무르는 동안 내 창의력의 나무는 무한대로 상상의 가지를 뻗어 올린다. 그러한 나의 상상 놀이의 배경 음악으로 가장 잘 어울리는 노래는 역시 존 레넌(John Lenon)이 부른 불후의 명곡 〈이매진(Imagine)〉이다.

〈이매진(Imagine)〉은 담담하고 잔잔하게 전개되는 선율도 좋지만 한 편의 시 같은 노랫말이 더욱 좋다. 늦은 밤 혼자 서재에 앉아 존 레넌(John Lenon)의 〈이매진(Imagine)〉을 듣고 있노라면, 몽상의 세계 속으로 빠져들어 간다. 노래 속 가사 "Imagine all the people, Living life in peace (모든 사람이 함께 평화롭게 사는 세상을 상상해 보세요)"는 시대나 인종을 초월한 모든 인류가 꿈꾸는 이상향일 것이다. 나는 이에 한발 더 나아가 일상에서 문화예술로 평화롭고 행복하게 살아가는 '문화도시'를 상상해본다.

문화는 국가 경쟁력의 원천이다

문화의 중요성을 강조할 때 백범 김구의 〈나의 소원〉이 자주 인용되곤 한다. 백범은 "우리의 부력(富力)은 우리의 생활을 풍족히 할 만하고, 우리의 강력(強力)은 남의 침략을 막을 만하면 족하다. 오직 한 가지, 가지고 싶은 것은 높은 문화의 힘이다."라고 하였다. 백범이 꿈꾸었던 것은 문화강국 대한민국이었다. 20세기 초 갖은 역경 속에서도 조국의 독립을 위해서 헌신하였던 백범이 21세기가 문화가 국가 경쟁력의 주요 원동력이 되는 문화의 세기가 되리라는 것을 예견한 탁월한 식견에 감탄하지 않을 수 없다.

정말 그렇다. 문화는 우리에게 행복감을 안겨주어 삶의 질을 한껏 높여

주는 기능 이외에도 많은 기능을 하고 있다. 먼저 문화는 미래의 꿈나무들의 바람직한 인성 형성과 창의력 형성에 탁월하고 필수적인 기능을 갖는다. 또한 치유 기능, 즉 힐링 기능을 하고 있어서 요즘에는 음악치료, 미술치료, 연극치료 등 문화예술을 이용한 많은 프로그램이 힐링 산업으로 주목받고 있다. 게다가 문화는 전 국민의 2002 월드컵 응원과 지난 촛불혁명에서 보았듯이 사회통합 기능을 하고 있으며, 제조업 못지않게 고부가가치를 창출해내는 문화산업 기능을 하고 있다. 일찍이 문화가 국가 경쟁력의 기반이 된다는 것을 알고 있던 선진국들은 오래전부터 문화예술에 막대한 투자를 하고 있으니 문화의 힘은 아무리 강조해도 지나치지 않는다.

문화의 역할과 그 중요성이 대두되고, 지난 촛불혁명 후 시민주권의 시대로 전환되면서, 모든 예술지원 정책이 예술가 중심, 즉 문화생산자 중심 지원정책에서 시민 중심, 즉 문화향유자 중심 지원정책으로 전환되고 있다. 대한민국 국민이라면 누구나 문화 향유를 누릴 수 있는 권리가 있으며 국가나 지자체는 이를 위해 지원해야 한다는 의무가 명시된 「문화기본법」이 2013년 제정되어 시행되고 있다.

특히 「문화기본법」 제4조를 통해 성별·종교·인종·세대·지역·정치적 견해·사회적 신분·경제적 지위·신체적 조건 등과 관계없이 문화 표현과 활동에서 차별받지 않고 자유롭게 문화를 창조하고 문화 활동에 참여하며 문화를 누릴 권리인 소위 국민의 '문화권'을 명확히 명시하였다.

「문화기본법」에 이어 지역의 문화예술 진흥을 위한 지자체의 의무가 법에 명시된 「지역문화진흥법」이 2014년 발효되었다. 「지역문화진흥법」의 핵심은 지역의 문화적 특성을 발전시키고 주민이 일상에서 문화로 행복을 느끼며 살 수 있는 조건과 환경을 구축할 수 있도록 지원한다는 것이다. 「지역문화진흥법」이 발효됨에 따라 중앙정부 주도에서 지방정부로 문화 분권이 가속화되게 되었고, 중앙정부에서 광역 문화재단으로 지원이 이루어지고 광역 문화재단에서 기초지자체 문화재단으로 지원이 이루어지는 체계로 전환됨에 따라 기초문화재단의 설립이 가속화되게 되었다.

기초문화재단이 없는 기초지자체에서는 공무원들이 기초문화재단이 해야 할 일을 수행하고 있다. 요즘 공무원들의 자질이 매우 우수해지기는 했지만, 문화에 대한 전문적 지식과 경험은 부족할 수밖에 없으므로 문화예술을 관장하는 부서에 발령받게 되면 업무를 파악하는 데 상당한 시간이 걸릴 수밖에 없다. 그래서 본의 아니게 시행착오도 경험하게 되고 업무를 어느 정도 파악하게 될 즈음에는 다른 부서로 전근하게 되어 그 경험이 쌓이지 못해 결국 사회적 비용이 초래된다.

그러한 구조에서는 정책의 일관성과 연속성도 기대하기 어렵다. 그래서 문화예술의 활동과 문화향유 제고를 위한 전문적이고 체계적인 지원체계 구축에 필요한 중심적 역할을 할 수 있는 전문기관인 문화재단 설립이 필요하다는 공감대가 자연스럽게 형성되게 된 것이다.

법과 제도도 중요하지만, 시스템이 가동되어야 가능하다

그러나 아무리 좋은 법이 제정되고 광역 및 기초 문화재단이 있으면 뭐하나. 그것을 운용하는 사람들이 법을 제정한 취지와 문화재단을 설립한 취지를 충분히 공감하고 법의 취지대로, 문화재단 설립의 취지대로 재단을 운영할 때 국민의 문화권이 보장되어 주민이 일상에서 문화로 행복을 느끼며 살 수 있는 조건과 환경이 구축되고 각 지역이 특성에 맞는 문화도시로 발전될 수 있을 것인데 현실은 그렇지 못하다.

「문화기본법」과 「지역문화진흥법」이 온전히 법의 취지대로 운영되기 위해서, 그리고 광역 및 기초 문화재단이 설립의 취지대로 운용되기 위해서는 그것에 책임과 권한이 주어진 주무 장관과 광역 및 기초지자체장들이 법의 제정과 문화재단 설립 취지대로 운영하겠다는 의식전환이 필요하다. 그러나 그것을 기대하는 것이 너무나도 어려운 것이 현실이므로 그렇게 운영될 수 있도록, 다시 말해서 사람에 의해서가 아니라 시스템으로 그렇게 돌아가도록 더욱 더 촘촘한 제도적인 뒷받침이 마련되어야 한다.

한가지 개선 방안을 제안한다면 법의 운영과 문화재단의 사업 추진에 있어 정부가 촘촘한 실천 지표를 설정하여 민간과 전문가로 구성된 공인된 기관에 위임하여 매년 평가를 시행하여 국민들에게 평가 결과를 공개하고, 주관부처와 지자체에 적절한 페널티와 인센티브를 부여하는 것도 대안이 될 수 있을 것이다.

13

새 정부의 문화정책 발표를 보고

무엇인가 허전한 새 정부의 5대 핵심과제

7월 21일 문화체육관광부 장관은 새 정부의 문화정책 방향을 '국민과 함께하는 세계 일류 문화 매력 국가 구축'이라고 정하고 그러한 대명제를 실천하기 위한 5대 핵심과제를 설정하여 윤석열 대통령에게 보고하였다.

새 정부의 문화정책이라니 전 정부와 어떠한 차별성 있는 정책을 수립했는지 궁금하여 문체부 홈페이지에 들어가 그 내용을 검색해 보았다. 문체부는 "살아 숨 쉬는 청와대, 케이-콘텐츠가 이끄는 우리 경제의 도약, 자유의 가치와 창의가 넘치는 창작환경 조성, 문화의 공정한 접근 기회 보장, 문화가 여는 지역 균형 시대"를 5대 핵심과제로 제시하였다.

5대 핵심과제를 실천하기 위한 내용을 처음부터 끝까지 꼼꼼히 살펴보았다. 문화예술 분야에서 관광 분야까지 폭넓은 영역을 다룬 정책이었다. 그런데 전문가들이 주도적으로 정책을 수립하였다고 보기에는 정책 곳곳에서 관료 냄새가 물씬 나는 것이 나만의 생각일까? 왜냐하면 곳곳에 허점이 발견되었기 때문이다. 나름대로 분석해본 바는 다음과 같다.

　첫째, 청와대를 국민을 위한 국가 대표 복합문화공간으로 구축하겠다는 것이다. 의도는 좋으나 각계각층의 국민과 전문가들이 참여한 공론화 과정을 거쳤으면 좋겠다는 생각이다. 아무리 좋은 계획이라도 발표하기 전에 충분한 여론 수렴 과정은 필요한 것이다.

　둘째, 우리 문화를, 우리 경제를 이끄는 국가 브랜드로 활용하고, 민간이 주도하고 정부가 뒤에서 밀어주는 콘텐츠 정책으로 K-콘텐츠 산업생태계가 지속·가능할 수 있도록 지원하겠다는 것이다. 그 취지는 좋다. 발표대로 민간이 주도하고 정부는 뒤에서 묵묵히 지원하는지 지켜볼 일이다.

K-컬쳐의 기반인 전통예술 분야, 그냥 간과해버렸다

　셋째, 자유의 가치와 "지원하되 간섭하지 않는다"라는 원칙에 근거해 문화예술의 독창성과 대담한 파격, 혁신을 구현하는 창작환경을 만들겠다는 것이다. 다시 말해 창작환경을 조성하여 기초예술의 진흥을 도모하겠다는 것이다. 관심이 많은 영역이어서 더 들여다보니 청년 예술가들에 대한 지원을 확대하고, K-컬쳐의 원천인 미술, 클래식, 문학 등 기초예술 지원을 확대하겠다는 것이다. K-컬쳐의 원천이 어디 미술, 클래식, 문학뿐이랴. K-컬쳐의 기반이 전통예술 분야인데 그 점은 그냥 간과해버렸다. 기초예술의 진흥을 위한 지원 부문도 모호하다. 정책 수립 수준에 의심이 가는 부분이다.

넷째, 누구나 공정하고 차별 없이 문화를 누릴 수 있도록 장애인, 어르신 등의 문화 접근 기회를 확대하겠다는 것이다. 한다. 장애 예술인들의 지원 확대와 장애인들이 불편 없이 사용할 수 있는 문화시설의 기준이 될 '장애인 표준공연장, 전시장' 조성하겠다는 부분이 긍정적으로 눈에 들어온다. 그러나 이제는 문화의 주체자이자 생산자가 된 일반 시민들의 생활예술 활성화 지원을 위해 노력하겠다는 부문은 눈을 씻고도 찾아볼 수 없다.

다섯 번째, 지역 고유의 문화예술·관광·산업·도시계획을 망라한 명품 문화도시를 조성하여 자주 가고, 오래 머무는 지역관광으로 지역 경제를 활성화하겠다는 것이다. 원론은 좋다. 그러나 정부가 관여할 것이 아니라 지역이 가지고 있는 고유성과 특수성, 그리고 역사성을 잘 살려 해당 지역을 명소로 만들어갈 수 있도록 지방 정부와 지자체에 지원하는 것이 정부의 역할이라는 것을 간과하지 않길 바란다.

박보균 문체부 장관은 보도자료에서 "전 세계가 우리 콘텐츠에 주목하고 노하우를 배우려고 하는 문화번영의 시대가 왔다. 이를 기반으로 영화, 온라인동영상 서비스(OTT) 콘텐츠, 케이팝을 중심으로 케이-콘텐츠가 우리 경제를 이끌어 나갈 수 있는 주축이 되게 할 것"이라고 했다. 문화 콘텐츠 발전은 민간이 혼자서도 잘해왔고, 잘하고 있으니 정부가 주도할 생각은 버리고 창작환경 조성에만 힘써 달라는 당부를 드리고 싶다. 내가 보기에는 문화를 너무나 산업적인 측면에서 바라보는 것이 아닌가 하는 인상을 지울 수가 없다.

너무 서두르지 말고 국민과 충분히 소통한 후에 정책 만들기를 바란다

이번 보고에서 가장 아쉬운 것은 "국가는 전통문화의 계승·발전과 민족문화의 창달에 노력하여야 한다."라고 명시된 헌법 제9조의 '정부의 책무'를 들먹이지 않아도 우리 문화의 정체성이자 K-컬쳐의 문화자원에 해당하는 전통예술의 진흥을 위한 지원 영역은 전혀 다루지 않았다는 점이다.

그리고 이제는 모든 국민이 문화의 주체자이자 생산자인 시대가 되었다는 측면에서 생활문화 활성화 지원 부문이 다루어지지 않았다는 점과 IT 첨단산업의 동력으로 등장한 창의성과 상상력, 예술적 감수성 형성에 중요한 유, 초, 중, 고 예술교육에 힘쓰겠다는 언급이 전혀 없었다는 점이다.

너무 서두르지 말고, 각계각층 국민의 여론과 전문가들이 함께하는 공론화 과정을 거쳐 정책을 수립하고 발표하여 국민의 동의를 얻는 민주 정부가 돼주길 바랄 뿐이다.

14

지원 사각지대,
청년과 원로 예술지원사업의 청신호

2023년도 우리나라의 문화예술진흥을 위하여 한국문화예술위원회, 한국문화예술회관연합회, 예술경영지원센터, 한국문화예술교육진흥원, 지역문화진흥원, 전통공연예술진흥재단, 한국문화재재단 등 국가 문화예술 지원기관들의 공모사업이 거의 마무리되었다. 지원사업의 유형은 1) 예술인들의 창작활동 지원사업 2) 문화 공간과 전문인력 양성과 일자리 창출을 위한 창작 기반 지원사업 3) 국민의 문화 향유 확대와 국제 문화교류 및 한류 확산을 위한 유통·확산 지원사업으로 나누어 볼 수 있다.

국가 지원기관들의 지원사업은 해가 거듭될수록 지원의 사각지대가 없도록 더욱 촘촘하게 계획되어 진행되고 있다는 점에서 긍정적인 평가를 하고 싶다. 국가 지원기관뿐만 아니라 전국의 광역문화재단과 각 기초문화재단에서도 지역의 문화예술 진흥을 위하여 국가 지원과 궤를 같이하며 지원사업 공모가 거의 마무리되었다.

가장 눈에 띄는 지원사업은 서울문화재단의 '청년예술지원'사업과 '원로예술지원'사업이었다. 서울문화재단의 '청년예술지원'사업은 청년 예술인의 첫 작품 발표를 지원하여 예술인으로서의 예술계 내 진입을 독려하고, 새로운 창작활동을 위한 실험과 도전을 할 수 있는 환경을 제공하여 다양한 예술 활동 기회를 제공하기 위한 사업으로서 최대 1,000만 원 이내의 지원한다. 물론 한국문화예술위원회의 '청년예술가생애첫지원' 사업과 중복되는 사업이지만 분야 전문가 멘토링 및 크리틱, 워크숍, 선정예술인 혹은 단체 대상 네트워킹 프로그램 운영 등 간접 지원이 병행되는 점에서 주목할만하다.

　　그리고 또 하나는 '원로예술지원사업'이다. 이 사업은 서울에서 활동하는 60세 이상의 전 장르 원로예술인의 연구, 워크숍, 쇼케이스, 세미나, 전시, 공연 등 예술 활동의 준비 및 발표를 할 수 있도록 지원하여 지속할 수 있는 창작활동을 촉진하기 위한 사업으로 정산이 필요 없는 시상금 방식으로 1인당 300만 원을 정액(定額) 직접 지원하는 사업이다. 물론 지원 예술인 모두에게 지원되는 사업이 아니라 지원목적에 부합되고 과거 예술 활동 성과의 우수성 및 기여도와 구체성 및 실현 가능성, 본 활동 계획(실행방법)의 구체성 및 충실성, 본 활동 계획의 현실 가능성, 본 활동으로 기대되는 예술 활동의 지속가능성을 검토 심의하여 선정된 원로예술인에게 지원되는데 150명 가까운 원로예술인들에게 지원된다.

　　원로예술인들이 고령에 무슨 창작활동을 할 것이며, 파급력이 기대되는 창작물이 나오겠냐는 회의적인 시각으로 보는 사람들이 있다면 매우 잘못된 판단이다. 원로예술인들이 생체적인 나이만 많은 것이지, 예술혼과 창작에 대한 열정과 갈망이 줄어드는 것은 아니다. 오히려 오랜 작품활동을 통하여 형성된 더욱 원숙하고 작품성이 우수한 걸작을 만들어낼 수 있다. 그러한 사례는 동서양을 막론하고 수없이 보아왔다.

이와 유사한 지원사업으로는 한국문화예술위원회의 '원로예술인공연지원'사업이 있다. 그러나 한국문화예술위원회의 '원로예술인공연지원'사업은 원로예술인 참여 공연에 대한 문화예술단체에 지원하는 간접 지원방식인데 반하여, 서울문화재단은 원로예술인들에게 직접 지원한다. 그리고 정산에 서투른 원로예술인들의 실태를 감안하고, 원로예술인으로서의 자존감을 존중하는 의미에서 정산이 필요 없는 시상금 형식으로 원로예술인에게 직접 지원한다는 점에서 매우 인상적이다. 다만 이 사업의 취지가 원로예술인들에게 예술 활동의 준비 및 발표를 지원하여 지속할 수 있는 창작활동을 촉진하기 위한 사업이기는 하지만, 상당한 부를 축적하여 안정된 삶을 살고 있거나 충분한 연금 생활을 누리는 원로예술인들에게까지 지원을 해줘야 하는가에는 검토가 필요하다.

그다음 눈에 띄는 사업은 한국문화예술위원회의 연극, 창작뮤지컬, 무용, 음악, 전통예술 분야에 '창작의 과정' 지원사업이었다. 대부분 지원사업이 창작 발표될 사업 중 작품의 예술성이 뛰어나고 작품의 파급 효과가 클 것으로 기대되는 예술 창작물을 발굴하여 시장 진출 및 무대화를 지원하고 창작물의 지속성 기반을 마련하기 위한 지원사업인 데 비해서, '창작의 과정' 지원사업은 해당 분야의 창작 활성화 및 우수한 창작물 제작 활동의 안정적인 창작 기반을 마련하기 위한 지원사업으로서, 감동과 울림을 줄 수 있는 우수한 예술작품을 발굴하여 예술시장에 안착하도록 도와 특성화된 작품을 탄생시키고자 하는 지원사업이다. 다시 말해서 창작의 준비단계부터 꼼꼼히 챙겨 지원하겠다는 것이다. 잘하는 일이다.

이처럼 국가 및 광역, 지자체의 문화예술 지원기관의 각종 지원사업은 우리의 문화예술을 진흥하여 문화선진국으로서 국격을 높여주고, 한류 확산의 기반을 만들어줄 뿐만 아니라, 국민에게 문화 향유의 기회를 더욱 풍성하게 해주어 문화로 행복한 삶을 영위하도록 해주고, 예술인들에게는 더욱더 안정적인 환경 위에서 마음껏 창작활동을 할 수 있게 하는 중요한 역할을 해준다. 문화예술 진흥을 위한 지원사업의 재원은 더욱더 확대되어야 함에도 아직도 우리나라의 문화예술 부문에 대한 예산은 선진국가에 비하면 부족하다. 올해 정부 총지출은 늘었는데 문체부 예산은 되려 6.5% 삭감되었다. 안타까운 일이다.

15

헌법(憲法)에 담긴
문화예술의 영토를 바로 알자

헌법은 모든 법률에 우선한다

"저 사람은 법 없이도 살아갈 수 있는 사람이야."라는 말이 있다. 이치에 맞게 행동하고 사회규범을 잘 지키고 선량하게 살아가는 사람을 말하는 것이다. 그러나 그런 사람이 법 없이 세상을 살아갈 수 있을까? 만일 법이 없다면 그 사람은 매우 위태로워질 것이다. 왜냐하면 법이 없다면 그에게 가해질 많은 위협과 위험이 선량한 그를 그냥 내버려 두지 않을 것이 분명하기 때문이다.

우리나라의 법은 그 이름을 다 기억해낼 수 없을 정도로 많다. 법은 분명한 위계질서가 있어 하위의 법령은 상위의 법령을 위반해서는 안 되며, 하위의 법령은 상위법령의 범위 안에서만 그 효력이 인정된다. 이들 간의 효력의 우선순위는 단연 헌법이 가장 우선한다. 다음은 법률, 대통령령, 조례,

규칙의 순서이다. 헌법은 우리 사회의 최고의 규범으로서 모든 법률에 우선하며 그 이상의 상위법규는 존재하지 않는다.

문화예술계에 종사하는 사람은 대체로 법에 어둡다. 문화예술과 관련이 있는 법규 또한 무수히 많으나 헌법 속에 문화예술과 관련된 내용만 정확히 이해하고 숙지하면 우리나라가 어떻게 문화국가를 이루려 하는지를 이해할 수 있다. 우리 헌법에는 문화와 관련한 다수의 규정을 두고 있다.

헌법, 문화예술 창달에 노력해야 할 국가의 책무 담겨

먼저 헌법 전문(前文)을 살펴보자. "유구한 역사와 전통에 빛나는 우리 대한국민은 … 정치·경제·사회·문화의 모든 영역에 있어서 각인의 기회를 균등히 하고…"라고 되어있어 국민 모두의 문화적 평등을 선언하고 있다. 이것은 헌법 제11조 ①항에 "모든 국민은 법 앞에서 평등하다. 누구든지 성별·종교 또는 사회적 신분에 의하여 정치적·경제적·사회적·문화적 생활의 모든 영역에 있어서 차별을 받지 아니한다."라고 거듭 분명히 하고 있다.

헌법 제9조에는 "국가는 전통문화의 계승·발전과 민족문화의 창달에 노력하여야 한다."라고 명시하여 국가에 '전통문화의 계승·발전과 민족문화의 창달에 노력'할 책무를 명령하고 있다. 전통문화 혹은 민족문화는 우리 국민의 자존과 정체성과 직결된 것이고, 이 영역이 예술시장의 원리를 적용할 수 없는 특별한 영역이므로 국가가 직접 나서서 보호하고 지원해주어야 한다는 것을 밝힌 것이다.

문화예술 창달에 대한 국가의 책무는 헌법 제66조에 다시 한번 더 명확하게 나타나 있다. 이 조항은 대통령 취임 선서문에 담길 내용인데 "나는 헌법을 준수하고 국가를 보위하며 조국의 평화적 통일과 국민의 자유와 복리의 증진 및 민족문화의 창달에 노력하여 대통령으로서의 직책을 성실히 수행할 것을 국민 앞에 엄숙히 선서합니다."라고 되어있어 대통령이 민족문화의 창달에 대한 책무를 담은 것이다. 만일 대통령이 '민족문화의 창달 노력'을 게을리할 때 국민은 엄중히 그 책임을 물을 수 있도록 한 것이다.

'예술의 자유'와 '예술인의 권리', 헌법에 담겨있어

　　헌법 제21조는 언론·출판·집회·결사의 자유를 보장하는 내용으로 되어있다. 이다. 언론·출판은 예술의 표현방식인 동시에 전달 수단이기에 '예술의 자유'와 직결되는 것이므로 결국 문화예술에 관련된 규정이다. ①항에 "모든 국민은 언론·출판의 자유와 집회·결사의 자유를 가진다."와 ②항에 "언론·출판에 대한 허가나 검열과 집회·결사에 대한 허가는 인정되지 아니한다."라고 한 것은 예술의 자유는 보장되고 예술표현에 대한 허가나 검열이 인정되지 않는다는 것을 명시한 것이다. 그러나 ④항에 "언론·출판은 타인의 명예나 권리 또는 공중도덕이나 사회윤리를 침해하여서는 아니된다. 언론·출판이 타인의 명예나 권리를 침해한 때에는 피해자는 이에 대한 피해의 배상을 청구할 수 있다."라고 되어있는 것은 예술표현이 허가나 검열이 인정되지 않는 영역이기는 하나, '타인의 명예나 권리 또는 공중도덕이나 사회윤리를 침해'하면 제한할 수 있다고 명시한 것이다.

헌법 22조는 ①항에 "모든 국민은 학문과 예술의 자유를 가진다."라고 되어있어 '예술의 자유'를 다시 한번 더 명시하고 있다. '예술의 자유'를 예술가로 국한하지 않고 더 나아가 모든 국민에게도 '예술의 자유'가 있음을 분명히 하여 예술이 예술가의 전유물이 아니라 국민도 예술적 생활을 통하여 인간의 존엄과 가치를 확인하고 보장하고 있다. 또 ②항에 "저작자·발명가·과학기술자와 예술가의 권리는 법률로써 보호한다."라고 되어 예술가의 권리를 보호하기 위한 하위 법령이 제정될 수 있는 근거를 제시하고 있다.

헌법 제31조 ①항에 "모든 국민은 능력에 따라 균등하게 교육을 받을 권리를 가진다."와 ⑤항에 "국가는 평생교육을 진흥하여야 한다."라고 명시되어 2005년 제정된 「문화예술교육 지원법」의 근거가 되는 모법(母法)의 역할을 하고 있다.

「공연법」 등 문화와 관련된 법률 40여 개의 하위법에도 관심 가져야

이러한 헌법에 기초를 두고 문화와 관련된 수많은 하위 법률이 만들어지고 그에 따른 시행령과 시행규칙이 만들어졌다. 문화예술과 관련된 법률로는 「공연법」, 「문화기본법」, 「문화예술진흥법」, 「문화예술교육지원법」, 「지역문화진흥법」, 「저작권법」, 「문화산업진흥기본법」, 「문화재보호법」 등 이루 헤아릴 수 없이 많다. 문화와 관련된 40여 개의 법률을 대분류로 유형화하면 문화예술과 관련한 법률, 문화콘텐츠산업과 관련한 법률, 저작권과 관련한 법률 그리고 문화재와 관련한 법률로 크게 나눠 볼 수 있다.

아무리 법이 잘 제정되어있다 한들 법을 집행하고 운영하는 행정부의 기관과 관료들, 행정부를 이끌어가는 대통령, 그리고 행정부를 견제하고 감독하는 입법부, 즉 국회와 국회의원이 법의 기본 정신을 잘 살려 가겠다는 자세가 선행되어야 함은 물론이다. 예술인이 법은 알아서 뭐 하냐는 말을 함부로 하지 말자. 예술인은 물론 문화예술과 관련된 단체나 종사자라면 최소한 헌법에 담긴 문화예술에 관한 내용과 기본 정신만은 정확히 이해하고 숙지해야 할 것이다.

16

말뿐인 '팔길이 원칙' 진정성이 필요하다

지원은 하되 간섭하지 않는다?

문화예술인들에 대한 지원이나 전문 문화예술기관 운영에 있어 "지원은 하되 간섭은 하지 않는다(arm's length principle)"라는 '팔길이 원칙'은 이제는 전 세계적으로 불문율이 되어있다. 이 원칙은 1946년 경제학자 존 케인스가 초대 위원장을 맡은 영국예술위원회가 예술의 다양성을 확보하기 위해서는 정부가 기초예술의 자유로운 활동을 보장해야 한다며 '팔길이 원칙'을 기본방침으로 내 세우면서 일반화됐다.

이후 영국에서는 정권교체와 상관없이 문화예술 지원은 예술위원회가 맡고, 정부는 간섭하지 않는 것이 문화정책의 기본 토대가 됐다. 이 원칙은 1946년 영국에서 시작된 것이나 이제는 국제적으로도 이 원칙이 통용되고 있으며, UN에서도 예술을 정치와 관료행정으로부터 거리를 두게 하도록

'팔길이 원칙'을 공식적으로 채택한 바 있다.

이 원칙은 공적 지원을 빌미로 정부나 지자체가 자기들의 이해관계나 입맛에 맞게 예술을 통제하고 강요하는 관료적 간섭에서 벗어나서 예술의 독립성과 자율성이 존중되어야 한다는
확고한 신념에서 출발한 것이다. 요즘에는 한발 더 나아가 정부 또는 고위공무원이 공공지원 정책 분야 등에서 어느 정도 거리를 두고 지원은 하되 그, 운영에는 간섭하지 않음으로써 자율권을 보장하는 원칙으로 발전되어 있다.

물론 예술 행정은 예산과 공간, 인력 같은 공공 자원을 집행하기 때문에 공익 실현과 절차적 투명성 등의 공적 의무를 이행하기 위한 정부나 지자체의 개입과 통제는 불가피하다. 따라서 예술 현장의 독립성과 자율성이 존중되기 위해서는 집행의 효과성, 합리성, 투명성이 전제되어야 한다. 다시 말해 예술행정과 현장은 책임과 권한을 공평히 나누어 가져야 한다.

말뿐인 팔길이 원칙 과연 지켜질까

우리나라 정부에서도 '팔길이 원칙'을 모든 문화예술의 정책에서 가장 기본적인 방향 중 하나로 제시하고 있지만 과연 그럴까? 「지방자치단체 출자 출연기관 운영에 관한 법률」 제3조에 출자, 출연기관 즉 지역문화재단의 자율적 운영을 보장해야 한다고 명시되어 있지만 이러한 입법 정신을 지키고 있는 지방자치단체장이나 공무원들이 얼마나 있을까?

지방자치단체 출자 출연기관인 지역문화재단의 사업계획과 운영에 있어서 재단 대표에게 전권을 부여하는 지방자치단체가 과연 있을까? 재단의 자율적 운영을 보장한「지방자치단체 출자·출연 기관의 운영에 관한 법률」제3조에도 불구하고, 같은 법 25조에 "지방자치단체의 장은 법령인 조례에 따라 지방자치단체가 출자·출연 기관에 위탁한 사업 등에 대해 해당 출자·출연 기관을 지도하거나 감독할 수 있다"라는 규정을 빌미로 지방자치단체장과 지도 감독 부서의 공무원들이 재단의 사업계획과 운영에 일일이 간섭과 통제를 하는 사례는 오늘도 진행되고 있다.

　실례를 들어본다면 지금은 국회의원 신분이지만 모 지역의 구청장은 구청장 재임 시 자신의 지역 문예회관 관장에게 "내가 문화예술에 대해 알면 얼마나 알겠습니까? 관장님께서 구청장이라고 생각하시고 마음껏 문화행정을 펼쳐주십시오."라고 하고 지원은 하되 간섭을 일절 하지 않았고, 문예회관의 기획공연 선정은 물론 티켓 하나 요청하는 일이 없었다고 한다. 이러다 보니 구청 공무원들도 당연히 문예회관 운영에 간섭하는 일이 없었다. 이런 지자체장만 있으면 오죽 좋으랴.

　그런가 하면 어느 지자체장은 자신 지역의 문화재단 일에 알파에서 오메가까지 간섭과 통제를 하였다고 한다. 하다못해 공연이나 축제 프로그램 선정은 물론 공연 출연자 선정과 심지어는 공연의 곡목까지 일일이 간섭하였고, 인사 등 재단 운영에 일일이 간섭하여 재단 대표는 대표로서 전문성과 운영권을 전혀 인정받지 못했다고 한다. 이러다 보니 구청 공무원들도 구청장 입맛에 맞도록 재단 운영에 일일이 간섭하는 등 발목잡기로 일관하였다고 한다. 이런 지자체장이 이 분 하나뿐이랴.

 현재 문화재단의 대표는 외관상으로는 공모에 의해 공정하고 객관적인 공모 절차에 의해 선임하는 것으로 되어있다. 그러나 공모는 형식적이고, 지자체장이 문화재단 대표를 미리 정해놓고 하는 짜고 치는 고스톱 공모라는 말이 무성하니 마음이 허탈하다. 언제나 지역 문화재단 대표직 자리가 파리 목숨이 아닌 불공정으로부터 자유로워지는 날이 올지 그날이 기다려진다.

 '팔길이 원칙'은 우리나라의 지향점일 뿐 관료 위주의 간섭과 통제적 방식에서 벗어나지 못한 측면이 있다. K-pop, K-classic, K-movie, K-drama 등 세계적으로 성공한 우리나라의 문화예술은 정부의 관여와 지원으로 성공하였다기보다는 예술인들의 불타는 예술혼과 노력, 그리고 전문가들의 노력으로 이루어졌다는 것은 주지의 사실이다.

 지난 6월 12일 윤석열 대통령도 칸국제영화제에서 남우주연상과 감독상을 각각 받은 배우 송강호 씨와 영화감독 박찬욱 씨 등 영화 관계자들을 불러 용산 대통령실 청사 앞 잔디밭에서 만찬을 함께 하면서 "우리 정부의 문화예술 정책의 기조는 '지원은 하되 간섭은 하지 않겠다'라는 '팔길이 원칙'이며 이를 지키겠다."라고 강조한 바가 있다. 믿어보고 싶지만, 그렇게 되었으면 오죽 좋으련만 예술 현장에서는 이러한 말에 크게 기대하지 않는 것 같다. 두고 지켜볼 일이다.

부산국제영화제 성공에서 증명된 팔길이 원칙

전국 지자체 주관으로 경쟁적으로 열리고 있는 지역 축제는 대부분 지자체에서 재원을 출연하고 있다. 겉으로는 민간으로 구성된 축제 추진위원회도 있고 예술감독도 위촉되어 있다. 그러나 무늬만 민간 주도의 축제이지 실제로는 지자체장이나 공무원들이 기획부터 프로그램 선정은 물론, 심지어 초청 연예인 선정까지 관여하고 있는 것이 현실이다.

팔길이 원칙'은 찾아보려야 찾아볼 수도 없다. 그래서 지역 민간 대표들이나 예술가들은 명색용 들러리로 참여하고 있으며, 지역민들은 축제의 주체자가 아닌 구경꾼으로 전락하고 있다. 일명 선수급 축제 기획자들이 지자체장의 입맛에 맞게 축제를 기획하고 실행하여, 지역의 특성과 환경이 고려되지 못한 붕어빵 축제가 만들어지고 있다.

'팔길이 원칙'이 잘 지켜져 가장 성공한 대표적 사례로서는 부산국제영화제를 꼽을 수 있다. 부산국제영화제는 재정 지원을 하는 부산시장이 당연직 조직위원장을 맡는데 프로그램 선정 등 영화제 실제 운영에 일절 관여하지 않을 뿐 아니라, 민간 전문가 출신인 집행위원장 또한 작품 선정에 일절 관여하지 않고 모든 프로그램 및 작품 선정 등 운영은 영화 전문가들에게 맡기는 등 '팔길이 원칙'이 잘 지켜졌기 때문에 성공한 국제영화제로 자리 잡게 되었다.

정부나 지자체의 간섭과 통제가 시작되는 순간 예술은 손상되고 훼손되는 속성이 있다. '약은 약사에게, 진료는 의사에게' 맡겨야 한다는 말이 있듯이 문화예술 정책 수립과 운용은 전문가에 맡겨야 한다. 문화예술이 사회에 미치는 파급력이 큰 것을 이용하여 "밤 놔라, 대추 놔라."하며 통제와 간섭을 일삼는 손바닥 원칙(palm's length principle)의 유혹은 이제는 떨쳐버려야 한다.

17

문화예술 관련기관 채용 전형 방식, 변해야 한다

얼마 전 모 문화재단 공개채용의 필기전형 출제를 맡아달라는 부탁을 받았다. 이 기관은 문화예술 관련 직장 입사를 원하는 지망자들이 무척 선호하는 직장인지라 경쟁률이 무척 높다. 그래서 변별력을 요구하는 필기전형 문제의 난이도 또한 높다. 이 기관은 필기 문제에 있어 객관식 문제는 없고 단답형, 약술형, 논술형 문제로만 구성되어 있다.

단답형 문제는 문화예술 관련 현안 및 기본 지식, 사회적 환경, 담론에 대한 지식, 메가트렌드에 대한 지식, 문화예술 기획, 행정, 경영 이론과 범주에 대한 지식, 저작권법에 대한 지식, 표준계약서 지식 등 문화예술 분야 관련 법률에 대한 이해도를 알아보기 위하여 문화예술 분야 기본 소양 및 일반 상식 정도로 하며, 해당 직무에서의 업무 수행에 필요한 지식 및 그 응용 능력 검증을 목적으로 출제한다.

약술형 문제는 문화예술계 현장 변화 흐름, 인식 등 문화예술 트렌드에 대한 지식, 해당 재단의 주요 사업, 정책 배경에 대한 이해를 포함한 공연·전시·축제 등 주요 사업에 대한 지식, 문화 공간에 대한 지식, 해당 재단이 운영하는 주요 문화 공간의 설립 취지 및 목적, 운영방안, 공공·산하기관 예산 편성 지침에 대한 이해를 중심으로 문화예술기획에 필요한 예산 수립 기본 지식 등 해당 직무에서의 업무 수행에 필요한 능력과 지식을 검증할 수 있는 수준으로 출제한다.

논술형 문제는 문화예술 현안 및 이슈에 대한 분석, 문화예술정책 및 동향에 대한 이해도 및 시사점을 도출하는 능력, 국내·외 문화예술지원 정책, 지원 목적에 대한 이해, 분석 능력, 예술가에 대한 이해, 예술가의 창작 과정에 대한 지식 등 문화예술계 주요 이슈 및 트렌드 및 분야 전반 이해도를 기반으로 해당 직무 지원자의 관점 안에서 창의적으로 사고하고 이를 논리적으로 설명, 설득할 수 있는지 그 응용 능력을 검증할 수 있는 정도의 수준의 문제를 낸다.

만만치 않은 문제다. 평소에 문화예술에 깊은 관심을 두고 공부해오지 않았다면 고득점으로 합격권 내에 들기는 쉽지 않을 것이다. 특히 논술은 문화예술계 주요 이슈 및 트렌드 및 분야 전반 이해도를 기반으로 출제 문제에 답하고, 문제점에 대하여 자신만의 창의적인 개선안을 제시하고 논리적으로 설명하기 위해서는 글쓰기 능력이 필요하다. 글쓰기 능력은 단시간에 형성되는 것이 아니어서 평소에 꾸준히 연습해나가야 한다. 천신만고 끝에 이러한 필기시험에 합격한 후에도 면접 전형에 합격해야 최종 합격자가 되어 입사하게 된다. 그야말로 좁은 문이다.

그러면 이러한 치열한 경쟁을 거쳐 입사한 인재가 과연 재단에 꼭 필요한 인재가 될까? 나는 그런 면에서는 회의적인 시각을 갖고 있다. 문화예술과 관련된 국가가 운영하는 공기관과 자체가 운영하는 문화재단 및 지역 문예회관의 최고경영자로 종사했던 경험을 가진 나로서는 치열한 경쟁을 거쳐 입사한 직원 중 기대에 부응하여 꼭 필요한 인재로 성장해가고 있는 직원들도 있었지만, 그렇지 못한 직원들도 꽤 많이 보았기 때문이다.

그러면 문화예술과 관련된 기관에 필요한 직원은 어떠한 사람이어야 하는가? 스펙도 좋고, 지식도 좋고, 사무처리 능력도 좋지만, 문화예술을 진정으로 좋아하고, 타인에 대한 배려와 공감 능력이 뛰어나고 자신의 직분이나 자리에서 창의적이며 책임과 의무를 다하는 사람이 필요하다. 지식과 사무처리 능력은 입사 후에 배워가면서 보충할 수 있지만, 문화예술을 진정으로 좋아하고, 타인에 대한 배려와 공감 능력이 뛰어나고, 자신의 직분이나 자리에서 창의적이며 책임과 의무를 다하는 인·적성은 보충하여 채워지는 속성이 아니기 때문이다. 또한 문화예술과 관련된 공기관들은 기본적으로 서비스 기관으로서 주요 정책고객이 문화예술인들과 단체, 그리고 시민 혹은 주민이기 때문에 그들을 진정성 있게 대하고 항시 정책고객의 입장에서 생각하고 돕고 봉사하려는 마음가짐이 필요하다.

그러면 그러한 꼭 필요한 인재를 어떻게 알아보고 선발해낼 수 있을까? 그래서 각 기관은 채용 전형 과정에서 인·적성검사를 시행하여 참고자료로 활용하지만 완벽한 필터링 기능이라 할 수 없으므로 전형 성적에는 반영할 수 없다. 그래서 채용 후 3개월간의 수습사원 제도를 채택하고 있다. 3개월간 신입사원의 근무태도와 상황을 관찰하여 정식사원으로 채용할 것인지 결정한다는 것이다. 그러나 징계 등 특별한 배제 사유가 아니라면 채용해야 하므로 그것도 형식적인 제도이다.

그래서 면접 때 잘 선발해야 한다. 현재 단 한 번의 면접을 통해 당락을 결정하는 것은 위험천만이다. 지금 시행되고 있는 대부분의 면접이 면접관의 경험과 기법에만 좌우되어 객관성과 타당성이 낮다. 따라서 PT, 집단토론, 합숙 등 다양한 방식을 통하여 역량과 인성을 알아보는 치밀하고 다양한 심층 면접 기법을 활용해야 할 것이다. 문화예술과 관련된 기관의 채용 전형은 비용이 들더라도 변해야 한다. 그 주요 고객이 예술인이고, 예술단체이고, 국민이고, 시민이고, 주민이기 때문이다. 인재를 뽑는 일만큼 더 중요한 일은 없다.

18

지역문화원의 성과와 과제

창립 60주년이 된 한국문화원연합회, 해결해야 할 난제들

한국문화원연합회가 1962년에 창립되어 올해로써 60주년이 된다. 1980년대 이후 문화 민주주의, 문화복지, 지역문화에 대한 정책적 관심이 커지면서 지방 문화원은 '지역문화 활성화' 정책과 함께 지역문화 활동의 중심 기관으로 인식되기 시작하였다. 1994년 「지방문화원진흥법」 제정에 이어 2014년 「지역문화진흥법」이 제정되면서, 지역문화원의 역할은 더욱 중요해졌다.

전국에 산재한 지역문화원은 이러한 시대적 요구에 부응하여 척박한 환경 속에서도 해당 지역의 고유한 전통과 문화를 향유하고 지역의 무·유형 자산을 보전하고 전승한다는 사명감으로 지역의 문화 지킴이로서 역할을 해왔다고 생각한다. 그러나 앞으로 가야 할 길에는 고질적인 운영 재원과 전문인력의 부족, 시설 개선 및 확장 문제 등 해결해야 할 난제들이 놓여 있다.

지역문화원은 향토사 연구에 상당한 성과를 거둬

전국의 지역문화원은 설립 이후 해당 지역의 향토사 연구에 상당한 성과를 거두었다. 그러나 그동안의 연구가 지역의 향토 사료와 문화재 대상의 단편적 연구라 과거지향적이라 지역의 변화를 끌어내는 능동적인 추진력을 만들어내기에 한계가 있었다. 그래서 요즘 지역문화원은 향토사 연구는 물론, 지역 각 영역의 상황을 통찰력과 통합 학문적인 접근을 통해 진단하고 지역 고유의 사회·문화적 특성에 기반한 지속 가능한 지역문화 진흥과 지역 발전을 모색하는 지역학 연구에 관심을 두기 시작하였고 지역학 연구의 중심기관으로 자리 잡고 있음은 반가운 일이 아닐 수 없다.

지역학은 그 지역의 역사와 문화뿐 아니라 자연환경, 지리, 주변 지역과의 관계를 비롯해 교육, 산업이나 경제, 정치 등 한 지역에 관한 모든 것을 연구 대상으로 하므로, 연구를 통하여 그 지역이 가진 강점과 취약점 등을 분석하여 그 지역이 나아가야 할 방향을 제시할 수 있는 기반을 제공하기 때문에 꼭 필요한 학문이다.

지역문화원과 지역문화재단, 상생과 협업 관계 구축 필요

2014년 「지역문화진흥법」이 제정된 이후 지역문화원의 역할이 더욱 중요해지기는 했지만, 기초지자체에 기초 문화재단이 경쟁적으로 설립되기 시작하면서, 어떻게 지역문화원과 지역 문화재단의 역할과 기능을 나누고, 어떻게 서로 상생과 협업 관계를 구축하느냐가 과제로 등장하였다. 양 기관이 지역의 문화발전을 위하여 지역문화 사업과 구민 참여 문화예술 사업을 시행하고 있다는 점에서는 그 역할이 같지만, 향토 문화의 보존·전승·발굴·계발을 통한 지역문화 창달 및 진흥은 지역문화원이 해야 할 일이고, 지역의 총체적인 문화예술 진흥과 문화복지 증진의 책무는 지역 문화재단에 있음을 분명히 해둘 필요가 있다.

따라서 양 기관이 서로 차별화할 것은 차별화하고, 특성화할 것은 특성화하여 서로 긴밀한 소통을 통하여 협업체계를 굳건히 다져가야 해당 지역이 성큼 문화도시로 다가갈 수 있다고 생각한다. 한 가지 제안을 덧붙인다면 지역 문화재단 이사진에 지역문화원장을 당연직 이사로 참여하도록 하고, 지역문화원 이사진에 지역 문화재단 대표를 당연직 이사로 참여하게 하고 정기적인 협의회를 통하여 양 기관이 서로 협업할 것은 협업하고, 서로 역할을 분담할 것이 있다면 분담하여 문화사업을 추진한다면 양 기관이 상생 관계로 발전해 나갈 것이라 확신한다.

19

정부 주도 문화도시 지정은 인제 그만

문화도시 지정 정부 제시 지표에 충실하느라 획일화, 평준화되는 부작용 낳아

어떻게 하면 전국 곳곳의 지역을 지역 특성과 환경에 맞는 문화도시로 가꾸어갈 수 있을까? 어떻게 하는 것이 최선의 길일까? 늘 이런 문제를 고민해본다. 그간 정부 주도로 각 지자체를 대상으로 공모를 통하여 정부가 제시한 문화도시 지표에 충족하였는가를 평가하여 소위 문화도시를 선정해주고 적지 않은 국비를 지원해주었다.

그래서 각 지자체는 문화도시로 선정되기 위하여 유행처럼 문화도시 지정 추진단을 구성하고 소위 선수(페이퍼 전문가)들을 영입하여 정부의 입맛에 맞게 정부가 제시한 문화도시 선정 지표에 합당하도록 계획을 수립하여 공모에 응모하였다. 그 과정에서 지역 공동체의 합의는 중요한 것이 아니었다.

정부로부터 문화도시로 선정된 지자체들은 개선장군처럼 문화도시 지정을 지역 브랜드 제고의 기제로 적극적으로 활용하였고, 탈락한 지자체들은 죄인처럼 머리를 숙인 채 재수, 삼수의 길을 걷고 있다. 치열한 경쟁은 지금도 진행 중이다. 그러다 보니 지자체들은 그 지역의 독특하고 고유한 특성과 환경이 있음에도 불구하고 정부가 제시한 지표에 충실 하느라 전국이 획일화, 평준화되는 부작용을 낳고 말았다.

정부는 방향성만 제시하고 묵묵히 지자체를 지원하라

결론적으로 나는 정부 주도의 문화도시 지정 사업은 인제 그만 중단했으면 한다. 지자체들이 자체적으로 해당 지역의 고유성과 특성과 환경에 따라 공동체의 합의를 거쳐 문화도시로 성장해 나갈 수 있도록 정부는 커다란 방향성만 제시해주고 조건 없이 묵묵히 지원해주는 것이 바람직하다고 생각한다.

마찬가지로 지역에 있어서도 일방적으로 관이나 문화재단 주도로 지역을 문화도시로 구축하려는 것도 역시 바람직하지 못하며, 구축될 수도 없다. 문화도시는 지역민과 지역 예술가들, 그리고 관과 문화재단이 다 함께 힘을 합쳐 구축해야 가능하다.

문화는 성장하는 생명체 같은 것이라 공동체가 함께 가꾸고 함께 만들어가려는 의지가 필요하다. 지역에 많은 문화공간이 얼마나 많이 구축되어 있는가도 중요하지만 어떠한 문화일꾼들이 그 지역에서 활동하느냐가 더 중요하다.

부산의 감천문화마을처럼 척박한 환경 속에서도 한 마을을 차별화되고 특성화된 문화마을로 바꾼 문화일꾼들의 사례를 수없이 보아왔다. 그래서 지역 문화일꾼을 육성하고 지원하는 일은 매우 중요하다. 그러한 역할을 관이나 지역문화재단이 해야 한다. 지역 문화생태계 구축의 주역은 지역문화재단도 아니고 관도 아닌 지역 문화일꾼들이어야 한다. 지역문화재단과 관은 문화일꾼들이 스스로 문화생태계를 구축해나가도록 열심히 지원해주면 된다.

문화재단과 관도 지역 문화일꾼들이 문화생태계를 구축해나가도록 지원하라

지역 문화가 성장하고 진화하기 위해서는 몇 가지 필요한 것이 있다. 지역 문화는 공동체에 두루 도움을 줄 수 있는 가치를 창출하는 것이어야 한다. 그러기 위해서는 문화는 우리네 일상을 엮어가는 문화이어야 하며 모두가 재미있어야 하며 감동을 줄 수 있어야 한다. 이러한 것들이 조화롭게 어우러질 때 지역 문화는 발전되고, 진화할 수 있다.

문화는 홀로 즐기는 것으로만 머무르는 것이 아니라 문화를 통해서 서로 소통할 수 있어 좋으며 서로의 관계를 맺어주어서 좋다. 지역문화재단은 늘 열린 자세로 묵묵히 지역 공동체를 지원하며 함께 지역 문화를 가꾸어가야 한다.

20

한류 확산의 등잔 밑,
주한 미군과 그들의 가족 30만 명

정부, 한류 확산을 위하여 총력을 다하고 있기는 하지만

우리나라는 우리의 유구한 역사와 자랑스러운 문화예술을 세계 각국에 알리고, 더 나아가 한류 확산을 위해 문체부 산하에 해외문화홍보원을 콘트롤 타워로 하여 세계 30국에 35개 문화원을 세우고 적지 않은 국가 예산을 들여 적극적인 해외 홍보활동을 벌이고 있다.

각국에 있는 한국문화원들은 한국문화 관련 행사를 개최하고 문화, 예술, 관광 자료를 문화원 내에 상시 전시하고, 주재국과 한국과의 문화교류 증진에 힘쓰고 주재국 내 한국문화 관련 사업을 지원하고 자문하고 있다. 매우 잘하는 일이다. 이와는 별개로 정부에서는 한류 확산과 K-콘텐츠 개발을 위해 막대한 예산을 들여 문체부 산하 기관을 통하여 각종 지원사업을 펼치고 있다.

한류 확산의 사각지대에 버려진 주한 미군과 그의 가족들

그런데 등잔 밑이 어둡다고 했던가? 한류 확산의 심각한 사각지대가 있다. 바로 주한 미군과 그 가족들에 대한 한류 확산을 위한 지원사업은 거의 전무하다. 세계최강 미군은 자유와 민주의 가치를 지키기 위하여 전 세계에 대략 50여 국가, 750여 기지에 30만 명 이상의 군인을 파견하고 있다.

G7(미국, 일본, 캐나다, 영국, 프랑스, 독일, 이태리)에도 예외 없이 미군의 기지를 운영하고 있고, 우리가 새롭게 G10(중국, 러시아, 한국)을 뽑을 때 공산국가인 중국과 러시아를 제외한 G10 국가에 미군이 주둔하고 있다는 사실은 그만큼 미국이라는 나라의 위상을 더 이상 설명할 필요가 없음을 뜻한다.

G10 한국은 밖에서 보면 정말 기적과 같은 나라일 것이다. 국내 정치가 서로 대립과 갈등 상황에 있는 것을 빼놓고 생각해보면 밖에서 한국을 바라보면 정말 한국은 대단한 나라이다. 일제강점기 36년의 식민 통치에서 벗어나자마자 6·25라는 동족상잔의 전쟁으로 잿더미가 된 나라에서 굶주림과 기아에서 불과 70년 만에 세계 10위의 경제 대국이 된 것이다. 이렇게 된 데에는 우리의 피나는 노력의 결과이기는 하지만 미국과 주한미군의 역할과 도움이 없었다면 절대로 오늘날과 같은 부강한 나라가 될 수 없었으리라는 것은 명백한 사실이다.

현재 미국은 해외파견 미군 병력 중 일본에 5만 명, 독일에 3만 5천 명에 이어 한국에는 3번째로 많은 2만8천5백 명을 주둔시키고 있다. 한반도 문제에 직접 관여하고 있는 미군 장병들의 숫자는 무려 10만여 명에 이른다. 그리고 국내 미군 장병들의 가족 숫자까지 합치면 30만 명 정도에 이른다. 국내 거주 미군 장병들은 미국 본토는 물론, 전 세계에 퍼져있는 미군기지를 대상으로 순환근무를 하고 있어서 이들이 한국의 역사와 문화예술을 정확히 이해한다면 그 파급력은 거의 무한대에 가까울 정도로 크다. 그러나 정부 차원에서 이들에 대한 문화 지원사업은 없다.

나라가 해야 할 일을 36년간 묵묵히 해온 월간지 '오리엔털 프레스' 발행인 챨스 정

그러한 가운데 우리 국가가 해야 할 일을 지난 45년간 음지 속에서 묵묵히 수행한 언론매체가 있다. 'Oriental Press'가 발행하는 월간 잡지 『United on the Rok』이다. 'Oriental Press'의 발행인 챨스 정은 1978년부터 현재까지 미군들과 그 가족들을 대상으로 하는 월간 잡지와 격주간 신문, 연보 등 많은 매체를 사비를 들여 30만 명에 가까운 구독자들에게 무가지로 제공하고 있다.

얼마 전 지인의 소개로 챨스 정을 알게 되었는데 그가 내게 보내온 장문의 메일에 왜 그가 이 잡지를 만들어 왔는가에 대한 이유가 담겨 있었는데 그에 대한 감사한 마음과 죄송스러운 마음이 들어 그의 메일 내용이 조금 길지만 원문 그대로 옮겨 소개할까 한다.

"Oriental Press는 재벌이 될 수 있는 기회도 있었고, 다른 기업처럼 돈도 벌 수 있는 기회도 얼마든지 잡을 수 있었습니다. 그러나, OP(Oriental Press)는 지난 1987년부터 오늘날까지, 한눈팔지 않고 오직 한길을 걸어왔습니다.

그 이유는 누군가는 미군에게 작은 부분이라도 보답해야 한다는 선친의 유언도 있으셨지만, 본인이 어린 시절 전쟁의 참담한 과정을 보고 느끼고 뼈에 사무치도록 기억하고 있기에 사실 어렵게 이 길을 선택한 것입니다.

OP는 지금껏 단 1달러도 미국 정부의 도움을 받지 않은 유일한 기업입니다. 처음부터 이 사업에 대한 Propose를 미국 정부에 낼 때부터 'NO COST CONTRACT'라는 단어를 만들어 못 막아 놓았기에 그 후부터는 어쩔 수도 없었지만, 그러나 OP는 미군의 해외기지에서 유일한 기록을 세우고 있는 것입니다. 혹자는 OP를 비웃기도 합니다. 하지만 비록 어렵지만, 풍전등화의 상황에서 대한민국을 구해준 미군에 대한 나름대로 은혜의 작은 보답을 하고 있다는 나름의 애국심과 자부심, 긍지로 버텨 왔습니다.

한국은 이제 부강한 나라가 되었고, 모두가 나름대로 열심히 나라 세우기에 노력하여 세계 어디에 내놓아도 손색이 없는 국가로 성장한 위치에서 반만년의 역사 속에 찬란한 문화융성 강국의 대한민국의 참모습을 미군들에게 알려야겠다는 새로운 일을 OP가 해야겠다고 생각하게 된 것입니다.

사실, 미군들은 한국에 대한 정보 부족으로 제대로 알지 못하고 3~5년의 근무 기간을 채우고 떠나는 사람들이 너무나 많습니다. 한국 정부는 이 점을 놓쳐서는 안된다고 생각합니다. 그래서 OP가 미군에 대한 작은 보은의 차원에서 미군 커뮤니티 지원사업(Military Community Support)을 계속하는 이유입니다.

미국 뉴욕 타임스퀘어 한복판에 김치 광고도 중요하지만, 정작 이 땅에 머무는 30만 명의 미국인들에게 제대로 한국을 알린다면 경제원리로 보아도 매우 남는 장사가 될 것인데, 지금까지 한국 정부는 미군에게 매우 인색한 것이 못내 안타깝습니다.

미국 정부가 보장하는 경제집단인 미군에게 우리 문화를 알리고, 그들로 하여금 가족과 함께 우리 문화의 우수성을 직접 확인하고 전세계에 분포되어 있는 전임지 동료들과 고향의 부모와 친지, 그리고 친구들에게 SNS를 통하여 한국의 이미지가 전달된다면 어떠한 광고매체보다도 큰 효과를 얻을 수 있는 곳이 미군사회입니다.

나는 대한민국의 정부와 문화정책을 다루는 공무원들에게 감히 요청합니다. 미군의 과와 공은 논외로 하더라도 현실적으로 대한민국의 철통같은 안보의 양대 축인 국군과 미군은 오늘날 한국을 세계 경제 10위권의 국가로 올려 놓은 막강한 숨은 조력자로 좀 더 따뜻한 배려 차원에서 국익에 우선하는 한미동맹에 기초하여 한미친선으로 이어져 더욱 굳건한 안보의 초석이 될 수 있도록 이제부터 한국정부가 미군들이 좀 더 쉽게 한국문화를 이해하고 접근할 수 있도록 적극 나서야 할 때입니다."

정부, 주한 미군과 그의 가족들에 대한 한류 확산 지원사업 적극 검토해야

나는 그의 메일을 읽으면서 한국인의 한 사람으로서 참 부끄럽다는 생각이 들었다. 그리고 이러한 훌륭한 교포가 있다는 것이 너무도 감사했다. 뜻이 있으면 길이 있다고 하였다. 이제라도 정부는 주한 미군과 그 가족들에게 우리의 유구한 역사와 자랑스러운 전통문화를 정확히 알려줌으로써 한류 확산의 또 하나의 동력을 창출하는 방안을 진지하게 검토해보기를 바란다.

21

문화를 싣고 가는 거대한 배, 길

오늘은 창밖에 내리는 비가 참 좋다. 10월 한로가 지나서인지 비에 젖은 거리의 가로수 잎새가 시들하지만, 그리 싫지는 않다. 가로수를 따라 쭉 벋은 길에는 이따금 사람들이 걸어가지만, 오늘은 일요일이라 그런지 한산하다. 젊은 남녀가 우산을 받쳐 쓰고 다정히 걸어가고 있다. 참 정겨운 모습이다. 나도 한때 저런 시절이 있었지, 하고 생각하니 나도 모르게 빙그레하고 미소 지어진다. 한동안 길을 멍하니 쳐다본다. 이런 걸 길 멍이라고 하나? 허허.

빗소리가 잔잔하다. 이런 가을 정취 때문인지 문득 박인희가 노래한 〈끝이 없는 길〉이라는 노래의 선율이 머릿속을 맴돌며 마음을 적신다.

길가에 가로수 옷을 벗으면 / 떨어지는 잎새 위에 어리는 얼굴 / 그 모습 보려고 가까이 가면 / 나를 두고 저만큼 또 멀어지네 / 아 이 길은 끝이 없는 길 / 계절이 다 가도록 걸어가는 길 / 잊혀진 얼굴이 되

살아 나는 / 저만큼의 거리는 얼마쯤일까

바람이 불어와 볼에 스치면 / 다시 한번 그 시절로 가고 싶어라 / 아
이 길은 끝이 없는 길 / 계절이 다 가도록 걸어가는 길 / 걸어가는 길

내가 바라보는 저 길의 역사는 오래되었을 것이다. 아마도 조선시대에도
있었을 길이고, 그 이전의 시대에도 있었을 것이다. 수많은 사람이 저 길을
따라 걸어갔을 것이다, 이미 고인이 된 사람들도 있고 어제도 오늘도 거닐었
을 것이고, 내일도 걸어갈 것이고 내가 이 세상을 떠난 후에도 많은 사람이
저 길을 걸어갈 것이다. 얼마나 많은 일들이 있었을까? 저 길에서 수많은 일
들이 벌어졌고, 수많은 일들이 벌어질 것이다. 길이란 많은 것을 담고 있다.
세상의 모든 길은 어디로든 끝없이 이어지며 새로운 길을 만난다. 걷고 걸으
면 없는 길이 생기기도 한다.

길의 정의를 사전에서 찾아보았다. 국어사전에선 길을 다음과 같이 정의
하고 있다.

길 [명사] 1. 사람이나 동물 또는 자동차 따위가 지나갈 수 있게 땅 위에
낸 일정한 너비의 공간. 2. 물 위나 공중에서 일정하게 다니는 곳. 3. 걷거나
탈것을 타고 어느 곳으로 가는 노정(路程).

그렇구나. 길이란 어떤 곳에서 다른 곳으로 이동할 수 있도록 땅 위에 낸
일정한 너비의 공간이다. 길이란 숲길, 고갯길, 언덕길, 흙탕길, 빗길, 기찻

길, 철쭉길, 등굣길, 지름길과 같은 땅 길도 있지만, 하늘과 강과 바다에도 길이 있다. 하늘길도 있고, 바람길도 있고, 바닷길도 있고, 물길도 있다. 공간만 길이랴. 인생길도 있다. 바른길, 잘못된 길도 있고, 꿈길도 있고, 출셋길, 탄탄대로, 가시밭길, 고생길도 있고, 황천길도 있다.

영어사전을 찾아보았다.

길 [명사] 1. (도로) street, way, path; (차가 다니는) road(way); (자주 지나다녀서 생긴) track 2. (여정) way, route 3. (방향, 진로) way (of life), path (to)

국어사전과 같이 '길'이란 공간이기도 하지만, 흔적이기도 하고 방향이기도 하다. 영화배우이자 대중가요 가수인 프랭크 시내트라(Frank Sinatra)가 노래하여 전 세계에 크게 히트한 〈My way〉라는 노래가 있다. 이 노래는 가사 자체가 생을 마감하는 사람이 자기 일생을 돌아보며 자신의 소신대로 인생길을 걸었으며, 후회는 없다는 내용을 담고 있다. 1969년에 발표된 곡이나 지금까지도 팝송계의 불후의 명곡으로 그 자리를 굳히고 있다.

요즘은 자신의 주소를 도로명주소로 표기한다. 세계 대다수의 나라에서는 도로명주소를 보편적으로 사용하고 있어 우리나라도 그렇게 변경하였다. 도로명은 도로 폭에 따라 폭 40미터, 8차로 이상의 도로엔 '대로'가 붙고, 12~40미터, 2~7차선은 '로', 그리고 기타도로는 '길'자가 붙는다. 강남대로, 세종로처럼 서울을 대표하는 도로도 있고, 우리 동네에도 신내로, 서울

장미길 등이 귀에 익숙하다. 번호는 서쪽에서 동쪽, 남에서 북으로 20미터 간격으로 기초구간이 설정되고 왼쪽엔 1, 3, 5, 7, 9 홀수, 오른쪽은 2, 4, 6, 8 짝수가 붙는다. 그래서 온 나라의 모든 길이 이름을 달게 되었다.

길은 우리 인간이 자신이 정해 놓은 목적지를 걸어가는 통로이자 마을과 마을, 인간과 인간, 문화와 문화, 역사와 역사를 연결하는 통로이다. 한 사람만을 위한 길도 있을 수 있겠지만, 길 대부분은 공동체가 함께 사용한다. 우리가 사용하는 길은 얼마 되지 않은 신작로도 있지만 매우 오랜 역사를 가진 길도 있다. 그래서 길 위에는 앞서간 수많은 사람의 역사와 문화와 감성이 숨 쉬고 있다. 그래서 길을 따라 거닐던 수많은 사람을 따라 종교도, 문화도, 사회도, 정치도, 경제도, 과학 등도 함께 드나들었다. 길은 어찌 보면 이 모든 것을 싣고 오가는 거대한 배와 같다.

우리나라 각 지역은 1960년대부터 도시화로 급속히 발전한 탓에 대부분 자신이 거주하고 있는 지역에 대한 애착이나 지역민으로서 지역적 정체성이 그리 강하지 않으며, 지역의 역사나 특성 등의 환경에 관해 알지 못하는 사람들이 많다. 사람이 자신이 태어나 자라난 곳에 대한, 혹은 자신이 사는 곳에 대한 역사와 문화, 그리고 감성을 모르고 살고 있다는 것은 마치 고향을 잃은 실향민과 같이 불행한 일이다.

자신의 지역에 대한 자긍심과 애착이 없다면 한 지역에 거주하고 있는 사람들이 한 마을 사람으로서의 유대감을 갖고 함께 어우러져 서로 돕고 함께 일을 도모하기도 어렵다. 그래서 지역 문화원이나 지역문화재단이 나서서 지역의 길에 얽혀있는 역사와 문화와 감성에 대한 책자를 만들어보는 것이 필요하다.

2021년 노원문화재단이 소설가 구효서, 박금산을 비롯, 문학평론가 하응백, 장은수, 고봉준 등 여러 시인, 소설가, 평론가, 동화작가 등과 박해욱, 이호승 등 사진작가들에 의뢰하여 펴낸 『노원을 걷다』는 이러한 측면에서 많은 시사점을 던져주어 기분이 좋다.

22

AI, 너에게 묻는다

예술가도 경쟁자로 걱정하는 챗GPT의 등장

어제 저녁 후배 시인에게서 카톡 문자가 왔다. "선배님! 요즘 뜬다는 챗 GPT에게 시를 써보게 했습니다. 아직은 기계적이고 풀어내는 데 미숙한 문제가 많지만, 어느 정도 시간이 지나면 알파고가 바둑을 정복하듯이 시(詩)도 시인도 AI에 밀릴 것 같다는 생각이 듭니다."라는 풀이 죽은 내용이었다.

그가 챗GPT에게 "봄, 꽃, 새를 이용해서 동생을 생각하는 시(詩)를 써달라"고 주문하였더니 다음과 같은 시를 챗GPT가 써주었다는 것이다.

벌써 봄이 왔나 봐요 / 찬바람이 사라지고 햇살이 내리쬐네요 / 그리운 동생의 얼굴을 떠올리며 / 봄의 아름다움에 취해봅니다 // 꽃들이 피어나고 / 새들이 노래하네요 / 그 소리를 들으면서 / 동생의 미

소가 떠오르는 것 같아요 // 어떤 꽃이든지 좋아했던 동생의 / 사랑
스러운 모습이 생각나서 / 나도 모르게 미소를 짓게 됩니다 // 나의
작은 마음이 동생에게 전해지길 / 새들의 노래처럼 행복한 봄을 보
내길 / 그리움은 참 아프지만 / 봄의 따뜻한 햇살로 함께 녹아내리길
바래봅니다

챗GPT가 쓴 시를 시문학적으로 점수를 매겨본다면 글쎄 100점 만점에
30점 정도를 줄 만한 어찌 보면 귀엽기까지 한 시였다.

나는 그에게 "그러게 말입니다. 그러나 시인만이 가질 수 있는 따뜻한 감
성을 따라갈 수 없겠지요. 그냥 이럴 수도 있겠다 하십시오."라고 답변 문자
를 보내 그를 다독이고 카톡 대화방을 나왔다.

그리고는 한 참 생각에 잠겼다. AI가 놀라울 정도로 발전한 것은 틀림없
다. 정상급 프로 바둑기사를 누를 정도니까. 예술 영역에서도 멋진 그림을
그리고, 3D로 조형미술 작품을 만들어내고, 시도 쓰고, 작곡도 하고, 문학
적 에세이와 소설을 쓰니 말이다. 게다가 최근에는 다른 프로그램과 연결
하여 휴가 계획도 짜주고 호텔·항공권 예약도 대신해주는 '챗GPT 플러그
인(plug-in)'까지 나왔다고 하니 어디까지 무궁무진하게 진화 발전해나갈지
모르겠다.

AI는 인공물일 뿐 예술가만이 가질 수 있는 창작의 고통을 느낄 줄 몰라

그러나 다시 생각해보자. 불과 1, 2백 년 전 사진이 등장할 때만 해도 미술 회화의 시대가 끝났다는 탄식 섞인 우려의 말이 나왔지만, 여전히 사진은 단지 이미지만 만들어낼 뿐이고, 오히려 사진은 미술작가들의 지평을 더 넓혀주는 도구로 사용되고 있다. 인공지능 3D 로봇으로 매끄러운 조각 작품을 만들어 낼 수는 있겠지만, 로댕의 작품처럼 작가의 깊은 고뇌가 느껴지는 조각 작품을 만들어 낼 수는 없을 것이다.

AI 기술은 예술가들의 창작 지평을 넓혀주는 도구로 사용될 것

AI는 인간의 놀라운 성과이기는 하다. 내 후배 시인이 걱정하는 것처럼 "어느 정도 시간이 지나면 알파고가 바둑을 정복하듯이 시도 시인도 AI에 밀릴 것 같다는 생각이 듭니다."라는 우려는 그저 기우일 뿐이다. 오히려 예술가의 창작 지평을 넓혀주는 도구로 활용될 것이 분명하다. 현재 예술 영역에서 디지털 기술이 예술가들의 창작 지평을 넓혀주고 있는 것을 보면 능히 짐작할 수 있다.

AI는 인공물일 뿐 예술가만이 가질 수 있는 창작의 고통도 느낄 줄 모른다. 또한 이 시대를 살아가는 이들이 가져야 하는 시대정신도 없다. AI는 인간의 본질에 대해 끊임없는 질문을 던지지도 못하고, 인간의 삶과 죽음, 기쁨과 슬픔, 그리고 고통과 평화에 대해 끊임없는 통찰을 하지도 못한다. 예술가들이 가지고 있는 미적 탐구에 대한 본질적 고뇌의 경험도 없고 고뇌

할 줄도 모른다. 그리고 무엇보다도 예술가만이 가질 수 있는 인간에 대한 따뜻한 감성과 사랑, 미적 창의력과 상상의 세계가 없다. AI가 아무리 진화 발전한다고 해도 예술가를 넘어설 수 없다.

시인 안도현은 그의 시 〈너에게 묻는다〉에서 "연탄재 함부로 차지 마라 / 너는 / 누구에게 한 번이라도 뜨거운 사람이었느냐."라고 하였다. 나는 AI에게 이렇게 반문하고 싶다. "AI, 너에게 묻는다 / 인생과 예술을 함부로 논하지 마라 / 너는 / 누구에게 한 번이라도 뜨거운 인공지능이었느냐"라고.

23

문화예술 주체의 패러다임이
바뀌고 있다

사람들, 예술 활동 속에서 행복 찾아

자녀 양육의 부담이 줄어들고 생활이 안정기에 접어든 중년층이나 생활 전선에서 은퇴하여 노년기에 접어든 사람들이 개인적으로 혹은 동아리를 구성하여 활발하게 예술 활동하며 자기 삶을 행복하게 가꾸어가고 있는 모습을 보는 것이 이제는 흔하고 자연스러운 시대로 접어들었다.

그러한 사람 중에는 명문 사립대학 법학과를 나와 전혀 다른 직종에 종사하다 40대 중반에 전업 사진작가로 등단하여 세계적으로 가장 권위 있는 IPA(International Photography Awards) 세계사진대회에서 한국인 최초로 2년 연속 프로페셔널작가 부문 각 6관왕, 3관왕을 차지한 허은만 작가처럼 아예 늦깎이 전업(專業) 예술인으로 전업(轉業)하여 성공한 예술가로 살아가는 사람들도 있다.

예술이 예술가들의 전유물이었던 시대는 끝났다

과거에는 예술이 예술인들의 전유물이었고, 일반 시민들은 단순한 구경꾼이나 향유자로 머물렀지만, 지금은 일반 시민이 연주도 하고, 노래도 하고, 춤도 추고, 그림도 그리고, 도예품도 만들고, 시도 쓰는 문화예술의 주체자요, 생산자인 시대로 접어든 것이다.

그래서 나라 정책도 예술인 중심 지원정책에서 생활예술 중심 지원정책으로 전환되고 있다. 그러한 현상에 대해 푸념이나 불만을 토로하는 예술가들이 있지만, 시대가 변화하고 있다는 것을 모르고 하는 소리이다.

예술간 장르의 벽이 무너지고, 예술의 주체자 생산자 구분이 없어지고 있다

한 지역의 생활예술 생태계를 구축하고 지원하기 위해서는 그 지역의 문화공간, 문화예술 프로그램, 예술인, 예술단체, 장르별 생활예술동아리, 생활예술 커뮤니티들이 어떻게 구성되어 있는지 파악할 수 있는 정확한 데이터가 필요하다.

그러기 위해서는 지역문화재단은 해당 지역의 문화생태계를 전문적이고 체계적으로 구축하기 위하여 지표조사를 통하여 지속적인 업데이트가 가능한 문화지도를 만들어 운영해야 한다. 그래야 그러한 데이터를 기반으로 모든 지원정책이 추진될 수 있기 때문이다.

요즘의 추세는 지역 생활예술 활성화를 위해 생활예술동아리만을 지원하는 데에서 한발 더 나아가 생활예술동아리뿐만 아니라 지역에서 생활문화를 누리는 다양한 생활문화 주체를 포괄함으로써 지역의 생활문화 활성화 및 주민의 욕구가 충분히 반영된 사업으로 전환하여 추진되고 있다.

지금의 시기는 예술 간 장르의 벽이 허물어지고 예술의 주체자와 생산자의 구분이 없어지고 있는 거대한 변화의 시기이다.

24

문화재단을 그만두고
반년이 지나서 마음

내가 설립을 주도하였던 노원문화재단 상근 이사장직을 그만둔 지 벌써 반년이 넘었다. 세월이 참 빠르기도 하다. 호기 있게 사표를 던졌을 당시 40년 넘게 쉼 없이 달려온 공직생활을 갑자기 접은 후 백수로 지내면 혹시 내가 허탈해하고 정신적 공황 상태가 오지 않을까 하는 약간의 두려움도 있었다.

내가 갑자기 사임을 하게 된 이유에 대해서 이런저런 소문들이 나돌았던 것 같다. 들어보니 모두 소설 같은 소문이다. 임기를 1년 정도나 남겼는데도 불구하고 내가 갑자기 그만둘 결심을 하게 된 솔직한 첫 번째 이유는 더 행복해지기 위해서였다. 두 번째는 내가 백수가 되어야만 걸릴 것 없이 정부의 잘못된 문화정책이나 문화계의 잘못된 관행에 대해서 쓴소리를 할 수 있는 환경이 만들어지기 때문이었다. 그래야만 문화예술계 선배로서 후배들의 얼굴을 떳떳하게 마주 볼 수 있으리라는 공명심도 없지 않아 있었다.

어쨌든 지금 내가 나를 생각해봐도 내가 너무 잘 지내고 있는 것 같다. 우선 문화재단이라는 거대한 조직을 잘 이끌어가야 한다는 책임감에서 벗어났고, 지자체장이나 지역 의회의 눈치를 봐야 하는 것에서 자유로워졌고, 이따금 스트레스를 받게 하는 지자체 공무원들의 갑질과 갈등 구조에서 벗어났다는 해방감이 나를 행복하게 해주는 것 같다.

게다가 내가 퇴직하자마자 설립한 전통문화콘텐츠연구원에 매일 자유롭게 출퇴근하며 연구용역을 맡아 수입도 챙기고, 칼럼니스트로서 여러 언론 매체에 고정칼럼 원고를 써서 송고하고, 가끔 대학원 특강도 나가고, 학술회의나 세미나에 참여해 발제나 토론을 맡기도 하고, 여러 문화기관에 심의나 평가를 나가는 일정만으로 일정표가 꽉 차 있어서 낭만적인 시간을 보낼 시간도 없다. 이건 내가 직장을 그만둘 때에 의도했던 것과 다르다.

이제 일의 양을 조정하여 삶의 여백을 만들어 보려고 한다. 어쨌든 그만두기를 잘한 것 같다. 문화재단 이사장이라는 직책이 명예롭기는 했지만 잘 해내야 한다는 강박감이 나의 삶을 여유롭고 행복하게 하지 못하게 했던 것이 사실이었다.

요즘 나는 사람 관계를 정리하는 일에 관심을 두고 있다. 사람에게 큰 기대를 걸지 말자고 나 자신에게 매일 같이 주문처럼 되뇌며 살았기에 사람에게 거는 기대치는 적지만, 나의 삶에 긍정적인 영향을 미치지 못하는 인간관계는 깔끔하게 정리하는 쪽으로 마음을 정했다.

직장을 그만두니 함께 지냈던 직원들의 사람됨과 재단 일과 관련 있던 이들의 사람됨이 선명하게 잘 보였다. 그래서 인간관계를 정리하는 데 도움을 주어 그 점도 고맙게 생각한다. 내 마음의 코드에 맞지 않는 사람들에게는 단 1초의 시간도 허비하지 않을 생각이다. 사람은 저마다 사는 방식이 있는 것이니 있는 그대로 인정하려 한다. 그게 맞다.

3부

축제와 전통 예술

오늘날 우리 축제의 원형인 마을굿에는 대동(大同), 동락(同樂), 상생(相生)의 기본 정신이 담겨 있다. 마을 사람들이 구경꾼이 아닌 주인이 되어 함께하고(大同), 함께 즐기며(同樂) 그러한 과정 속에서 서로 화합하고 서로 존중하고, 서로 도와가며 살아가는(相生) 문화를 만들어 미래로 나아가는 동력을 창출해낸다는 뜻이다. 지역 축제는 공동체가 서로 역할을 적절하게 나누어 협력하여 대동(大同), 동락(同樂), 상생(相生)이라는 축제의 기본 정신을 지켜나가야 성공적인 결실을 얻을 것이다.

우리나라의 민간 전통음악 중 예술성이 가장 뛰어난 것을 손꼽으라고 한다면 단연 시나위와 산조를 든다. 그러나 누구에게나 절대적인 가치로 인식되는 것은 세상에 없다. 각자의 상황과 취향, 거기에 시간과 공간의 변동에 따라 새로운 가치를 계속 만나게 되는 것이다. 우리 전통예술의 보석도 산조와 시나위뿐이랴. 정악도 좋고 전통연희 또한 훌륭하다. 그래서 우리의 전통예술은 평생을 두고두고 꺼내어 써도 다 못 쓸 거대한 보물 창고이다.

1

축제가 가져야 할 키워드,
대동(大同), 동락(同樂), 상생(相生)

우리 민족이 한반도에서 거주하면서부터 축제는 시작되었다

오늘날 전국 어디에서나 각양각색의 축제가 열리고 있다. 예부터 우리나라 사람들은 가·무·악(歌·舞·樂)을 즐기어 전국 어느 곳에 가도 노래방이 성업(盛業)하고 있으며 관광버스 안에서 춤추는 것을 금지할 정도로 노래 부르기와 춤추기를 좋아한다. 이러한 우리의 민족성이 축제의 분위기를 한층 더 높여주는 주요 요소가 되기도 하고, 많은 축제가 생성되는 요인이 되기도 한다.

우리나라의 축제가 시작된 것은 우리 민족이 한반도에서 거주하면서 시작되었을 것으로 미루어 짐작할 수 있겠으나 문헌상으로는 상고시대인 부여의 영고(迎鼓), 고구려의 동맹(東盟), 예의 무천(舞天)을 시원으로 여기고 있다. 특히 북을 치고 음악을 연주하면서 신을 맞이하던 부여의 영고(迎鼓)

는 일종의 '맞이굿'으로서 전통적으로 마을마다 제천의식의 한 형태로 온 마을 사람들이 함께 모여 마을의 무사안녕(無事安寧)과 풍년을 기원하는 동제(洞祭)인 '마을굿'으로 발전하였다. 마을굿은 지역에 따라 유교식 제사 위주로 치러지는 경우도 있으나, 대체로 토속신앙의 의식과 함께 행해졌다. 마을굿의 형태는 별신굿, 도당굿, 대동굿, 부군당, 당굿, 산신제, 당제, 당산제 등 명칭이 다양한 만큼 지역별로 내용에 차이가 많다.

'굿'이라는 용어는 무속 의식으로서의 용어로만 사용되는 것으로 잘못 알려져 있는 것도 사실이지만, '굿'의 사전적 의미는 '여러 사람이 모여 떠들썩하게 신명 나게 놀거나 구경할 거리'를 말한다. 모든 지방에 걸쳐 일반적으로 쓰이는 말로 '굿친다'라는 표현을 쓴다. 굿의 의미는 원래 '모인다'라는 뜻을 갖고 있다. 따라서 '굿'은 모여서 공동체 안의 모든 일을 의논하고 풀어가며, 공동체적 바람을 집단적으로 빌며 집단적 신명으로 끌어 올려 새로운 삶의 결의를 다지는 일련의 과정을 담아내는 순수한 우리말이다.

우리와 가까운 이웃 국가인 일본에서도 우리나라의 마을굿에 해당하는 '마쯔리'[祭]가 열린다. 특히 일본의 3대 마쯔리로 불리는 교토의 '기온 마쯔리', 도쿄의 '칸다 마쯔리', 오사카의 '텐진 마쯔리'는 세계적으로도 유명하다. 마쯔리가 열릴 때마다 일본의 전역뿐만 아니라 해외에서도 많은 관광객이 모여들어 일본의 대표적 관광상품으로 자리 잡고 있다.

우리 축제의 기본 정신은 대동(大同), 동락(同樂), 상생(相生)

우리의 마을굿은 우리 고유의 마을 축제로서 대동(大同), 동락(同樂), 상생(相生)의 기본 정신이 담겨 있다. 즉 마을 사람들이 구경꾼이 아닌 주인이되어 함께하고(大同), 함께 즐기며(同樂) 그러한 과정 속에서 서로 화합하고서로 존중하고, 서로 도와가며 살아가는(相生) 문화를 만들어 미래로 나아가는 동력을 창출해낸다는 뜻을 가지고 있다.

이러한 마을굿이 일제 강점기에는 일제(日帝)에 의하여 미신(迷信)이라비하되고, 철저히 탄압되었으며, 해방 후 산업화과정에서 멸실 위기에 처했다가 최근 들어 일부 지역에서 활성화되고 복원되고 있는 것은 다행스러운일이며 한편으로는 한국의 대표적 전통문화축제로 발전되어 자리를 잡아가고 있다.

주민이 구경꾼이었던 축제에서 주체자가 되고 생산자가 된 축제로 전환되고 있다

전국에 수많은 축제가 열리고 있다. 축제는 무형의 관광자원으로서 지역경제 활성화 및 지역 이미지 개선의 효율적인 수단으로서의 잠재력이 큰 행사다. 고유문화와 전통을 살리고 지역적으로 특화된 관광상품을 만들어 관광목적지의 이미지를 향상시키고, 방문객의 관광 욕구 및 만족도를 높일 수있다. 전국에서 열리고 있는 그 많고 많은 축제 중 전시성, 소모성 축제라는곱지 않은 시선을 받으며 비판을 받고 있는 축제도 많으나, 제법 성공을 거두어 국제적 축제로 발돋움한 축제도 더러 있다. 게다가 과거에는 주민이 단순히 구경꾼으로 머물렀던 축제였음에 반하여 이제는 주민이 주체자가 되고 생산자가 되는 축제로 전환되고 있다.

이러한 전통문화를 기반으로 한 사회 통합적인 기능을 가진 축제가 활성화된다면 지역통합과 지역민의 지역문화 정체성 확립에도 기여할 뿐만 아니라 관광자원이 되어 지역 경제 활성화에도 큰 역할을 하게 될 것이다.

정부에서도 지역의 특성화된 공연예술 행사·축제 지원을 통해 문화예술 발전과 관광 활성화, 국민의 문화 향수권 신장 도모를 위하여 연극, 뮤지컬, 음악, 무용, 전통, 다원 등 총 61개의 공연예술제에 정부와 지자체의 매칭사업으로 재정지원을 하는 '대표적 공연예술제 관광 자원화 지원사업'을 펼치고 있다. 이러한 축제 중에서는 계획과 집행에 있어 모범적으로 잘 운영되고 있는 축제들이 있는가 하면, 사업목적과 취지에 부합되지 못하고 정치적인 행사, 혹은 소모성 축제로 전락한 축제가 있는 것이 현실이다.

축제를 기획할 때 가장 중요한 것은 축제의 정체성을 분명히 해야 한다

축제가 성공하기 위해서는 축제를 계획할 때 본 축제의 정체성은 무엇인가에 대해 고민을 해야 한다. 축제를 기획할 때 가장 중요한 것은 축제의 정체성을 분명히 하는 것이다. 왜 이 축제를 하려고 하는지 목적이 분명하고, 타 축제와는 어떠한 차별성과 특성을 갖고 있는지를 분명히 하고, 향후 이 축제를 어떻게 발전시켜 나갈지 명확하고 실현 가능한 중장기 비전 및 전략을 마련해야 한다. 축제의 정체성에 맞게 어떻게 지역의 특성화된 전략을 기반으로 하는 축제 주제의 지역적 정체성과 보편성이 담보되고, 지역 대표 축제로서 사업목적에 부합되도록 목적 설정이 되어야 하며, 실현 가능하며 구체적인 사업계획이 수립되어야 한다.

축제를 거행하는 데는 구성원 간의 입장이 서로 다르다. 지역주민들은 고된 일상으로부터의 일탈을 통해 평소 즐기지 못했던 것을 향유하고, 단지 구경꾼으로서가 아니라 참여를 통해 끼를 발산하고 성취감을 느낄 수 있는 행사를 기대한다. 예산을 지원하는 지방자치단체의 입장은 공동체의 일체감 조성과 경제적 효과 창출을 위한 지역사회 발전용 행사이기를 기대하고, 해당 지역 선출직 인사들은 지역주민과의 소통을 위한 행사이기를 기대한다. 외래 관광객은 다른 지역에서는 접하지 못할 독특한 레퍼토리를 가진 관광용 행사이기를 기대한다. 축제 기획자는 서로 다른 구성원들의 입장을 잘 조율할 필요가 있다. 모든 것을 감안하여 축제의 정체성과 목적을 벗어나지 않도록 유의해야 할 것이다.

축제의 목적과 중장기 비전 및 전략이 마련되면 어떠한 프로그램 구성형식을 어떻게 가져가야 할 것인지를 분명히 해야 한다. 제례의식, 전통예술, 민속놀이 위주의 전통문화축제로 가져갈 것인지, 문학, 미술, 음악, 무용 등 공연예술과 전시예술 위주의 예술축제로 가져갈 것인지, 전통문화, 예술, 체육행사, 오락 등 모든 것이 어우러지는 종합축제로 가져갈 것인지, 아니면 선발대회, 추모 등 단일 소재로 이루어진 기타축제로 가져갈 것인지를 분명히 해야 한다.

그다음에 실행계획을 주도면밀하게 수립해야 한다. 축제 계획은 축제의 정체성에 부합되도록 일관되게 수립되어야 하고 축제의 목적이 명확해야 한다. 단 그 목적은 공공성에 기반을 두고 있어야 함은 물론이다. 축제의 실행계획은 구체적이고 실현 가능하게 수립되어 그 타당성이 담보되어 있어야 한다. 축제는 연속성을 가져야 하므로 사업의 비전 정립 및 그에 따른 실현 가능한 중장기 계획과 전략이 수립되어 발전 가능한 축제로 기획돼야 한다.

타 축제와 차별화되고 특성화된 축제여야 한다

현재 전국에서 열리고 있는 축제가 획일화되고 있다는 비판이 있다. 그래서는 축제가 발전해 나갈 수 없다. 축제는 지역, 사업 성격을 고려하여 특성화되어야 하며 유사 타 축제와 차별성을 갖추어야 발전해 나갈 수 있다. 이러한 중장기 포석도 필요하지만, 목전의 합리적이고 현실적인 단기 사업 목표가 기획되어야 한다. 해당연도 축제의 관람객 수 목표, 프로그램 구성, 재원 조성 계획 등이 합리적이고 현실성 있게 그 근거가 타당성과 구체성을 갖도록 설정되어 있어야 한다. 단기 목표는 축제 실행계획과 그 궤를 같이해야 함은 물론이다.

이러한 실행계획을 기반으로 축제는 실행단계로 넘어가게 된다. 축제를 실행하기 위해서는 운영 조직이 필요하다. 조직을 구성할 때는 행사 성격과 규모에 맞는 조직 구성을 해야 하는데 전문성을 갖춘 충분한 인력을 확보하고 적재적소에 인력을 배치해야 한다. 그다음에 프로그램 구성을 사업목적에 맞게 기획하고 구성해야 한다.

축제는 프로그램의 완성도가 중요하다

축제는 프로그램의 완성도가 중요하다. 따라서 차별성 및 독창성 있는 다양한 시도와 참신한 아이디어가 담겨 있는 프로그램을 준비해야 할 것이다. 프로그램은 사업목적에 맞게 메인프로그램과 부대프로그램을 적절하게 선정하고 배치해야 한다. 이렇게 선정되고 배치된 프로그램을 원활하게 진행하고 운영하려면 관객의 접근성과 동선을 고려하여 시간대에 맞추어 행사 특성, 규모 등을 반영한 장소를 선정하고 운용 인력을 배치하여야 한다.

또한, 돌발상황에 대처한 안전대책 매뉴얼을 마련하고 현장 안전요원 배치해야 한다. 프로그램 진행에 있어서 무엇보다도 중요한 것은 관객 이해 및 편의를 위한 서비스가 적절하게 제공되어야 한다. 즉 관객들에 대한 안내 및 편의 제공을 위한 자원봉사자 및 충분한 진행요원의 배치는 물론 축제 프로그램과 장소의 정보제공을 위한 안내 자료가 충분히 준비되어 있어야 하며, 화장실, 식음료 서비스 등 편의시설을 확보하고, 장애인을 위한 서비스 제공도 이루어져야 한다.

이 모든 준비가 완벽하게 이루어진다 해도 축제에 대한 적극적인 사전 홍보 및 현장 홍보가 다각적으로 이루어지지 않고서는 아무 소용이 없다. 적극적인 관객개발이 될 수 있도록 전문적인 홍보 마케팅 인력을 활용한 온라인-오프라인 홍보 마케팅 전략이 수립되고 시행되어야 한다.

축제가 끝나면 사후 평가가 매우 중요하다

축제의 치밀한 실행계획과 원활한 운영이 이루어진 후에는 사후 평가는 매우 중요하다. 그 평가는 다음 축제를 기획할 때 고려되어야 할 가장 중요한 자료이다. 따라서 축제가 끝나면 사업계획과 목표에 따른 실제 현장 운영이 부합하였는지를 철저히 분석하고 평가해야 한다. 또한, 현장에서 관객 참여 및 호응이 적절히 이루어졌는지, 행사의 전반적인 수준은 어떠하였는지, 해당 분야 발전에 기여한 축제였는지, 지역발전 및 사회적 관심이 제고된 축제였는지를 분석하여 평가보고서에 세세히 담아내야 한다.

축제의 기본 정신은 대동(大同), 동락(同樂), 상생(相生)이다

축제를 성공적으로 치루기 위해서는 위와 같은 세세한 준비가 선행되어야 한다. 지역 축제는 함께 즐기는 축제이니만큼 전문가들만의 잔치가 되어서는 안 된다. 다시 말해 전문가들이 집행하고 지역민들은 구경꾼으로 머무는 축제가 되어서는 안 된다는 것이다. 그러나 그 무엇보다도 중요한 것은 특정한 전문가의 손에 의해서가 아니라 지역의 공동체가 서로 역할을 적절하게 나누어 협력하여 대동(大同), 동락(同樂), 상생(相生)이라는 축제의 기본 정신을 지켜나가야 성공적인 지역 축제가 될 것이다.

2

지역 축제, 무엇이 문제인가

지역 축제, 대동(大同), 동락(同樂), 상생(相生)의 기본 정신이 담겨야

오늘날 전국 어디에서나 각양각색의 축제가 열리고 있다. 예부터 우리나라 사람들은 가·무·악(歌·舞·樂)을 즐기어 전국 어느 곳에 가도 노래방이 성업(盛業)하고 있으며 관광버스 안에서 춤추는 것을 금지할 정도로 노래 부르기와 춤추기를 좋아한다. 가·무·악을 즐기는 우리의 민족성이 축제의 분위기를 한층 더 높여주는 주요 요소가 되기도 하고, 많은 축제가 생성되는 요인이 되기도 한다.

축제는 인류의 역사와 함께 시작되었다. 우리나라의 축제가 시작된 것은 우리 민족이 한반도에서 거주하면서 시작되었을 것으로 미루어 짐작할 수 있겠으나 문헌상으로는 상고시대인 부여의 영고(迎鼓), 고구려의 동맹(東盟), 예의 무천(舞天)을 시원으로 여기고 있다. 우리의 전통적 축제는 전형은 온 마을 사람들이 함께 모여 마을의 무사안녕(無事安寧)과 풍년을 기원하는 동제(洞祭)인 '마을굿'이라 할 수 있다.

우리의 '마을굿'은 우리 고유의 마을 축제로서 대동(大同), 동락(同樂), 상생(相生)의 기본 정신이 담겨있다. 즉 마을 사람들이 구경꾼이 아닌 주인이 되어 함께하고(大同), 함께 즐기며(同樂) 그러한 과정에서 서로 화합하고 서로 존중하고, 서로 도와가며 살아가는(相生) 문화를 만들어 미래로 나아가는 동력을 창출해낸다는 뜻을 담고 있다.

이러한 우리의 축제는 부여, 고대 삼국시대, 통일신라시대, 고려시대까지 꽃피워 가다가, 조선시대에 이르러 유교 이념의 통치로 잠시 위축되었다. 그러다 일제강점기 시대에는 맥이 끊기다시피 하다가 해방 후 지방자치제의 부활과 함께 축제가 다시 활성화되기 시작하였다.

우리나라에서는 약 700여 개 이상의 크고 작은 축제가 전국 각지에서 개최되고 있다. 해외의 경우 필리핀은 약 2만여 개의 축제가 열리고 있고, 일본은 우리나라의 마을굿에 해당하는 4만여 개의 '마쯔리'[祭] 가 열리고 있는 반면에, 한국의 축제 개최 수는 그에 비해 상대적으로 적다. 세계적으로 성공한 축제로서는 영국의 에든버러 축제, 브라질 리우데자네이루 삼바 카니발, 일본 교토의 '기온 마쯔리' 등이 자주 회자하고 있다.

성공한 세계축제의 성공 요인을 살펴봐야

전문가들에 의하면 세계적으로 가장 성공적인 축제의 성공 요인은 몇 가지로 축약될 수 있다고 한다. 축제 주제와 관련된 뚜렷한 프로그램이 존재하며 다른 주변적 프로그램은 단지 주된 프로그램을 보조하는 기능만을 갖고 있다는 점. 축제 주제의 중심이 되는 프로그램의 실천을 위한 각급 단위의 지역주민 자율조직이 활성화되어 있다는 점. 다른 지역에서 유입된 관광객들이 충분히 공감할 수 있는 프로그램이 많다는 점. 축제 주제와 잘 부합하는 자연경관을 배경으로 하고 있다는 점. 축제 개최지역의 지역주민 다수가 참여할 수 있는 프로그램이 많다는 점이다. 이러한 성공 요인들은 우리나라 지역 축제의 질적 향상과 세계화에 좋은 참고사항이 될 것이다.

지역 축제는 그 지역만의 전통문화를 기반으로 지역민이 함께하고, 함께 즐기며 그러한 과정에서 서로 화합하고 서로 존중하고, 서로 도와가며 살아가는 상생의 문화를 만들어 미래로 나아가는 동력을 창출해내는 역할 뿐만 아니라 지역 이미지 개선과 지역경제 활성화의 효율적인 수단이 되고 있다. 전국에서 열리고 있는 그 많고 많은 축제 중에는 제법 성공을 거두어 국제적 축제로 발돋움한 축제도 더러 있으나, 전시성, 소모성 축제라는 곱지 않은 시선을 받으며 비판을 받는 축제도 많다.

지역 축제의 성공은 차별화와 특성화가 관건

오늘날 지역 축제의 문제점 중 가장 많이 지적되는 것은 축제의 정체성과 주제, 그리고 목적이 불분명한 축제가 많다는 것이다. 즉, 타 축제와 차별화되고 특성화된 축제가 많지 않다. 독특한 지역 문화의 내용을 표현하는 프로그램이 별로 많지 않은 붕어빵 축제가 많다는 것이다. 그리고 무늬만 주민주도이지 실질적으로 관 주도형 축제가 너무도 많다는 것이다. 축제가 성공하기 위해서는 관의 지원은 필요하다. 주민 주도로 치러 주민의 축제로 가꾸어가기보다는 지자체장의 입맛에 맞도록 하는 관 주도의 축제가 많다. 그리고 안전과 편의시설 부족, 홍보 및 마케팅 역량 부족, 예산 부족 등이 매해 거듭 지적되고 있다.

따라서 우리나라 지역 축제가 질적으로 향상하기 위해서는 축제의 정체성, 주제, 목적, 성격의 설정과 타 축제와의 차별화와 특성화가 필요하다. 그래야만 축제는 자연스럽게 성장하고 발전할 수 있다. 또한 관 주도 축제에서 벗어나 민간 주도의 축제로 과감히 전환해야 한다. 지자체는 '지원하되 간섭하지 않는다'라는 '팔길이의 원칙'을 인내심 있게 지켜나가야 한다. 또한 축제 개최지역의 특성이 담겨있는 전통문화 콘텐츠 개발을 위한 노력이 강화되어야 한다. 아무리 우수한 축제 콘텐츠를 개발해 놓아도 적극적이고 체계적인 온, 오프라인의 홍보와 마케팅이 없으면 집안 잔치에 머무르고 말기 때문에, 홍보와 마케팅 역량을 배가시켜 나가야 할 것이다. 아울러 진실한 마음으로 지역민과 관광객들을 환영하는 정신을 바탕으로 안전 및 편의시설 제공 등에 힘써야 한다.

전국에 수많은 축제가 열리고 있다. 축제는 인간의 역사와 함께 시작되었고 우리 생활의 일부이다. 유념해야 할 것은 지역 축제는 주민이 함께 즐기는 축제이니만큼 전문가들만의 잔치가 되어서는 안 되며, 더 이상 지역민들은 구경꾼으로 머무는 축제가 되어서는 안 된다. 지역 축제는 지역의 공동체가 서로 역할을 적절하게 나누어 협력하여 대동(大同), 동락(同樂), 상생(相生)이라는 우리 축제의 전통적인 기본 정신을 지켜나가야 성공적인 지역 축제가 될 것이다.

3

세계 각국에 알려진 노원탈축제

서울시 노원구의 대표 축제는 노원탈축제이다. 내가 제안하고 축제위원 장을 맡아 2012년 10월 출범하여 10년이 훌쩍 넘었다. 이제는 노원구 주민은 물론 웬만한 축제 마니아나 전문가들이라면 노원탈축제를 다 알고 있으니 자리를 잡은 셈이다.

내가 탈축제를 제안하게 된 배경은 노원구가 양주군 노해면이었기에 탈춤인 양주별산대 문화권이라는 지역적 연고도 있었지만, 탈이 가진 익명성과 탈춤이 가진 해학과 풍자를 매개체로 주민이 함께하고 함께 즐기는 축제를 통하여 미래로 나아가는 동력을 얻자는 의도였다.

노원구의 대표 축제인 노원탈축제는 해외에도 널리 알려지게 되었다. 문화재청과 한국문화재재단에서 세계 각국에 우리 전통 문화유산을 홍보하기 위해 만든 'TALCHUM(탈춤)'이라는 책자에 노원탈축제를 비중 있게 다루었다. 당시에는 고생을 하였지만, 지나고 나면 다 보람이다. 나는 자리를 떠났지만 노원탈축제가 더욱 발전하기를 기원한다.

4

무궁무진한 예능의 보고(寶庫),
유랑예인의 연희

유랑예인 집단의 연희, 전통 공연예술사의 소중한 보고(寶庫)

조선조 말과 일제강점기에는 남사당패(男寺黨牌), 사당패(社堂牌), 대광대패(竹廣大牌), 솟대쟁이패, 초라니패, 풍각쟁이패, 광대패(廣大牌), 걸립패(乞粒牌), 중매구패, 굿중패, 얘기장사패, 각설이패 등 다양한 명칭의 유랑예인 집단들이 있었다. 이 중 사당패, 걸립패, 남사당패, 굿중패는 절과 관계있는 유랑예인 집단이라 할 수 있다. 이들은 일정한 주거 없이 전국 각지를 떠돌며 없이 자신들의 기예와 춤, 노래 따위로 전통연희의 연행을 담당했던 전문 예인들이었다. 이들의 연행은 우리 전통 공연예술사의 중요한 부분을 차지하고 있다.

유랑예인들은 비록 천민으로서 사람다운 대접은 받지 못했어도, 그들은 자신들 나름대로 장인 정신을 몸에 익히며 기예를 닦아 탁월한 재주로 관과 민에게 사랑받았다. 유랑예인 사이에서는 소리꾼을 최고로 치고, 그다음이 악기 잽이를, 그다음이 재주 잽이를 쳐주었다. 유랑예인들은 장인 정신을 바탕으로 그들만의 독특한 유랑 문화를 창조하고 전파해 우리 한국의 전통 연희 예술을 더욱 높은 수준으로 끌어올렸다. 하지만 지금은 아쉽게도 남사당패(男社堂牌) 외에는 모두 역사 속에 사라져버렸으나, 이들 모두 남사당패 못지않게 예능이 뛰어났다. 남사당패를 포함하여 사라져버린 유랑예인 집단들에 대해 알아보자.

남사당패의 연희는 국가무형문화재로 지정됐지만

남사당패(男寺黨牌)는 1900년대 이전에 재승(才僧) 계통 연희자들의 후손으로서 형성된 본래 남자들로만 구성된 유랑예인 집단이었다. 간혹 어름산이(줄꾼)나 그밖에 한두 사람의 여자가 낀 적도 있으나 이것은 남사당패 말기에 들어서 있었던 일이다. 남사당패는 관계를 맺고 있는 사찰에서 내준 부적을 가지고 다니며 팔고, 그 수입의 일부를 사찰에 바쳤다. 꼭두쇠(우두머리) 밑으로 4, 5명의 연희자를 두었다. 남사당패의 예능은 크게 6가지로 덜미(인형극 : 꼭두각시놀음, 박첨지놀음), 살판(땅재주), 버나(쳇바퀴돌리기, 대접돌리기), 덧뵈기(가면극 : 탈춤), 어름(줄타기), 풍물놀이이다. 옛날에는 이여섯 연희 외에 얼른(마술) 등도 있었다. 남사당놀이는 1964년에 '꼭두각시놀음'이라는 종목으로 국가무형문화재 제3호로 지정되었다가, 1988년 '남사당놀이'라는 종목으로 명칭 변경이 되어 오늘날까지 전승되고 있다.

조선조 말에는 일명 '여사당(女)'으로 통하는 사당패(寺黨牌, 社堂牌)가 있었다. 여성들은 사당이라고 불렀으며 연희를 담당하였고, 남성은 거사(居士)라 불렀으며 연희를 거의 하지 않고 사당들의 수입에 기생(寄生)하며 사당들의 뒷바라지와 허우채(몸값) 관리를 맡았다. 그래서 여성 중심으로 연희를 펼칠 때는 사당패, 남성 중심으로 연희를 펼칠 때는 거사패라고도 불렀다. 사당패에는 소위 이들은 자신들의 연희가 불사(佛事)에 관계된 것임을 반드시 주장하였으며 시주를 걷어 사찰의 제반 경비를 충원하기도 했다. 사당패는 오늘날의 소고춤에 해당하는 사당벅구춤(社堂法鼓舞)을 추었으며 염불, 선소리 산타령 등 민요 창을 연행하고 때로는 줄타기도 하였다. 이때 줄타기는 재담줄이라고 해서 곡예보다는 재담과 노래가 우세하였다. 사당패들에 의해 개척된 가무의 연주방식은 19세기 후반 이후 선소리 산타령패에 의해 계승되었으며, 1930년대 이후 사당패는 남사당패에 합류되면서 없어져 버렸고, 이들의 연희 일부가 오늘날 남사당놀이에 수용되고 있다. 소고를 치며 소리를 하는 산타령패는 경기지방의 명칭이며 황해, 평안도의 서도 지역에서는 이를 놀량패라 하였다. 놀량패나 산타령패나 모두 〈놀량사거리〉를 주요 레퍼토리로 불렀다.

솟대쟁이패, 대광대패, 초란이패, 풍각쟁이패, 광대패, 굿중패 등 연희 복원돼야

솟대쟁이패가 있었다. 솟대쟁이패라는 명칭은 이 패거리들이 꾸미는 놀판의 한가운데에 세우는 긴 장대에서 비롯한 것이다. 솟대쟁이패들은 남색(男色) 조직으로서 놀이판의 가운데에 긴 장대를 세우고 그 꼭대기에서부터 양옆으로 두 가닥씩, 네 가닥의 줄을 늘여놓고 긴 대나무 장대에 광대가 타고 올라가서 몸을 뒤집고 매달리는 등 여러 가지 재주를 피우거나 노래와 악기를 연주하기도 하였다. 그들은 솟대타기 외에 풍물, 새미놀이(무동놀이), 꼰두질(땅재주), 얼른(요술), 줄타기, 오광대(가면극), 쌍줄백이(장대 위두 가닥의 줄 위에서의 묘기), 병신굿(양반 풍자하는 이야기로 짜인 지주와 머슴2인극) 등의 예능을 연행하였다. 이들은 음악이나 춤, 사설이나 재담보다는 곡예에 치중한 집단이다. 오늘날의 서커스와 유사하다고 볼 수 있다. 1930년대 이후 사당패와 함께 남사당놀이에 수용되었으나, 솟대쟁이패 예능의 대부분은 전승이 단절되었다. 최근 들어 경남 진주의 '솟대쟁이놀이보존회'가 결성되고, 양근수 등 일부 연희자들이 솟대타기를 복원하여 연행하여 언론의 주목을 받은 바 있다.

대광대패(竹廣大牌)라는 것도 있었다. 대광대패는 낙동강 강가인 경남 합천군 덕곡면 율지리(栗旨里 : 속칭 밤마리) 시장이 주 활동 거점이었다고 한다. 밤마리는 야류(野游)와 오광대의 발생지이기도 하다. 남사당패 등 다른 유랑예인 집단들은 주로 마을을 찾아 떠돌아다녔지만, 그들은 주로 각 지방의 장날에 맞춰 장터를 떠도는 유랑예인 집단이었다. 그들의 주요 예능은 풍물, 무동, 솟대타기, 죽방울받기, 얼른(요술), 오광대놀이 등을 연행하였다. 대광대패는 사라져버렸지만, 이들의 예능 중 오광대놀이가 경남 고성·통영·가산에 남아 전승되고 있어, 유랑예인들의 예능이 향토 예능으로 정착된 셈이다.

초란이패라는 것도 있었는데, 북 따위의 작은 악기를 가지고 다니면서 익살로 사람을 웃기거나 연주하던 유랑예인들이었다. 주로 피지배층으로 구성된 다른 유랑예인 집단과는 달리 그들은 옛 군인이나 관노 출신들이 주종이 된 유랑예인 집단이었다고 한다. 원래는 가면을 쓰고 잡귀를 쫓고 복을 불러들이는 의식에 따른 놀음판을 벌이던 놀이패였으나, 후에 마을을 돌며 집집이 들러 장구도 치고 '고사소리'를 부르며 동냥하는 놀이패로 변했다. 일제 강점기로 접어들면서 없어졌으나 하회별신굿에서 양반의 하인 역으로 경망하게 까불어대는 성격을 가진 '초란이' 혹은 '초랭이'에서 그 흔적을 찾아볼 수 있다. 초란이패는 풍물(매구밟기), 탈놀음, 얼른, 죽방울받기, 초란이굿(가면극·탈놀음) 등을 연행하였으며, 탈놀음만은 어느 유랑예인 집단보다 빼어나게 잘했다고 한다.

걸립패(乞粒牌)라는 것도 있었는데, 비나리패라고도 불렀다. 걸립패는 우두머리 격인 화주를 중심으로 비나리(고사(告祀)꾼, 승려(僧侶) 혹은 승려 출신), 보살, 잽이(풍물잽이), 산이(2~3인의 버나 또는 얼른 연희자(演戲者), 탁발(얻은 곡식을 지고 다니는 남자) 등 15명 내외로 한 패거리를 이룬다. 그들은 풍물놀이·줄타기·비나리(덕담)를 주로 공연했는데, 반드시 자기들이 관계를 맺고 있는 사찰의 신표(信標)를 갖고 있어, 마을과 마을을 떠돌며 각 가정을 찾아가 사찰의 보수나 창건을 위하여 기금을 걷는다는 명목으로 곡식이나 금전을 얻었다. 걸립패는 신표를 제시하고 집걷이(지신밟기, 마당밟기) 할 것을 청하여 허락이 떨어지면 풍물놀이를 시작하여 몇 가지 기예를 보여주고, 터굿, 샘굿, 조왕굿 등을 마치고, 마지막에 성줏굿을 했다. 성줏굿을 할 때 곡식과 금품을 상 위에 받아 놓고 비나리를 외웠는데, 받아 놓은 곡식과 금품을 그들의 수입으로 하였다. 1900년대 초 이후 남사당 말기에 들어서는 남사당패, 걸립패가 분별없이 왕래했고, 남사당패가 걸립패 행세하기도 했다. 걸립패는 1930년대 이후 남사당패에 합류되어 현재 존재하지 않는다.

솟대타기, 얼른, 쌍줄백이, 죽방울받기 등 전승이 단절된 유랑예인들의 연희 많아

풍각쟁이패(風角쟁이牌)라는 것도 있었는데 노래나 기악(器樂)을 연주하며 걸식(乞食)했던 유랑예인 집단으로, 크게는 퉁소·해금·가야금·북·가객·무동으로 편성이 되고, 작게는 퉁소·해금·북 또는 퉁소·해금 또는 퉁소·꽹과리로 편성이 되고, 아주 작게는 퉁소 또는 해금 잽이 홀로 연행하며 행걸(行乞) 했다. 풍각쟁이는 이들이 연주하는 악곡으로는 흔히 니나리가락(메나리가락), 시나위(심방곡), 봉장취가 있었고, 이외에 삼현도드리 비슷한 곡, 자진타령 비슷한 곡, 판소리, 단가, 병창, 검무를 연행하기도 했다.

광대패(廣大牌)라는 비교적 규모가 큰 유랑예인 집단이 있었는데 이들은 주로 관의 행사에 공식적으로 동원된 연희자들로서, 삼현육각 등 악기 연주, 판소리, 민요창(12잡가, 산타령, 서도소리 등), 무용(민속무, 정재무), 가면극이나 인형극, 줄타기, 솟대타기, 방울받기, 땅재주 등 각종 곡예 등을 종합적으로 펼쳐 보였다. 광대패들은 중앙 왕실과 궁궐, 지방의 관아에서 사신 영접이나 왕의 각종 행차 시 열었던 산대희나 섣달그믐 액(厄)과 귀신을 쫓는 축역행사(逐疫行事)인 나례 때의 연희인 나례희, 과거 급제자의 잔치인 문희연이나 삼일유가, 권세가의 잔치 등에서 악가무를 동반한 각종 연희를 펼쳤던 무리였다. 조선 후기인 17세기 이후 나례희와 산대희가 폐지되면서 중앙과 궁궐, 관아 행사가 축소되자 광대패들은 솟대쟁이패, 대광대패 등의 사례처럼, 지방의 시장, 파시(어시장), 조창 등을 주요 거점으로 유랑하며 상인들과 결탁해 공연하여 생계를 유지하며 활동했다.

굿중패라는 것도 있었다. '굿'이란 '극(劇)' 또는 '희(戲)'의 뜻이고, '중'란 '중(衆)', 즉 무리를 뜻한다. 주 활동 지역은 경상남북도였다. 굿중패는 중매구패라고도 불리며 남사당패와 솟대쟁이패 중에서 기예에 뛰어난 연희자만으로 구성되었던 15명 내외의 남색(男色) 조직의 예인 집단이다. 이들은 종이꽃이 달린 고깔을 쓰고 소매가 좁은 장삼(長衫)을 걸친 잡승(雜僧)들이 북, 징, 꽹과리를 치며 각 가정의 뜰 안으로 들어가 깃발을 들고 염주, 소고, 작은 징 모양의 악기를 들고 춤도 추고 염불을 외고 기도하면서 집주인의 복을 빌어주고, 점도 봐주면서 걸립(乞粒)하였다. 이들은 염불, 풍물, 버나, 땅재주, 줄타기, 한량굿(1인 창무극, 배뱅이굿, 장대장네굿, 병신굿 등 다양함) 등을 연행하였다. 굿중패가 지나간 자리는 남사당패와 솟대쟁이패가 들르지도 않고 피했다는 말이 있을 정도로 출중한 기예를 선보인 집단이었다. 1930년대 이후 남사당패로 흡수되면서 명맥이 끊겼다. 그들은 풍물, 불경, 중매구(오광대놀이와 비슷) 등을 연행하였다.

얘기장사패라는 것도 있었는데 글자 그대로 해석하면 이야기를 팔아 돈을 버는 거리공연 예술가를 말한다. '얘기장사'는 마음만 먹으면 얼마든지 사람을 웃기기도 하고 울리기도 할 수 있을 정도로 재능이 뛰어난 배우이기도 하다. '얘기장사'의 이야기 밑천은 〈옥루몽(玉樓夢)〉·〈숙향전(淑香傳)〉·〈소대성전(蘇大成傳)〉·〈심청전(沈淸傳)〉·〈설인귀전(薛仁貴傳)〉·〈홍길동전

〈洪吉童傳〉 등 고대소설이나 전래동화 등 같은 것들이었다. 그는 이야기를 풀어나가다가 아주 긴요하여 꼭 들어야 할 대목에 이르러서는 읽기를 그치고 관객들의 눈치를 살피면 관객들은 그다음 대목을 듣고 싶어서 다투어 돈을 던져 주었다. 이것을 일컬어 요전법(邀錢法)이라 했다. '얘기장사'는 1인의 구연자(口演者)가 대체로 1인에서 3인의 잽이(악사)를 대동하여 이야기의 극적 효과를 높였다. 악사는 기본적으로 장구잽이이고, 해금(깡깽이)잽이와 피리잽이 혹은 단소잽이가 나서는 경우가 대부분이었다.

각설이패라는 것이 있었는데 '각설이'란 걸인을 지칭하는데, 각설이 한 한 사람이 집집을 돌기도 했지만 대체로 2~3명이 조를 이루었으며 그들 나름 특유한 구성진 〈장타령〉을 부르고 대가로서 음식이나 금전을 구걸했다. "작년에 왔던 각설이, 죽지도 않고 떠났네"와 같은 가사가 들어 있는 〈장타령〉이 언제 시작됐는지는 알 수 없으나, 이 노래의 가사가 1번부터 10번까지 있어 10을 '장'이라고 표현해 붙여진 것으로 본다. 그들은 다리 밑이나 비어 있는 곳간 등을 은거처(隱居處)로 삼으면서 주로 시장이 서는 곳을 찾아 자리를 옮겨 갔다. 때로는 초상집이나 제삿집을 찾아가 고사소리나 축원을 해 주기도 했다. 각설이는 구걸하되 우는 소리로 빌지 않고, 흥겨운 가락에 축원의 뜻이 담긴 노래나 병신춤을 추면서 구걸하였다. 지방마다 〈장타령〉의 노랫말과 곡조는 향토민요의 차이나 마찬가지로 가짓수도 헤아릴 수 없을 정도로 많았다.

각설이패와 달리 혼자 해금(奚琴)을 갖고 이집 저집으로 다니며 '걸립(乞粒)'을 하는 유랑예인들도 있었다. 구걸의 대가로 연주해 주는 해금 소리가

'깡깡 깽깽' 소리를 닮았다 하여 해금을 '깡깽이'혹은 '깽깽이'로 불렀던 것으로 충분히 짐작할 수 있다. 대문 앞에서, 밥 달라는 차원에서의 공연을 하노라면, 집주인은 그 소리를 듣고 밥이나 먹을거리를 내다 주었기에 그 소리가 그렇게 좋게 들리지만은 않았을 것이다. 그렇게 하여 '깡깽이'라는 별명은 '거지(걸인)'와 만나게 되었고, '거지 깡깽이 같은 소리'라는 말이 나오게 된 것이다.

유랑예인들의 연희 복원, 거리공연 레퍼토리 확장에 크게 이바지할 것

위에 언급한 유랑예인 집단의 기예 중 전승되고 있는 예능도 있지만, 전승이 단절된 예능이 더 많다. 방울받기, 공중제비, 솟대타기, 나무다리걷기, 칼재주부리기, 죽방울받기(치기, 놀리기), 불토하기 등 그 수를 헤아리기도 어렵다. 유랑예인들의 연희에는 예능적 가치가 높은 종목들이 많아, 만일 온전히 복원하여 전승 기반을 구축한다면 전통연희의 콘텐츠를 더욱 풍성하게 할 뿐만 아니라, 전통연희를 기반으로 하는 한 브랜드 공연예술 창작 작품 제작은 물론 다양한 거리공연 예술 소재와 레퍼토리 확장에 크게 이바지하리라고 확신한다. 거리공연 예술가들은 우리의 전통 유랑예인 집단들의 예능을 더욱 깊이 있게 들여다보고 연구하여 현대적으로 복원하여 거리공연 예술의 소재와 레퍼토리 확장에 활용하기를 바란다.

5

국악,
법고창신(法古創新)에서 답을 찾자

'법고창신(法古創新)'은 박지원이 처음 사용하였다

법고창신(法古創新)이라는 사자성어(四子成語)는 음미하면 음미할수록 곰 삭은 말이며 이 시대에 꼭 필요한 명언이다. 법고창신은 한자조어(漢子造語) 이지만 중국의 역사적 석학들에 의해 만들어진 말이 아니라 『열하일기(熱河 日記)』로 잘 알려진 조선조 실학자 연암 박지원(燕巖 朴趾源, 1737~1805년)이 연암집 권 1『초정집서(楚亭集序)』에서 처음 언급한 말이다.

법고창신(法古創新)을 한 자 한 자 새겨보면 본받을 법(法), 옛 고(古), 비 롯할 창(創), 새 신(新)으로서 그대로 해석하면 '옛것을 본받아 새로운 것을 창조(創造)한다'라는 뜻으로, 옛것에 토대(土臺)를 두되 그것을 변화(變化) 시킬 줄 알고 새것을 만들어가되 근본(根本)을 잃지 않아야 한다는 뜻이다.

음악의 경우 우리나라는 국악이라는 고유한 음악 자산이 있고, 일제강점기 이후 짧은 역사 속에서 김덕수 등 세계적인 사물놀이 연주가와 클래식 음악 분야에 세계적인 음악가들을 배출한 저력이 있는 나라이다. 게다가 BTS 등 K-pop의 세계진출은 문화강국으로서의 저력을 보이고 있다.

국악은 아직도 지루하고 고루한 음악인가

국악은 우리의 전통음악으로 지루하고 고루한 음악이라는 선입견이 아직도 존재하고 있다. 소설가 장정일마저도 그의 저서『악서총람』에서 "국악은 한국의 음악이지만 한국인과 가장 거리가 먼 음악이다."라고 하지 않았던가.

그러나 요즘 젊은 국악 창작자들과 전통공연예술가들이 새로운 것을 찾고 즐기려는 관객의 다양한 요구에 부응하여 다양한 장르와 협업하는 등 끊임없는 실험과 도전을 통하여 국악에 대한 대중의 무관심을 관심으로 바꾸어 놓고 있다. 요즘의 국악은 과거의 전통음악을 재해석하여 이 시대에 부응할 수 있는 자신들만의 캐릭터를 구축해가고 있다. 요즘 국악의 트렌드는 2000년대 기악 중심의 앙상블 중심에서 2010년대부터 소리꾼의 시대로 접어들어 가고 있는 양상이다. 악기로만 구성된 음악보다 목소리와 가사가 있는 성악 장르가 더 강세를 보이고 있다.

판소리 소리꾼 김율희와 '노선택과 소울소스'가 어우러지는 음악이나, 국악밴드 '씽씽' 출신 경기민요 소리꾼 이희문 밴드의 노래, 〈범 내려온다〉의 이날치 밴드, 추다혜자치스, 악단광칠, 고래야, 잠비나이 등의 음악의 성과는 과거 국악의 고정관념에서 벗어나 새로운 문화를 찾고 즐기려는 관객의 요구에 응답하고자 하는 노력의 성과이다. 판소리와 밴드, 거문고와 EDM 같은 다양한 변주가 대중음악과 국악이라는 장르의 구분도 무의미하게 만들고 있다.

국악, 법고창신(法古創新)에서 답을 찾았다

요즘 국악 곡의 추세를 살펴보면 국악을 전면화하는 음악보다는 요소로써 국악을 선택하여 대중이 좋아할 만한 틀에 국악을 부분적으로 넣거나, 실험적이지만 어렵지 않은 음악, 실험에서 끝나지 않고 설득력이 있는 음악, 장르에 얽매이지 않는 음악, 전통적 악기와 소재로 현대인들이 살아가면서 공감하고 위로받을 수 있는 음악을 만들어가고 있다. 이제 국악은 과거 전통음악의 틀을 깨고 나와 현대인들의 취향에 따라 찾아 들으며 공감하고 위로받는 음악이 되어 세계로 뻗어나가고 있다.

다시 말해서 대중의 요구에 부응하는 원리와 흐름이 국악계에 영향을 주고 있다. 사실, 국악은 당대의 대중음악이었다. 그래서 국악은 당대를 살아가는 사람들의 이야기와 삶의 모습이 담겨있다.

현재 코로나 팬데믹으로 모두가 힘겨운 시기이지만 슬기롭게 이겨내며 옛 것에 토대(土臺)를 두되 그것을 변화(變化)시킬 줄 알고 새것을 만들어가되 근본(根本)을 잃지 않아야 한다는 법고창신(法古創新)의 정신을 되살릴 때다. 지금, 우리 가까이 다가온 국악을 미래의 전통이 되도록 다듬어가야 한다.

6

전통예술은 동시대와 호흡할 수 있는
새로운 장르의 보고(寶庫)이다

　극단 미추 대표이자 연출가인 손진책이 연기자 김성녀, 윤문식, 김종엽 등과 국악 작곡가 박범훈 등이 손잡고 만든 한국적인 음악극 '마당놀이'가 선을 보인지 42년이라는 세월이 흘렀다. '마당놀이'는 1981년 손진책 연출 마당놀이 〈허생전〉을 시작으로 오늘날까지 수많은 연출자와 배우들에 의해 이어져 오고 있다.

　연출가 손진책과 배우 김성녀는 부부이자 '마당놀이'의 동반자이다. 손진책은 1970년대 전통의 현대적 계승과 재창조를 목표로 우리 민속예술을 수용한 한국적 연극을 시도했던 '극단 민예극장' 대표였던 허규(1934~2000)와 함께 일하며 연출가로 성장하면서 전통의 현대적 계승과 재창조의 중요성을 이해하게 되었고, 허규로부터 배운 연극관에 자신의 색깔을 입혀, '마당놀이'라는 가장 새롭고 한국적인 음악극을 만들었다.

김성녀는 전국을 순회하며 여성국극을 하던 부모님을 따라다니며 어린 시절부터 무대에 서서 노래와 연기로 다져진 예인이다. 또한 가야금병창 이수자로서 전통음악을 누구보다도 더 잘 이해하는 배우로서 마당놀이의 주연으로서 손색이 없는 재원이었다. 그녀에게는 마당놀이의 여왕, 천의 얼굴을 가진 예인, 연기·노래·춤 모든 것이 가능한 가장 한국적인 연극을 하는 우리나라 대표 예인, 배우의 원형(原型)이자 전형(典刑)이자 이상형(理想型)이라는 수식어가 늘 따라다녔다.

마당놀이가 흥행하게 된 데에는 언로가 막혀 있던 시기에 전통연희를 잘 이해했던 배우들의 익살스럽고 농익은 연기로 이 시대의 모습을 주제로 대사의 행간에 시대를 절묘하게 풍자하고 야유하던 것이 사람들에게 웃음과 대리 만족을 주었고, 우리 전통음악의 선율과 춤과 노래에 관객들은 폭발적인 반응을 보였다.

1980년대 초 음악극 '마당놀이'의 출현은 사람들에게는 신선하고 새로운 것이었지만, 엄격히 따지고 보면 새로운 것이라기보다는 과거의 전통 예능의 진화된 모습이라고 봐야 한다. 탈춤, 재담놀이, 창극, 여성국극, 농악의 장점들을 추출하여 동시대의 공연예술인 새로운 음악극으로 재탄생시켰다. 마치 사물놀이가 서서 하던 농악을 앉아서 연주하는 타악 장르로 진화하여 국내뿐만 아니라 세계적으로도 주목받게 된 것과 같은 이치라 할 수 있다.

이러한 음악극 '마당놀이'는 또 새로운 형태로 진화할 수 있다. 그러니 손진책이 만들었던 '마당놀이'만 흉내 낼 것이 아니라 소재와 형태도 얼마든지 진화시켜 대중의 마음을 얻을 수 있는 시대적 감성을 담은 새로운 장르를 만들어 내야 한다. 우리의 다양한 전통 예능 중에는 끄집어내어 현대화할 수 있는 소재와 형태가 무궁무진하다. 그런데 문제는 우리가 우리 것이 무엇이 있는지 너무나 모르고 있다는 것이다.

전통 공연예술에 종사하는 대부분 예술가나 기획자들은 전통 예능 중 국가무형문화재 종목으로 지정된 것들은 대부분 어렴풋이 이해하고는 있으나 구체적으로 알고 있는 사람은 그리 많지 않다. 전통 성악(판소리, 민요, 정가 등)이나 전통 기악(산조, 줄풍류 등), 전통무용(검무, 승무, 살풀이춤, 태평무, 처용무 등) 부분은 어느 정도 이해하고 있으나 다양한 지역의 농악, 탈춤(탈놀이, 산대놀이, 야류, 오광대, 다시래기, 발탈 등), 놀이(남사당놀이, 강강술래, 줄다리기. 고싸움, 백중놀이 등), 불교 예능(영산재, 수륙재, 예수재 등), 무속 예능(도당굿, 별신굿, 대동굿, 놀이 굿 등)에 대해서는 대부분 거의 깜깜 수준이다.

어디서부터 문제인가? 나는 전 국민 대상인 유, 초, 중등 정규교육 기관의 전통예술 교육의 부재와 빈곤도 문제이지만, 전문 교육기관인 예술 중고등학교와 예술대학 교육과정에서 문제점을 찾을 수 있다. 전문 교육기관의 교육과정이 전공 교육에 치중되어 있고 전통 예능의 폭넓은 소양 교육이 겉핥기식이었거나 부족했기 때문이라고 생각한다. 전통예술을 전문으로 하는 전문 교육기관 설립의 목적은 우리의 전통예술을 기반으로 동시대의 예술을 만들어 낼 줄 아는 창의성이 풍부한 훌륭한 전통 예술가를 만들기 위함이다. 그러기 위해서는 학생들이 스스로 새로운 작품을 만들어 낼 수 있는 환경도 만들어 주어야 하는데 선대 예술가들의 예능 답습 교육에 치중하고 있는 것도 문제가 아닐 수 없다.

문제를 알았다면 문제점을 해결하기 위한 보완작업을 서둘러 해야 한다. 그리고 한 가지 더 지적할 점은 교육이 지식 위주의 교육이 아니라 재미있는 교육이 되도록 치밀하게 계획되어야 하고 현장교육과 체험교육이 수반되어야 한다는 것이다. '선무당이 사람 잡는다'라는 말이 있다. 교육과정의 수립과 실행은 어설픈 지식과 경험을 갖고 접근하면 큰 낭패를 보기가 쉽다. 이에 관한 전문적인 연구와 노력이 필요하며 예술교육 전문가의 검증과 조력이 꼭 필요하다.

앞으로도 K-culture의 비약적인 발전을 확신한다. 우리는 무궁무진한 전통예술 자원을 보유하고 있으며, 그것을 이 시대에 걸맞은 예술로 재탄생시킬 수 있는 창조의 DNA를 타고난 민족이다. 오천 년 역사 속에서 우리는 대륙문화와 해양 문화를 받아들여 우리의 토속문화와 융합하여 재탄생시켜 우리의 것으로 만들어온 민족이다. 현재 우리 K-culture가 세계 곳곳에서 문화영토를 확장하고 있는 것을 보라. 수많은 외국인이 K-culture를 배우기 위해 속속 우리나라로 유학을 오고 있는 것을 보면 알 수 있다. 우리 것을 바로 알자. 그것이 답이다.

7

전통예술 진흥을 위한
컨트롤 타워가 필요하다

왜 전통예술이 소중한 것일까? 전통예술은 우리 고유의 문화정체성이 깃들어 있어 국민의 문화감수성 신장과 자아정체성 확립의 소중한 자원이며, 국가정체성의 원천이기 때문이다. 그래서 우리 헌법에서도 전통예술을 대대로 이어지는 문화유산으로써 보존·전승·창조적 진화의 대상으로 보아 "국가는 전통문화의 계승·발전과 민족문화의 창달에 노력하여야 한다."라고 제9조에 명시하고 있다.

전통예술은 한국적 세계관과 미의식에 기반을 둔 보편적 정서가 담겨있으며, 세계의 문화적 다양성에 기여할 수 있는 독자성과 특수성을 갖고 있다. 또한 높은 수준의 예술성을 담보하고 있고, 변용과 재창조 등을 통해 동시대 문화로 거듭날 수 있는 무한한 잠재력이 있어, 고부가 가치를 창출할 수 있는 경쟁력을 갖고 있다.

그래서 대내적으로 웰빙, 친환경 등 사회적 변화로 인해 전통문화·예술에 대한 변화된 시선이 생겨나고 있으며, 대외적으로 한류의 원천으로써 우리 전통문화·예술에 관한 관심도 함께 높아가는 추세이기 때문에 이러한 대내·외적 환경변화에 대응하는 국가 정책적 차원에서 전통 문화예술진흥이 요구되고 있다.

이러한 환경변화에서 우리 전통예술 진흥정책도 보존·계승의 전통예술 중심 정책에서 국민의 일상에 밀착하는 전통예술, 활용의 대상으로서의 전통예술로의 정책변화가 이루어지고 있다. 우리의 전통예술이 국민의 일상으로 다가가기 위해서는 먼저 우리 전통예술의 내부 역량을 강화하고 현대적 수용을 통하여 국민이 이해·소통할 수 있고, 공감·감동이 있는 전통예술로 변화해야 한다.

그리고 또 한 축으로서 전통예술 진흥정책 수립 및 정책 추진 관계자들이 해야 할 몫이 있다. 그것은 다름 아닌 전통예술의 지속적 성장을 위한 기반을 조성해가도록 계획을 수립하고 추진하고 점검하는 일이다. 그래야 전통예술의 세계화·산업화도 가능해진다.

누가 이러한 일을 체계적, 조직적으로 이끌어갈 수 있을까? 당연히 정부의 문화체육관광부이다. 문화체육관광부에는 이러한 일을 전담하는 '전통예술과'가 있었다. 그러나 지금은 '공연전통예술과'라는 어정쩡한 명칭을 가진 과가 그 일을 맡고 있다. 노무현 정권 때만 해도 '공연과'와 '전통예술과'는 엄연히 분리되어 있었다. 그런데 이명박 정권에 와서 조직개편이라는 미명 아래 '공연과'와 '전통예술과'가 통폐합되어 오늘에 이르고 있다.

  '전통예술과'를 두게 된 것은 유구한 역사와 찬란한 전통문화를 자랑하는 우리나라의 문화적 정체성을 지키고 "국가는 전통문화의 계승·발전과 민족문화의 창달에 노력하여야 한다"라는 헌법 제9조를 지키기 위함이었다. 그런데 이명박 정권은 헌법 제9조를 도외시하고 무책임하게 '전통예술과'를 '공연과'와 통폐합시켜 버린 것이다. 참으로 무책임하고 시대 역행적인 처사였다.

  지금이라도 전통문화와 전통예술의 중요성을 인식한다면, 전통예술의 진흥과 민족문화의 창달을 이끌어 갈 컨트롤타워가 있어야 한다는 의지가 있다면 문화체육관광부는 '전통예술과'를 조속히 복원해야 한다. 그래야 유구한 역사와 전통에 빛나는 문화민족으로서 문화 선진국 대접을 받게 되는 것이다.

8

맛있는 국악을 꿈꾸며

우리 국악은 이 시대를 살아가고 있는 우리들의 음악인가? 우리들의 마음에 치유와 위안을 가져다주는 행복한 음악인가?

우리 국악은 밥과 같아야 한다고 생각한다. 밥은 어린이나 청소년이나 청장년이나 노인들 누구에게도 맛이 있다. 우리의 식사 문화를 보면 아무리 맛있고 푸짐한 음식으로 배를 채우더라도 제일 마지막에 밥을 몇 숟가락이라도 들지 않으면 음식을 맛있고 배부르게 먹은 느낌이 들지 않는다. 그리고 해외에 오랫동안 나가 지내든, 이민하여서 살든 간에 밥맛은 절대 잊지 않는다.

왜 그럴까? 우리가 태어나 젖을 떼고 난 다음 이유식을 먹을 때 어머니가 떠서 입에 넣어준 것이 밥이고 김치였기 때문이며 삼시 세끼 밥을 먹었기 때문에 나이가 들어서도 밥은 자연스러운 우리의 주식이고 음식으로 그 맛을 잃지 않기 때문이다.

우리의 국악이 맛있는 예술이 되려면 어린 시절부터 어머니가 먹여주던 밥과 같이 우리의 생활 속에 늘 가까이 있어야 하며, 우리 주변에서 늘 만날 수 있어야 하며, 유·청소년 교육과정 속에 녹아 들어가 있어야 한다고 생각한다.

9

아동 국악 교육이 왜 중요한가

얼마 전 호형호제하며 지내던 문화계 선배를 만나 담소한 적이 있었다. 그때 내게 던진 그의 말은 많은 것을 생각하게 하였다. "나는 국악 전문가는 아니지만 말이야. 국악이 다른 장르와는 달리 특별한 이유는 우리 민족의 문화적 정체성이 깃들어 있기 때문이라고 생각해. 그래서 우리 국악이 국민의 생활 속에 꽃피우기 위해서는 조기 교육이 필요하지. 그런데 우리나라 조기 교육에는 국악 교육이 부족하단 말이야.

그리고 이어 말하기를 "나도 공부깨나 했지만, 학교 다닐 때 국악에 대한 교육을 받은 거라고는 '국악의 아버지'가 '박연'이고, 가야금은 '우륵'이, 거문고는 '왕산악'이 만들었다는 것을 기계적으로 외웠던 정도가 전부야. 솔직히 나는 지금도 가야금이 몇 줄이고 거문고가 몇 줄인 줄도 몰라. 음악 시간에 이탈리아 가곡을 불러 보거나 바흐, 베토벤, 슈베르트, 모차르트의 음악은 들은 적은 있지만, 국악 곡을 들어본 기억이 없어. 과거에도 그랬지만 지금도 국악이 낯설게만 느껴져. 국악을 생활 속에서 자연스러운 음악으로 들어줄 수 있는 국민이 많아야 국악이 제 위치를 차지할 수 있는 것이 아닐까?"라고 하며 훈수 비슷한 조언을 해주었다.

그러면서 한 마디 덧붙이는 말이 "그런데 말이야. 내가 잊지 않고 있는 국악 노래가 있는데 뭔지 알아?"라고 하여 귀가 쫑긋해졌다. "그건 말이야. 할머니 무릎 배고 듣던 자장가 노래지. '자장자장 우리 아기 잘도 잔다. 우리 아기' 하하. 그래서 조기 국악 교육이 중요하다는 거야." 그때 나는 속으로 무릎을 치며 그의 통찰력에 탄복하였다.

우리 국악을 어릴 적부터 경험하는 것은 매우 중요한 일이다. 왜냐하면 국악 속에는 우리 조상들의 음악과 감정이 가장 한국적인 표현 방법으로 용해되어 있어서 자라나는 어린이들에게 우리의 얼이 담긴 국악을 통하여 내 나라, 내 민족에 대한 동질성과 문화정체성, 그리고 우리 음악에 대한 자긍심을 느낄 수 있도록 도와줄 수 있으며 이때의 음악적 감성이 평생을 좌우하기 때문이다.

10

민속예술 전승교육,
예능 중심보다 재미있는 전승교육이 돼야

다양한 장르의 민속예술 발표회가 펼쳐지는 민속예술 단체들의 전승 발표회나, '한국민속예술축제', 혹은 지역 축제의 현장을 찾아가 보면 전승자들의 연령층이 청장년보다는 노년층에 집중된 것을 볼 수 있다.

민속예술은 특정 연령층의 전유물이 아니라 모든 세대의 예술이기 때문에 전승자들의 연령층이 고루 분포되어 있어야 한다. 특히 청장년층이 중심축이 되고, 차세대에 해당하는 초, 중등학교 재학 전승자들과 대학생들이 든든히 받쳐주어야 하는데 현실은 그렇지 못하다. 민속예술 행사에 노년층이 대부분인 것은 건강한 전승에 적신호가 아닐 수 없다.

얼마 전 유네스코 인류무형문화유산으로 지정된 제주 해녀 문화의 지속적 보존·전승을 위해 개설된 '법환해녀학교' 양성과정이 큰 인기를 끌고 있다는 보도를 접했다. 해녀는 국가무형문화재 제132호로 지정되어 있기도

하다.

 '법환해녀학교'는 2015년 1기를 시작으로 매년 기수별로 직업 해녀 양성에 나서고 있다. 2022년까지 모두 8기에 걸쳐 졸업생 209명을 배출했다. 해녀학교 입학생 대부분이 졸업으로 이어지면서 직업 해녀에 관한 관심이 뜨겁다.

 해녀학교 교육생 중 젊은 층들의 수가 과반이라는 것은 반가운 일이 아닐 수 없다. 해양스포츠를 즐기는 젊은 여성들이 많아지면서 제주의 해녀학교는 높은 경쟁률을 보일 정도로 인기가 높다. 해녀학교 졸업 후 안정적인 일자리가 보장된다는 점에서 일거양득이 아닐 수 없다. 재미와 보람을 위해 해녀 자격증을 따려는 젊은이들이 많아지면서 누가 시키지 않아도 자발적으로 무형문화재를 지키고 있다는 것이다.

 이 보도는 우리 민속예술의 경우에도 똑같이 시사하는 바가 크다. 왜냐하면, 민속예술의 현장에도 좀처럼 젊은이들의 모습을 찾기가 어렵기 때문이다. 그러므로 어떻게 하면 차세대들이 민속예술의 전승자로 유입될 방안은 없는지, 어떻게 전승의 활성화를 꾀하게 할 수 있는지 고민해보아야 한다.

 무엇보다도 그간 학교에서의 민속예술 교육이 단순한 기예 교육 중심으로 이루어지고 있어, 민속예술이 어렵고 낯설고 옛날의 것이라는 편견을 낳게 되었다. 그러므로 앞으로는 놀이와 감상, 그리고 체험으로 이루어진 '재미있는' 교육을 지향할 필요가 있다. 또한, 전통문화의 큰 그림에서 차세대들이 민속예술을 익히고 우리의 것을 알 수 있는 교육으로 나아가야 한다. 이런 교육을 받고 사회에 나간 차세대들이 민속예술의 향유층이 되는 것이다. 이렇게 해야 민속예술 향유의 기반이 단단히 구축되고, 그 기반 위에서 차세대 전승의 환경이 만들어질 수 있을 것이다.

11

국립창극단의 발전을 기원하며

국립창극단 전임 김성녀 예술감독은 재임 시 쏟아 낸 신작 레퍼토리들은 가히 파격적인 작품들이 많았다. 멀티미디어를 활용한 영화적 기법이 융합된 〈적벽가〉 등 판소리 5바탕의 현대적 창극화는 물론, 〈코카서스의 백묵원〉, 〈트로이의 여인들〉 등 서양 고전의 창극 레퍼토리화 및 우수 영화, 소설 등의 창극화, 〈춘향이 온다〉, 〈놀보가 온다〉 등 마당놀이의 창극화 등은 작품성과 흥행성이라는 두 마리 토끼를 잡아 관객몰이에 성공한 작품들이었다는 평가를 받았다.

언론에서도 그러한 작품들이 전통문화의 현대화, 세계화에 기여하는 창작레퍼토리이며 우수한 전통문화를 동시대 관객들이 재발견할 수 있는 다양한 공연 프로그램으로서, 국민의 문화 향유 경험의 폭을 확대하는데 기여했다는 평가를 하였다.

그러나 긍정적인 평가만 있었던 것이 아니었다. 신작 레퍼토리로 내놓은 일련의 창극 작품에 "창(唱)은 없고 극(劇)만 남았다"라는 창극단 내부에 일부 단원들의 불만 섞인 평가가 외부로 흘러나왔고, "창극의 정체성이 많이 훼손된 작품들"이 많았다는 내·외부의 부정적인 평가도 만만치 않았다.

어떠한 평가가 타당한 평가일까? 결론을 먼저 말하자면 둘 다 일리 있는 평가이다. 다양한 장르의 예술가 및 단체와의 협업, 멀티미디어 및 동시대 기술을 활용을 통한 전통예술의 현대화·대중화와 스토리와 새로운 형식, 동서양의 결합으로 관객 영역의 확장을 지향하는 완성도 높은 작품 개발은 반드시 필요한 것이지만, 분명한 것은 창극의 모태에 해당하는 판소리의 창법과 전형성이 훼손되어서는 안 된다.

김성녀 예술감독의 후임 유수정 예술감독이 그 점을 보완하여 비교적 무난히 직을 수행했으나 코로나19 팬데믹의 장기화로 역량을 발휘할 기회가 주어지지 못해 아쉬웠다.

우리나라 창극의 역사는 1902년으로 거슬러 올라간다. 당시 황실에서 설립하였던 최초의 황실극장인 협률사(協律社)에서는 창자(唱者)와 고수(鼓手) 두 사람이 소리를 중심으로 펼치는 음악인 판소리 연행 형태를 벗어나 소리꾼들이 등장인물의 역할을 각각 맡아 대화 형식으로 주고받는 대화창인 입체창을 시도하였다. 그러나 당연히 소리(창), 아니리(말), 너름새(몸짓)의 판소리의 창법과 전형성은 그대로 유지하였다.

"산길을 걷다 길을 잃었을 때는 산꼭대기로 올라가라"라는 말이 있다. 산 정상으로 올라가 내려다보면 가야 할 길이 보이기 때문이다. 창극이 가야 할 길을 잃었을 때는 어떻게 해야 할까? 창극이 시작된 출발점을 되짚어보면 가야 할 방향이 보인다.

얼마 전 유은선 전 국악방송 본부장이 신임 국립창극단 예술감독으로 부임하였다. 아무쪼록 지난 선배 예술감독들을 능가하는 청출어람의 예술감독이 되어 우리나라 창극을 한 단계 더 발전시켜주는 역할을 할 것을 기대한다.

12

아리랑으로 국민 대통합을

새 정부 출범이 이제 일주일 정도 남았다. 대통령 당선인은 자신이 대통령이 되면 국민통합을 반드시 이루어내겠다고 천명하고 대통령직 인수위원회에 국민통합위원회를 출범시켰다. 무엇으로 어떻게 사분 오 분 된 우리 국민을 통합시키겠다는 건지 청사진은 아직 보이지 않는다.

정말 우리 국민은 사분 오 분 되었다. 정치적으로 좌우로 갈라져 있고, 지역으로, 세대로, 성별로 갈라져 있어 콩가루 집안이 따로 없게 되었다. 무엇으로 분열된 우리 국민을 하나로 통합되게 할 수 있을까? 아마도 정교하고 심층적인 다양한 처방이 투입되어야 할 것이다. 약효가 잘 들게 하는 촉매제는 역시 문화가 아닌가 싶다. 마치 모든 한약재에 감초가 들어가듯이 문화는 모든 국민통합 처방에 감초의 역할을 하리라고 확신한다.

6·25 전쟁 중 빗발치는 포탄 속에서 군인들의 사기를 올리고 전우애를

북돋아 주었던 것은 씩씩한 군가였다. 민주화운동이 정점에 달했을 때 시위에 나선 대학생들에게 힘을 북돋아 주었던 것은 대학 농악 동아리 패가 두들겨 주는 꽹과리와 북소리, 그리고 탈춤이었다.

2002월드컵 때 잠실 축구경기장과 시청 앞 광장을 가득 메운 것은 김수철의 〈젊은 그대〉 노래와 김덕수 사물놀이패의 꽹과리와 북소리였다, 2016년 광화문 일대를 뜨겁게 달구었던 촛불집회가 겨우내 지속될 수 있었던 것도 매일같이 열렸던 특별 무대 공연의 윤도현, 전인권, 양희은 등 우정 출연자들과 그에 뜨거운 반응으로 호응한 시민 덕분이었다.

학창 시절에 배운 시 이육사의 「광야」, 변영로의 「논개」, 한용운의 「님의 침묵」을 읽으며 나라 사랑과 항일정신을 배우지 않았던가? 교실에서 가곡 〈그리운 금강산〉과 동요 〈우리의 소원〉을 함께 부르며 통일을 꿈꾸었다.

이 모든 것이 문화예술이 아니었던가? 이토록 문화는 국민을 통합하는 중요한 기제임에도 불구하고 정치권에서 "문화의 힘은 중요하다!!"라는 소리가 어디에서도 들려오지 않는다.

문화는 통합의 기능 외에도 삶의 질을 높여주고, 상처가 난 마음에 힐링과 치유를 해주며, 상상력과 창의성을 형성하게 해주는 문화예술교육의 중요한 기제이며, BTS나 영화 〈오징어 게임〉, 〈기생충〉에서 보았듯이 문화산업에 크게 이바지하고, 결정적인 것은 선진국으로서의 국격을 결정지어주는 역할을 함에도 '문화의 힘'의 중요성에 관심을 두지 않는 요즘의 분위기가 너무나 안타깝다.

박근혜 정권이 비선조직 운영으로 국민주권주의와 법치주의 위배하고, 대통령 권한 남용과 언론 자유 침해, 세월호 참사 관련 생명권 보호 의무 위반, 뇌물 수수와 관련한 각종 위배 행위로 실패한 정권이 되었지만, 당시 우리나라를 문화로 행복한 나라를 만들겠다고 문화융성위원회를 출범시켰던 것은 정말로 잘했던 일이라고 감히 평가할 수 있다.

국민 대통합을 이루기 위한 구체적인 방법은 아리랑을 매개체로 하는 것이 가장 좋다고 생각한다. 일제 강점기에 우리 국민의 항일투쟁에서 항일정신을 북돋웠던 것은 스코틀랜드 민요 올드랭싸인 선율에 가사를 입힌 우리의 애국가였고, 민요 아리랑이었다. 1926년 단성사에서 개봉된 나운규 감독의 무성영화 〈아리랑〉이 국권을 빼앗기고 울분에 차 있던 전국의 모든 국민을 울린 후 이 영화의 주제곡 김서정 작곡 〈아리랑〉을 모든 국민이 따라 부르게 되었고, 지금도 대한민국 국민이라면 아리랑을 부르지 못 하는 사람은 없을 것이다.

아리랑은 남과 북이 자신의 국가(國歌) 대신에 공동으로 부르는 국가(國歌) 아닌 국가(國歌)가 되었고, 남과 북의 공통 언어가 되었다. 1991년 일본 지바 세계탁구선수권대회 남북단일팀에서 남의 현정아, 북의 리분희가 한 조가 되어 우승하고 민요 〈아리랑〉이 남과 북의 공동 국가로 연주되어 한반도기가 국기로 올라가던 것을 지켜보았던 그 날의 가슴 벅찬 광경을 잊을 수가 없다.

더 나아가 아리랑은 국외교포와 우리 국민을 이어주는 노래이자, 이념을 떠나, 지역을 떠나, 계층과 세대를 떠나, 함께 부르는 우리의 노래가 되어버린 것이다. 국민 대통합을 아리랑을 통하여 이루어 볼 것을 제안한다.

13

왜 국립아리랑박물관이 필요한가

아리랑이 우리나라의 대표적 민요라는 것에는 그 누구도 이의를 제기하는 사람이 없을 것이다. 아리랑이 우리 민족과 함께 한 시간은 멀고 먼 옛날부터였겠지만 우리나라의 대표적 민요로 본격적으로 회자되기 시작한 것은 일제 강점기인 1926년 이후이다.

왜냐하면, 1926년 10월 춘사 나운규는 자신이 제작한 무성영화 〈아리랑〉을 단성사 극장에서 상영하였으며, 주제곡 〈아리랑〉이 일제 치하에서 신음하던 우리 국민의 심금을 울렸다. 영화 〈아리랑〉에서 자기 여동생을 겁탈하려던 오기호를 죽인 영진이가 수갑을 차고 일본 순사에 끌려 아리랑고개를 넘어가는 마지막 장면에 구성진 변사의 설명 뒤로 절절히 흐르던 주제곡 아리랑은 우리 국민의 마음을 흔들어 놓았으며 마음속 깊이 아리랑을 새겨 놓은 계기가 되었다.

영화 아리랑의 주제가가 만들어진 과정은 다음과 같다. 함경도 회령 출신의 나운규가 어린 학생 시절 회령·청진 간 철도를 놓았던 노동자들이 부르던 〈아리랑〉 선율을 떠올려 나운규가 직접 가사를 짓고 곡보(曲譜)는 단성사 음악부에서 활동하였던 서정(曙汀) 김영환(金永煥;1898-1936)에게 부탁하여 주제가 〈아리랑〉을 만들었다.

〈아리랑〉의 작곡자 김영환은 휘문학교를 나와 신생 매체인 영화에 관심을 가지고 영화계에 뛰어들어 38세 나이에 작고하기까지 작곡가, 바이올린 연주자, 장화홍련전의 감독이자 작가, 변사 등 종횡무진 활동하면서 업적을 남겼다. 김영환의 작곡가로서의 재능은 1927년 박승필이 만든 영화 〈낙화유수〉의 주제가로 작곡된 가요 〈강남 달〉 노래로 알 수 있다. 가요 〈강남 달〉은 "강남 달이 밝아서 님의 놀던 곳, 구름 속에 그의 얼굴 가리워졌네" 하는 인기 가요로 지금까지 불린다.

나운규는 아련하면서도 정서가 있고 흥겨운 감정도 안겨들면서 누구나 쉽게 부를 수 있는 통속적인 아리랑을 만들어줄 것을 김영환에게 부탁하였다. 그리하여 새롭게 편작된 노래가 영화 아리랑의 주제가인 〈아리랑〉인 것이다. 주제가 '아리랑'은 기존의 아리랑과는 다른 새로운 아리랑이란 의미로 〈신(新) 아리랑〉으로 불리다가 모든 아리랑의 중심 또는 기본이라는 의미로 〈본조아리랑〉이란 이름을 얻게 되었다.

김영환은 바이올린 연주자로서 그와 음악부원들이 무성영화를 뒷받침하는 음악 반주를 하였다. 1926년 만들어진 영화 〈아리랑〉의 주제곡은 전통적인 9/8박자나 12/8박자 대신 3/4박자, 7음계의 서양화된 작곡으로, 정선아리랑, 진도아리랑, 밀양아리랑 같은 전통의 5음계 아리랑과는 다른 리듬이다.

1926년 이후 전국에 산재한 민요 〈아리랑〉은 통한(痛恨)의 노래이기도 하였지만, 때로는 기쁨의 노래이기도 했다. 또한, 아리랑은 저항의 노래였고, 고달픈 삶을 달래주던 노래였고, 망향의 노래였고, 기다림의 노래였다.

아리랑은 전국 방방곡곡 구석구석에 다양한 가사와 선율로 존재하고 남북한은 물론이고 한국인이 사는 곳이면 세계 어느 곳에서도 아리랑이 있다. 아리랑은 남북을 통틀어 약 60여 종 3천6백여 수라고 하나 그보다 훨씬 많을 것이다.

아리랑은 분단 조국의 남과 북을 이어주는 공통 언어이며, 세계 곳곳에 흩어져 있는 재외 교포들과 조국 대한민국을 이어주는 공통 언어이기도 하다.

유네스코 세계 인류문화유산으로 지정된 아리랑을 국민통합의 구심점으로 하겠다는 생각은 매우 적절하다. 그러한 총론은 있는데, 어떻게 아리랑을 국민통합의 구심점으로 할 것인가에 대한 각론이 빈약하다.

아리랑을 국민통합의 구심점으로 하는 일에 있어서 국가가 나서서 정책을 수립하고 직접 시행하기보다는, 민간 차원에서 이루어지고 있는 다양한 아리랑 콘텐츠 사업을 적극적으로 돕고 지원해주는 것이 바람직하다고 생각한다. 어쩌면 민간 차원에서 아리랑을 기반으로 하는 다양한 콘텐츠의 생성과 소멸에 방해하지 않는 것이 가장 큰 도움일지도 모른다. 아리랑과 관련된 우수한 콘텐츠의 생성을 위해서는 끊임없이 노력하고 고민하고 현실에서 부딪히는 민간 차원의 도전 정신이 우수한 아리랑 콘텐츠를 만들어 내는 가장 중요한 원동력이라고 볼 수 있다.

그러나 반드시 해야 할 사업 중에서 민간 차원에서 수행하기 어려운 사업이 있다. 그것은 다름 아닌 '아리랑 박물관의 건립'이다. 아리랑 박물관은 아리랑을 통한 국민 대통합을 구현하기 위한 컨트롤 센터의 기능과 전국 각지와 각 기관에 산재해 있는 아리랑 관련 자료를 통합하여 아카이브를 구축하고, 관련 자료를 연구·발굴·보관·전시·체험할 수 있는 공간으로서의 기능을 가져야 한다.

위의 기능 이외에도 아리랑 박물관은 아리랑 생활 음악화와 창작 활성화의 산실의 기능을 수행하도록 해야 할 것이다. 또한 아리랑 관련 음반 제작과 연구 책자 발간, 관련 기념품 개발을 주도하도록 하고, 아리랑을 통한 남북 문화 및 학술교류, 그리고 아리랑 세계화의 주관기관으로서 역할도 수행하도록 해야 한다.

또한 아리랑 박물관 내에는 공연장과 영화관, 그리고 전시실을 두어 아리랑 관련 융복합 공연물 및 영화 그리고 전시물의 산실의 기능과 언제라도 박물관에 가면 아리랑과 관련된 공연과 영화, 그리고 전시물을 관람할 수 있도록 해야 할 것이다.

올해로서 해방 77년이 된다. 우리나라 사람이라면 어디에 있던 모두가 아리랑이라는 유전자가 몸속에 흐르고 있다. 아리랑을 국민 대통합의 구심점으로 하여야 한다. 그것을 구현하기 위한 컨트롤 타워로서의 기능과 체계적 연구 및 활용 공간은 민간 차원에서는 안정적 운영 기반을 갖기는 어렵다. 따라서 그러한 종합 기능을 갖는 '국립 아리랑 박물관'의 건립을 심각하게 고려해야 할 때다.

14

국악 해외 진출, 지금이 기회이다

K-culture의 약진으로 우리나라의 위상과 호감도 높아져

세계적인 아이돌 그룹 'BTS', 걸그룹 '블랙핑크', '싸이' 등 K-pop의 약진, '오징어 게임' 등 K-drama의 성공, '기생충' 등 K-movie의 성공으로 일컬어지는 K-contents 즉 K-culture의 약진으로 우리나라의 위상과 호감도가 그 어느 때보다 높아졌다.

예전에는 외국에 나가서 어느 나라 사람이냐는 질문을 받아 한국인이라고 대답하면, 한국이 어디에 붙은 나라인지도 모르는 사람이 태반이 넘었고, 그나마 한국에 대해서 조금 아는 사람이라 하더라도 남한이냐 북한이냐를 다시 묻는 일이 많았다. 그런 반응에는 그들이 우리나라를 6·25 전쟁으로 폐허가 된 나라, 경제적으로 어려움을 겪고 사는 지지리도 못사는 나라 한국을 연상하고 있었음을 묻지 않아도 몸으로 느낄 수 있었다.

그런 한국이 문화적으로 앞서 있는 나라, 세계적인 아이돌 그룹과 걸그룹을 배출한 나라, 세계 1위의 흥행물 영화나 드라마를 만든 나라로 그들 앞에 등장하게 된 것이다. 그래서 조금 더 관심을 가져보니 IT 반도체 산업의 선두주자인 삼성전자가 한국 기업이라는 것, 현대 자동차를 만들어내는 나라가 한국이라는 것도 알게 되었다. 프랑스의 수도 파리를 다녀온 사람들의 말을 전해 들으면 파리 시내에 한식당이 눈에 띄게 늘어났다는 것이다. 예전 같으면 한식당을 한국 유학생들이나 한국 교민들이 주로 이용했는데, 요즘은 프랑스 사람들이 즐겨 찾는 곳이 되었다는 말이다.

K-Culture의 약진이 한국 수출산업의 이미지 제고에 기여

프랑스 국내 대학의 한국어과는 그 어느 나라의 어학과보다 인기가 높아 한국어과 응시에 떨어진 학생들이 2지망인 일본어과나 중국어과로 배정되는 일은 이제는 흔한 일이 되어버렸다. 비록 본인은 일본어과나 중국어과에 배정되었지만, 독학으로 한국어를 배워 한국어 몇 마디 정도는 다하게 되었다. 한국을 알고 싶고 한국어를 배우고 싶어 하는 사람들이 그만큼 늘어났다. 이것은 비단 프랑스만의 현상은 아니고 유럽 대다수의 나라도 대동소이하다.

이렇게 한국 문화에 대한 호기심과 관심이 큰 지금이 국악 예술인과 예술 단체의 해외 진출의 좋은 기회라고 생각한다. 그동안 판소리, 민요, 국악기 등 각 분야를 대표하는 국악인들이 꾸준하게 해외 공연을 펼쳤지만, 대중적인 관심을 끌어내는 데는 한계가 있었다. 그러나 지금은 그 환경이 달라졌다.

예술인들이나 예술 단체의 해외 공연의 성공이 역으로 국내의 관객들에게 더욱 큰 호응을 얻어 다시 국내로 돌아와 성공한 사례는 무수히 많다. 예를 들어 2020년 국악 밴드 '이날치'와 '앰비규어스댄스컴퍼니'가 한국관광공사와 협업해 만든 〈범 내려온다〉가 유튜브를 타고 당시에 5억 뷰 이상을 기록하면서 세계적인 화제를 불러일으켜 우리 국악의 세계화에 대한 기대감을 높인 바 있다. 그리고 해외 아티스트들과의 협연으로 스펙트럼을 꾸준히 넓혀간 타악그룹 '김주홍과 노름마치', 이희문, 추다혜 같은 인기 보컬을 생산한 민요 록밴드 '씽씽', 국악에 기반을 둔 독창적인 선율로 유럽인들의 마음을 사로잡았던 '블랙스트링', 거문고, 피리, 태평소 등으로 록을 연주하면서 독창적인 음악을 구사하여 성공한 퓨전 국악 밴드 '잠비나이' 등 국악에 현대 음악의 색채를 가미한 국악 공연예술단체들의 해외 현지에서의 공연 성공은 그 가능성을 충분히 확인해준 좋은 사례이다.

프랑스 등 유럽 각국, 한국의 전통예술 공연에 대한 목마름 커

얼마 전 프랑스에서 문화 관련 공직 생활을 하다 돌아온 문화계 인사와 만난 적이 있었다. 그는 "유럽 사람들이 좋아하는 국악 장르는 판소리, 가곡, 가사, 시조, 시나위 합주, 산조, 민요, 승무, 태평무, 살풀이춤 등 다양하며 우리의 전통예술 공연에 대한 목마름이 크다."라고 하면서, 프랑스 곳곳에서 국악 공연을 유치하고 싶어 하는 곳이 많으며, 현지 연주자들은 국악 연주자들과 콜라보 연주를 하고 싶어 한다는 것이었다. 그러나 한국 국악인들을 초청하기 위해서는 항공료 및 체재비에 대한 부담이 커 쉽게 유치하지 못하고 프랑스 국내에 있는 국악 연주자를 찾아보지만, 그것이 그리 쉽지 않으며, 어렵게 현지 국악 연주자를 만난다고 하더라도 음악적 기량이 부족한 경우도 적지 않다는 것이었다.

K-culture의 성공으로 우리나라 문화에 대한 궁금증과 호기심이 커져 그만큼 우리 국악의 진출 공간이 넓어진 것은 분명하다. 다른 곳은 몰라도 프랑스, 독일, 네덜란드, 벨기에, 오스트리아 등 선진국이 몰려있는 서유럽에서는 우리 국악의 수요가 많다. 우리나라에서 유럽으로 방문 공연을 하는 것보다 차라리 유럽 현지에 체류하면서 현지의 수요에 바로 응답하는 것을 진지하게 생각해볼 때다.

국악 해외 진출, 지금이 도전의 기회

그것이 초청 측의 처지에서 항공료나 체재비가 들지 않아 초청하기가 부담이 없어 좋고, 연주자나 연주단체의 처지에서도 신속히 수요에 대응할 수 있어 좋을 것이다. 유럽은 국내와 달리 EU라는 경제 공동체로 구성되어 있어서 프랑스, 독일, 네덜란드. 스페인, 포루투칼, 이태리, 오스트리아 등 공연예술 네트워크가 원활하여 순회 공연하기가 좋고, 현지 연주자들과 콜라보 연주 및 공연의 기회를 많이 만들 수 있어 좋을 것이다.

우리나라처럼 좁은 공연예술시장에서 악전고투하기보다는 어디서 밥 세 끼는 못 먹을까 하는 모진 마음을 먹고 용감하게 해외로 나가 그곳에 체류

하면서 현지 한국문화원이나 현지 외국인 연주자들과 협업하며 공연시장을 개척해보는 것은 어떨까? 도전 정신이란 이럴 때 쓰는 말이다. 이참에 용기를 내보시라!

15

무형문화재 예능 종목 지정과 보유자 인정, 과감히 확대해도 좋다

우리의 무형문화재는 끊임없이 재창조·변화해 왔다

무형문화재는 일정한 형태를 가진 유형문화재와는 달리 세대를 이어가며 그 시대에 맞게 변화해가는 '살아있는 문화유산'으로 국가 경쟁력의 바탕이다. 우리의 무형 문화유산 중 예능 종목은 수천 년 역사를 내려오면서 끊임없이 재창조·변화해 왔으며 미래에도 부단히 재창조되어 발전해갈 속성을 지녔다.

1962년 「문화재보호법」이 시행되고 1964년 최초로 종목별 기·예능 보유자가 지정되기 시작한 이래 지금까지 정부는 현대문명 속에서 사라져갈 우려가 있는 기·예능 종목을 국가 지정 국가무형문화재 기·예능 종목으로 지정하고 보유자를 인정하여 현재까지 제도적·체계적으로 무형 문화유산을 보호·육성하고 있다.

우리나라의 무형문화재 제도는 유네스코에서 우리의 무형문화재 제도를 영구히 연구·보존·보호토록 하겠다고 할 정도로 세계적으로 인정받고 있는 제도이며, 우리나라의 전통문화를 말살하려 했던 일제강점기의 문화정책과 서구 근대문화의 팽창 과정에서 단절 위기에 처해있던 무형 문화유산의 복원과 보존에 크게 이바지한 바 있다.

무형문화재, 문화예술의 다양성이 훼손되는 역기능도 있었다

그러나 무형문화재 제도가 시행되면서 종목 지정된 예능 종목은 전승체계와 전승 기반을 구축하여 활성화된 것은 순기능이라 할 수 있으나, 종목 지정 및 보유자 인정제도의 경직성에 의하여 지정에서 제외된 종목들은 전승이 단절되거나 멸실되어 결과적으로 문화예술의 다양성이 훼손되는 역기능도 있었음을 지적하지 않을 수 없다.

특히 그러한 현상은 예능 부분의 무용 종목에서 심했는데 지정에서 제외된 무용 종목 중에는 지정된 소수의 종목 못지않게 역사적·예술적 또는 학술적 가치가 큰 것들이 적지 않았음에도 불구하고 기득권을 지키려는 기존 지정 종목들의 저항에 부딪혀 진입이 차단되어 애석하게도 종목 전승의 기반이 무너져 내려 이미 전승이 단절되었거나 단절 위기에 처해있는 종목들이 많다. 오늘날 한국무용의 침체는 한국무용계가 다양한 전통무용 종목들을 배제한 채 살풀이, 승무, 태평무 등 소수 특정 종목에만 매몰되었던 것도 여러 요인 중의 하나라고 생각한다.

우리나라가 무형문화재를 보존하는 방식은 인적 전승 체계, 즉 보유자와 그 전승 체계의 국가보호와 지원을 통한 무형문화재의 보존 방식 중심으로 운영되고 있다. 이러한 보유자 인정제도는 한국 무형문화재 제도의 가장 중요한 특성을 형성하는 것이고, 이제까지의 한국의 무형문화재 정책 성공의 핵심이었다고 할 수 있다.

국가무형문화재는 154종목으로 기·예능 보유자가 169명, 전승교육사 237명, 명예보유자 59명이고 보유단체 71단체에 달한다. 시도무형문화재는 전국의 광역 지자체가 지정한 종목을 모두 합치면 597종목에 달한다.

전승 지원 상황을 살펴본다면 국가무형문화재 기·예능 보유자에게는 월 150만 원, 전승교육사에게는 월 75만 원, 전수장학생에게는 월 27만 5천 원, 명예보유자에게는 월 100만 원, 보유단체에는 월 360만 원, 보유자가 없는 단체에는 월 550만 원의 전승지원금이 지급된다. 시도무형문화재의 경우 시도별로 차이가 있으나 대체로 국가무형문화재에 준하는 전승 지원금이 지급된다. 서울시의 경우 기·예능 보유자에게는 월 137만 원, 전승교육사에게는 월 60만 원, 전수장학생에게는 월 21만 5천 원, 명예보유자에게는 월 110만 원, 보유자 있는 단체에는 월 98만 원, 보유자가 없는 단체에는 월 120만 원의 전승지원금이 지급된다.

무형문화재 예능 종목, 이제는 종목 지정과 보유자 인정, 과감히 확대해도 좋다

국가무형문화재와 시도무형문화재 종목 지정과 예능 보유자 지정에 있어 좀 더 열린 구조로 변화해야 한다. 그간 국가무형문화재 위원회든 시도무형문화재 위원회든 가릴 것 없이 대부분의 무형문화재위원회가 종목 지정이나 보유자 인정에 있어 너무도 폐쇄적이고 권위적으로 운영되어온 측면이 있다.

이미 전승이 단절된 종목을 억지춘향이 식으로 재현해낸 종목을 지정해서는 안 되지만 어려운 환경 속에서도 면면히 전승 활동해온 종목에 있어서는 문화재 위원들이 좀 더 열린 마음으로 무형문화재 종목으로 신규 지정해주었으면 한다. 부족한 부분은 점차 채우면 된다. 전승의 틀을 제도적으로 만들어주면 내용도 채워지게 마련이다.

그리고 평생을 종목 전승을 위해 모든 것을 바쳐온 기·예능이 뛰어난 전승자들이 있다면 기존의 보유자가 있다 하더라도 보유자로 추가 인정해주어도 좋다. 선택된 소수의 보유자를 중심으로 하는 저비용 무형문화재 보존 방식은 정부 재정이 취약했던, 6, 70년대에 적합한 정책 수단이었으나 지금은 한계를 드러내고 있다. 예능 보유자도 자격을 갖춘 전승자들이 있다면 굳이 한두 명만 인정할 것이 아니라 여러 명 인정해주어도 무방하리라 본다. 그렇게 하면 우수한 기·예능의 다양성 확보에도 도움이 된다.

이제는 우리 대한민국은 무역 규모가 세계 8위이고 2021년의 IMF 자료를 기준으로 대한민국의 전체 GDP 순위는 10위이며, 9위 캐나다와 1,800억 달러 정도의 차이가 나고 몇 년 만에 다시 한국 경제에 밀린 11위 러시아와도 약 1,800억 달러 정도 앞서 있다. 명목 GDP가 세계 12위에 올라 그 정도의 지원을 해줄 수 있는 국력이 확보되었기 때문이다.

광역시도 무형문화재위원회도 해당 지역의 문화적 자산을 더욱 풍요롭게 보유할 수 있도록 종목 지정과 예능 보유자 인정제도 운용에 있어 좀 더 열린 자세로 변화해야 한다. 설사 국가무형문화재로 지정된 종목일지라도 해당 지역 전승자들이 원한다면 광역시도 무형문화재로 종목 지정해주고 복수의 예능 보유자도 인정해주어도 좋다. 이미 국가무형문화재로 지정된 종목을 또 광역시도 무형문화재로 지정해줄 필요가 있냐고 반문할 수 있지만, 자생력이 크지 못한 무형문화재 종목들의 전승 기반은 두터우면 두터울수록 더 좋은 것이다. 그렇게 해주면 해당 지역의 전통예술이 더욱더 다양해지고 풍요로워진다고 생각한다.

기초지자체인 시군구에서도 그간 유명무실하게 운영되어왔고, 그나마 유형문화재에 집중되어 운영되어왔던 향토문화재위원회를 유형 문화재위원회와 무형 문화재위원회로 구분하여 더욱더 활성화할 필요가 있다, 앞으로는 향토무형문화재 종목 지정을 활성화하고 보존단체와 예능 보유자를 적극적으로 지원할 필요가 있다. 비록 기초지자체이지만 지속 가능한 지원이 이루어지도록 기존 자치단체의 조례를 보완하여 안정적 재원을 확보할 수 있도록 해준다면, 전국의 지역 곳곳에 전통예술의 꽃이 활짝 피어날 것이며 지역문화 자산이 더욱더 풍요로워지게 될 것이다.

16

전통예술 지원체계의 재설계가 필요하다

국어사전을 살펴보면 '예술'이란 특별한 재료, 기교, 양식 따위로 감상의 대상이 되는 아름다움을 표현하려는 인간의 활동 및 그 작품을 말한다고 정의되어 있다. 예술의 범주를 따져보면 문학, 시각예술, 공연예술, 다원예술로 나누어 생각할 수 있다.

문학은 누구나 잘 알고 있듯이 시, 소설, 수필, 희곡 등 언어를 표현 매체로 하는 예술 및 그 작품을 말한다. 시각예술은 회화, 조각, 공예, 사진, 디자인, 건축처럼 인간의 시각으로 감상할 수 있는 예술을 말하며, 공연예술은 음악, 무용, 연극 등 무대에서 공연되는 모든 형태의 예술을 말한다. 다원예술이란 융합과 통섭이라는 시대적 경향에 부응하여 장르의 경계에 얽매이지 않고 다양한 장르가 결합하여 새로운 효과를 창출하는 예술을 말한다.

그렇다면 전통예술이란 무엇일까? 예술의 범주 분류에 따른다면 전통예술이란 과거로부터 이어 내려오는 문학, 시각예술, 공연예술이 될 것이다. 전통예술의 범주를 대략만 살펴보면 문학에 시조가 해당할 것이고, 공연예술에는 전통연희가 포함된 국악이라고 통칭하는 가·무·악·희(歌·舞·樂·戱) 모든 영역의 전통공연예술이, 그리고 시각예술에는 한국화, 단청, 전통문양 디자인, 서예, 공예, 한복, 한옥건축 등이 해당이 될 것 같다.

그런데 요즘 전통예술이라는 용어를 전통공연예술과 혼용하여 사용되는 경우가 많다. 물론 전통공연예술이 전통예술에 포함되기는 하지만 잘못된 것이다. 한국문화예술위원회는 예술분야 공모사업 지원에 있어서 문학, 시각예술, 공연예술, 다원예술로 구분하여 지원하고 있다. 공연예술 분야지원에 있어 연극, 음악, 무용 외에 전통공연예술 분야를 별개로 추가하여 지원하는 것은 전통문화 창달이라는 국가의 책무를 명시한 헌법정신에 부응하므로 그나마 다행이기는 하나 별도의 전통시각예술 분야지원은 없다.

한국문화예술위원회뿐만 아니라 중앙 정부나 지방 정부, 그리고 공공기관의 예술분야 지원에 있어 전통공연예술 분야에 대한 지원은 많으나 전통시각예술 분야 지원은 거의 없다고 해도 과언이 아니다. 이러한 현실은 어제오늘의 이야기가 아니다. 많이 개선되었다고는 하나 해방 후부터 지금까지 전통시각예술 분야지원이 배제된 전통공연예술 분야 중심의 지원체계는 개선되어야 한다.

전통예술 관련 정부 지원기관만 하더라도 전통공연예술 관련 지원기관은 많으나 전통 시각예술 관련 지원기관은 몇 개 되지 않는다. 전통공연예술 관련 지원기관으로서는 국립국악원 및 3개소의 지방분원, 국악방송, 전통공연예술진흥재단, 국립극장, 한국예술종합학교 전통예술원, 국립국악중고등학교, 국립전통예술중고등학교 등이 있으나, 시각예술 관련 지원기관은 한국공예·디자인문화진흥원, 한국전통문화대학교 정도밖에 되지 않는다. 문화재청과 국립무형유산원, 한국문화재재단이 전통공연예술 분야와 전통공예가 포함된 시각예술 분야를 지원하고 있을 뿐이다. 이밖에 광역지자체 차원에서 서울특별시의 서울공예박물관과 경기도의 한국도자재단 정도만 있을 뿐이다. 전통공연예술의 방대한 범위를 감안한다고 해도 형평성을 잃고 있음이 분명하다.

문학과 시각예술과 공연예술이 서로 균형감 있게 발전해야 예술의 가치가 더욱 빛이 날 것이며, 서로의 장르가 서로 아름답게 어우러져야 새로운 예술의 가치를 창출할 수 있을 것이다. 전통예술의 경우는 더하다. 우리나라 전통예술의 특질은 문학과 시각예술과 공연예술이 잘 어우러져 있을 때 온전한 빛을 발휘한다. 우리의 전통예술은 음악과 춤과 노래와 의상과 공예가 어우러져 발전되어 왔고, 융합된 형태로서 더욱 빛을 발하는 예술이었기에 더욱 그러하다.

전통예술 분야 지원체계를 정상화하기 위해서는 이제라도 전통시각예술 관련 예술인과 관계자의 의견을 모으고 수렴하고, 심도 있는 논의를 거쳐 편향된 지원체계를 바로잡아야 한다.

17

정부, 전통예술 진흥을 위한 헌법적 책무를 다하라

전 정권의 전통예술 진흥 발전안, 빛 좋은 개살구

2018년 5월 16일 당시 문재인 정권 시절 문체부는 '새 문화정책단'을 구성하여 '문화비전 2030'을, '새 예술정책 수립 전담팀(TF)'이 현장토론회, 포럼, 지역인 집담회, 지역 순회 토론회, 분야별·장르별·지역별 토론회·간담회 등 소통과 공론의 장을 거쳐 '새 예술정책'을 발표하였다. '새 예술정책'에는 헌법에 제9조에 명시된 '국가는 전통문화의 계승·발전과 민족문화의 창달에 노력하여야 한다'라는 국가의 책무를 의식했었든지 진일보한 전통예술의 발전안이 구체적으로 담겨 있었다. 발표한 발전안대로만 시행한다면 전통예술의 진흥에 크게 성과를 낼 수 있는 계획이었다.

전통공연예술의 발전과 경력단계별 맞춤형 지원 및 인력양성을 위하여 전통예술 고교 전공생 균형성장, '신진국악실험무대'를 통하여 실패해도 도전할 수 있는 기회와 진입 경로를 제공하겠다고 하였다. 이러한 약속은 한국문화예술위원회, 전통공연예술진흥재단 등을 중심으로 신진 국악인에게 도전할 수 있는 기회와 진입 경로를 열어주려는 노력은 있었으나 충분치 못했다. 경력단계별 맞춤형 지원 및 인력양성을 위하여 전통예술 고교 전공생 균형성장을 위한 노력에 대한 성과는 극히 미미하였다.

또한 중견과 신진에게는 국내외 인지도 제고 및 충분한 작품 발표 기회를 제공하겠으며 원로들에게는 경력·경험의 지역사회 환원 기회 및 아카이빙 등을 지원하겠다는 약속을 하였다. 이 역시 노력은 있었으나 재원 부족으로 큰 성과를 거두지는 못했다. 충분한 작품 발표 기회를 제공하기 위해서는 재원이 뒷받침해주어야 하는데 그렇지 못하니 시늉만 내다 말았다.

또한 전통·공연예술계의 전공자·실연자들에게 기획·제작자 등으로의 성장 기회를 제공하고 문화산업·IT 기술 활용 등 융합형 인재를 양성하겠다고 하였다. 전통공연예술진흥재단을 중심으로 노력은 있었으나 역시 재원 부족으로 성과는 신통치 않았다.

현 정권 전통예술 진흥정책 찾아볼 수 없어

그리고 '전통예술 기획자 양성' 교육을 강화하고, 해외 성공사례 연수를 지원하고 해외 유관기관, 단체를 대상으로 인턴십을 운영하겠다고 약속하였다. 이러한 약속은 한국문화예술위원회와 전통공연예술진흥재단 등을 중심으로 노력은 있었으니 성과는 크지 않았다.

또한 전통공연예술을 소재로 한 지역, 마을 공동체의 마을잔치, 민속잔치 등 활성화하고 전통예술 대중화 및 친밀성 제고를 위하여 전통공연예술 동호인 대회, 전통문화예술 TV 방송매체를 설립하겠다고 약속하였다. 대부분은 지켜지지 않았고, 단지 국악 TV가 설립되었으나 국민이 체감할 수 있는 방송매체로 성장하지는 못하였다.

그리고 전통예술 아카이브 연계를 위하여 국립국악원, 문화재청, 국립극장, 문화예술위원회 등 전통예술 유관 기관별로 구축된 자료의 체계화 및 연계를 위한 온라인 플랫폼을 구축하겠다고 하였으나, 내가 알기로는 그러한 온라인 플랫폼이 지금껏 가동되지 못하고 있는 것으로 알고 있다.

예술분야 R&D 지원을 위해 국악기 개량 및 국악음향 연구개발 지원하고 남북예술교류를 위하여 한민족 아리랑 대축제 및 한국민속예술축제 60주년 행사 공동 개최하고 전통공연예술의 남북 공동연구, 자료수집 및 보전 등 교류 협력을 추진하겠다고 하였으나, 잠시 남북 간 화해 분위기가 조성되었으나 이 역시 공염불에 그쳤다.

문재인 정부가 야심 차게 발표한 '새 예술정책'은 정책의 실천 과정은 있었으나 겨우 절반의 성과만 거두었다. 말로는 얼마든지 화려한 진수성찬을 차릴 수는 있다. 실천이 중요하다. 그러기 위해서는 정책을 시행할 수 있는 정책의 법제화와 정책을 시행할 수 있는 시스템구축과 수행할 수 있는 충분한 재원이 뒷받침되어야 하는데 그러하지 못했기에 공염불에 그칠 수밖에 없었다. 결론적으로 문재인 정부의 전통예술 진흥정책은 실패했다.

정부는 이제라도 전통예술 진흥을 위한 헌법적 책무를 다하라

　그러면 이번 윤석열 정부의 전통예술 진흥정책은 어떠한가? 문재인 정부보다 더 한심한 것은 정책 자체가 없거나 너무나도 부실하다는 것이다. 지난해 정부 출범 후 문체부의 대통령 업무보고에도 전통예술을 진흥하겠다는 계획은 없이 '우리 문화를, 우리 경제를 이끄는 국가 브랜드로 활용하고, 민간이 주도하고 정부가 뒤에서 밀어주는 콘텐츠 정책으로 케이-콘텐츠 산업생태계가 지속가능할 수 있도록 지원한다.'라는 정도였고, 올해 초 '2023년 문체부 주요업무 추진계획'에도 K-콘텐츠를 지원, 활용하여 산업화하겠다는 내용으로 도배가 되어 있는데 반하여 전통예술진흥정책은 눈을 씻고 살펴봐도 없다.

　정부는 자유의 가치와 '지원하되 간섭하지 않는다'라는 원칙에 근거해 문화예술의 독창성과 대담한 파격, 혁신을 구현하는 창작환경을 만들겠다고 한다. 다시 말해 창작환경을 조성하여 기초예술의 진흥을 도모하겠다는 것이다. 관심이 많은 영역이어서 더 들여다보니 청년 예술가들에 대한 지원을 확대하고, K-컬쳐의 원천인 미술, 클래식, 문학 등 기초예술 지원을 확대하겠다는 것이다. K-컬쳐의 원천이 어디 미술, 클래식, 문학뿐이랴. K-컬쳐의 기반이 전통예술 분야인데 그 점은 그냥 간과해버렸다.

　정부는 헌법 제9조(국가는 전통문화의 계승·발전과 민족문화의 창달에 노력하여야 한다)와 제69조(대통령은 취임에 즈음하여 다음의 선서를 한다. "나는 헌법을 준수하고 국가를 보위하며 조국의 평화적 통일과 국민의 자유와 복리의 증진 및 민족문화의 창달에 노력하여 대통령으로서의 직책을 성실히 수행할 것을 국민 앞에 엄숙히 선서합니다.")라는 국가와 대통령의 '전통문화의 계승·발전과 민족문화의 창달에 노력'해야 하는 헌법적 책무를 잊어서는 안 된다.

윤석열 정권 출범 1년이 지났다. 이제라도 정부는 전문가와 정책 관계자들이 머리를 맞대고 전통예술 진흥을 위한 비전과 로드맵을 담은 정책 수립과 그에 따른 법제화, 시스템구축, 재원확보 계획을 수립하여 국민 앞에 제시해야 할 것이다.

18

이젠 사물놀이 전용 극장 하나쯤은 만들어져야 하지 않을까

나와 사물놀이의 명인 김덕수 선생과는 각별한 인연이 있다. 그와의 인연은 1978년 사물놀이가 만들어진 '공간사랑'에서 시작되었다. 당시 나는 '공간사랑'을 운영하고 있는 '공간그룹'의 문화예술 전문지 월간 『공간』의 편집부 기자로 일하고 있었다. 그런 인연이 벌써 45년이 흘렀다.

이제 사물놀이는 우리에게 너무나 친숙해진 전통 타악 장르가 되었다. 사물놀이가 만들어진 배경에는 70년대 대학에 불었던 탈춤 부흥 운동에 부응해 과거의 풍물 가락을 기반으로 음악적으로 무대화해보자는 공감대가 형성되면서였다.

그 중심에는 사물놀이 원년멤버들과 민속학자 심우성 선생, 그리고 문화기획자 강준혁 선생 등이 있었다. '사물놀이'라는 이름은 원로 민속학자인 심우성 선생이 지어주었다.

사물놀이는 과거 농경 사회에서 마당에서 연행되던 풍물 가락 중에서 예술성과 기교가 뛰어난 가락을 풍물의 가장 기본적인 악기인 북, 장구, 꽹과리, 징으로 실내 연주에 적합하게 재구성하여 무대화한 전통 창작 타악곡이다.

　사물놀이패는 1978년 2월 28일 서울 원서동에 소재한 '공간사랑'에서 김덕수(장구), 최태현(징), 이종대(북), 김용배(꽹과리)로 창단되었다가, 남사당패 출신으로 구성된 김덕수(장구), 최종실(징), 이광수(북), 김용배(꽹과리) 4인으로 본격적인 연주활동을 시작한 것이 '사물놀이'의 시작이라고 할 수 있다.

　사물놀이가 본격적으로 해외에 알려지기 시작한 것은 1982년 6월 일본 순회공연부터였다. 같은 해 10월 23일과 24일, 미국 플로리다에서 열린 'World Showcase Festival'에 사물놀이패가 참가하고 한 달 후, 댈러스 시에서 개최한 '1982년 세계타악인협회 대회(PASIC-82)'에 참가한 것을 계기로 세계의 주목을 받기 시작하였다.

　이제는 우리나라에 사물놀이를 모르는 국민이 없을 정도이며, 사물놀이가 생긴 이래로 수많은 사물놀이 전문 연주가들이 배출되었다. 전문 예술인들뿐만 아니라 사물놀이는 국민의 생활예술 속으로 깊이 파고들어가 전국적으로 수를 셀 수 없을 정도로 많은 사물놀이 동아리들이 활동하고 있다.

　또한 세계 곳곳에서도 인종에 관계없이 수많은 세계인들이 사물놀이를 배우고 있고 연주활동을 하고 있다. 그래서 30년 전 동남아시아, 중동, 남미, 북미, 유럽, 심지어 아프리카 지역의 사물놀이 연주자 및 동호인들을 대상으로 '세계사물놀이겨루기대회'가 만들어져 수십년간 전국을 순회하며 개최되었으나, 최근 들어 정부와 지자체의 지원이 끊겨 대회를 개최하지 못하고 있다고 한다.

'세계사물놀이겨루기대회'가 사물놀이의 대중화와 세계화에 크게 기여하였는데 정부와 지자체의 지원이 끊겨 대회가 중단되었다니 참으로 안타까운 일이다.

사물놀이는 태권도 못지않게 세계화되었으며, 사물놀이가 우리나라의 전통문화의 우수성을 세계 곳곳에 알린 공로는 지대하다고 할 수 있다. 사물놀이가 국악의 대중화에 크게 기여하고 5대양 6대주 세계 곳곳으로 퍼져나갔음에도 불구하고 그 발생지인 대한민국에는 아직도 단 하나의 사물놀이 전용극장이 마련되어 있지 못하다. 다시 말해 세계화된 사물놀이의 본국인 우리나라에 거점조차 마련되어 있지 않다는 부끄러운 현실이다.

우리나라 이곳저곳에 서양 예술인 오페라 전용극장과 클래식 연주 전용극장이 지어졌고, 지어지고 있는데 정작 우리가 자랑스러워하는 '사물놀이'는 전용 극장 하나 없이 지금까지 셋방 신세를 전전하고 있는 현실이 서글프기까지 하다.

이제는 우리나라도 정부 차원에서 사물놀이 전용극장 하나쯤은 건립해주고 안정된 운영기반을 마련해 줄 수 있을 만큼 국력이 성장하였지 않은 가? 이러고도 우리나라가 헌법 전문에 쓰여 있듯이 "유구한 역사와 전통에 빛나는 우리 대한국민"이라고 당당하게 천명할 수 있는지 모르겠다.

19

한국춤 연행자에 부여된 과제와 대안

　해외로 유학을 떠난 학생들에게서 자주 듣는 이야기다. 해외에 유학을 가 그 나라 가정에 초대받으면 한국의 전통음악이나 전통춤, 혹은 민요를 들려달라는 부탁을 종종 받곤 하는데 할 줄 아는 것이 아무것도 없어 참으로 난감했다는 것이다. 다른 나라 유학생들은 그래도 몇 가지 개인기를 펼치는데 자신은 아무것도 할 줄 몰라 당황했다는 것이다. 이러고도 우리나라 사람들은 5천 년 역사를 가진 문화민족이라고 자랑할 수 있겠는가? 유아교육에서 대학교육까지 전통예술 교육이 부재했고, 대학입시에만 매몰되어 지냈으니 그럴 수밖에 없었다는 생각이 든다.

　요즘은 웬만한 가정에서는 어린 자녀들을 피아노 학원이나 교습소에 보낸다. 그러나 유감스럽게도 처음으로 받는 예술교육이 서양음악인 셈이다. 정작 우리 전통음악의 기본 장단이나 민요나 판소리 한 대목 정도, 혹은 우리 민속춤의 기본 장단과 춤사위 정도는 알아야 문화민족이라 할 수 있을 텐데 그러지 못한 것이 현실이다.

전문가들은 우리춤은 민중들의 생활 속에서 우러나오는 구체적인 삶의 표현이 미적 몸짓을 통하여 표출되는 춤이라 정의한다. 또한 우리춤은 신명과 멋의 춤, 고달픈 삶을 극복하는 극복의 춤이여 희원(希願)의 춤이라고들 한다. 우리춤의 춤사위는 왜곡되지 않고 자연스럽게 표출되도록 하며, 넘치지도 덜하지도 않은 중용을 지키며, 물 흐르듯이 자연스럽게 진행하는 것이 특징이라고 한다.

그러나 우리춤 연행자를 제외하고는 이 시대를 살아가고 있는 한국인 중에는 우리 춤의 기본적인 춤사위를 체득하고 있는 사람은 거의 없다는 것이 현실이다. 서글픈 일이다. 과거를 살펴보자. 우리 역사의 출발점에서부터 우리 선대들은 생활 속에서 삶의 희로애락을 춤이라는 미적 표현 양식으로 표출하며 살아왔다. 우리 민족은 춤의 단순한 향유자에 머무르는 것이 아니라 춤의 주체자로서 즐거운 민족이었다. 조선 시대만 하더라도 민중들은 민속춤이 일상에 녹아 들어 있어 어려서부터 기본적인 춤사위가 몸에 배어 있었다. 그러나 민족문화의 암흑기인 일제강점기와 해방 후 산업화를 거치면서 춤이 일상에서 사라지고 우리춤이 전문예인들의 전유물로 변화되고 국민은 일방적인 구경꾼으로 전락해버렸다.

우리나라의 대표적인 민속춤이 무엇이냐고 물어보면 승무, 태평무, 살풀이춤, 검무로 귀결된다. 승무, 태평무, 살풀이춤, 검무가 대표적인 민속춤으로 부상하게 된 것은 승무, 태평무, 살풀이춤, 검무가 국가무형문화재로 지정되어 전승 기반이 굳건해졌고, 이 네 종목이 기득권 종목이 되어 타 종목의 진입을 철저히 차단했기 때문이다. 그래서 이 네 종목 외 수많은 민속춤의 전승 기반이 무너져 버리는 부작용을 낳고 말았다.

우리춤계에 속한 사람들에게 우리춤계의 고질병이 무엇이냐고 물으면 한결같이 "서로 남 잘되는 것은 보지 못하고, 모함, 투서, 고발이 난무하고, 기득권 지키기, 금력 추수주의, 타 계파의 춤과 예술성을 존중하거나 인정하지 않는 문화"가 지배적이라는 것이다. 반드시 극복해야 할 현실에 대해서 선뜻 나서기도 쉽지 않은 것도 현실이다. 입바른 소리를 하면 괘씸죄가 곧 돌아오기 때문이다. 이제라도 춤의 계파를 서로 존중하고 인정하고 공유하는 문화가 필요하다. 이밖에도 문제점은 많다. 무형문화재 지정 종목의 기득권 지키기와 줄 세우기가 아직도 지속되고 있다. 게다가 무용지도자의 변화와 혁신 의지 실종, 대학 무용과의 사회 변화에 대한 적응 실패, 너무도 높아진 국·공립무용단입단 장벽(노조 설립 후 완전 철밥통), 무용 연행자의 일자리 기반 약화 등 문제가 수두룩하다

또 하나의 문제는 국가무형문화재에 지정된 종목 중심으로 교육과 공연이 이루어진다는 점 이고, 우리춤 공연이 승무, 살풀이, 태평무, 검무, 한량무 등 전통춤 레퍼토리 나열식 공연이 아직도 많다. 그러한 진부한 공연으로는 더이상 관객을 불러 모을 수 없는 것이 현실이다. 시대에 적응하는 레퍼토리를 개발하고, 타 장르와의 협업 및 융합으로 경쟁력을 확보해야 하는 데 그 노력이 아직도 부족하다. 가장 심각한 것은 정규 교육과정에서 우

리춤이 실종되었다는 것이다. 일부 방과 후 교과 학습으로 간신히 연명하며 뒷방 신세가 되고 있다. 이러니 향유자 기반이 약화할 수밖에 없고, 연행인력 기반 또한 약화할 수밖에 없게 되었다.

그러면 어떻게 해야 할까? 이것부터 하자. 우리춤 지도자들이 학회를 중심으로 하는 혁신적인 공론화 과정이 필요하다. 공론화 과정에서 우리춤계의 쇠락 원인을 규명하고, 우리춤계가 처한 환경분석을 철저히 해보고, 우리춤 진흥을 위한 적극적 방안을 모색해봐야 한다. 병행해야 할 것은 우리춤 지도자들이 후진 일자리 창출을 위한 노력을 솔선수범하고, 무용계 자체의 철저한 자정 노력이 필요하다.

또한 우리춤 예술 주체이자 생산자인 시민 생활문화를 확산해야 한다. 평생교육 차원에서 우리춤의 생활예술 활성화 기반이 마련되도록 노력해야 한다. 그렇게 되면 수많은 평생교육 우리춤 지도자 양성 및 일자리 창출이 될 것이다. 그렇게 되려면 재미있고 신명나는 평생교육 우리춤 레퍼토리를 제작하여 보급해야 한다.

또 하나 지적하고 싶은 것은 대학교육이 변해야 한다는 것이다. 우리춤계의 활성화와 후진 일자리 창출을 위한 대학교수 등 무용지도자의 변화와 혁신 노력 필요하다. 무용과를 체육대학에서 분리하여 예술대학에 포함해야 하며, 대학 졸업 후 사회 변화에 적응할 수 있는 교육과정 개편이 필요하다. 다양한 진로지도 프로그램을 강화하여 대학생들이 졸업 후 다양한 진로를 선택할 수 있도록 재학 중 많은 경험을 할 수 있는 환경을 만들어 주어야 한다.

많은 이야기를 했지만, 마지막으로 우리춤계 지도자들에게 부탁하고 싶은 것은 딱 두 가지이다. 하나는 우리춤계가 자체 혁신을 통하여 거듭나야 한다는 것이다. 한마음으로 뜻을 모아 스스로 건강하게 변화해야 한다는 것이다. 또 하나는 우리춤이 국민 속의 우리 춤으로 다시 자리 잡기 위해서는 이 시대를 살아가고 있는 사람들의 정서와 함께 호흡할 수 있는 전통에 기반을 둔 동시대적 우리춤 작품을 제작해달라는 것이다. 그러기 위해서는 국가 지원에만 매달리지 말고 스스로 시대에 적응하는 레퍼토리를 개발하고, 과감하게 타 장르와의 협업 및 융합을 통하여 경쟁력을 확보해 달라는 것이다. 우리춤계가 이러한 것들을 스스로 실천해 내지 못한다면 자멸할 수도 있기에 드리는 말씀이다.

20

우리의 국악이
국민의 일상으로 다가가기 위해서는

전통예술 중 국악은 우리의 문화정체성이 깃들어 있는 소중한 문화유산이며 예술적 가치가 높은 예술 장르이다. 국악을 계승·발전시켜 나가야 한다는 것에는 이의를 제기할 사람은 아무도 없을 것이다. 우리나라 헌법 전문과 제9조, 제69조에서도 '전통문화의 계승·발전과 민족문화의 창달'의 중요성과 국가의 책무에 대해 강조하고 있다.

그런데도 우리의 국악은 아직도 대중들에게는 과거의 예술이며 지루하고, 어렵다는 부정적 인식이 깔려있다. 실태조사에 의하면 우리 국민 절반 정도인 49.6%가 국악에 대해 알고 있지 못하고 있으며, 알고 있다고 답변한 사람(50.4%) 중에도 매우 잘 알고 있는 사람은 9.1%에 불과하고 나머지 41.3%는 알고 있는 정도에 그치고 있다. 왜 그럴까? 잘못이 우리 국민에게 있는 것일까? 답은 '아니다'이다.

그러한 데는 여러 가지 이유가 있겠지만 일제강점기에 일제에 의한 우리 전통문화의 말살과 비하 정책으로 우리 전통문화의 진화·발전이 단절된 것이 가장 큰 이유이다. 우리의 전통문화는 이 땅에 우리 민족이 거주하기 시작할 때부터 조선조 말까지 끊임없이 진화 발전하며 찬란한 꽃을 피워왔다.

이것은 고구려의 수많은 고분 벽화에도, 국보 제287호 백제금동대향로에도, 신라 시대 문장가인 최치원의 『향악잡영(鄕樂雜詠)』의 글 속에서도, 고려 시대의 문장가인 이색의 『목은집(牧隱集)』에서, 고려 시대의 가요 『청산별곡』에서도, 조선시대의 대화가인 김홍도와 신윤복의 민화(民畵) 속에서도, 조선조의 각종 의궤(儀軌)와 궤범(軌範) 속에서도, 일본의 후지와라 미치노리(藤原通憲)에 의해 제작된 악서(樂書)인 『신서고악도(信西古樂圖)』에 그려진 그림 등 일일이 거론하기 힘들 정도의 방대한 자료 속에 잘 나타나 있으며 당대 사람들의 사랑을 받으며 찬란히 꽃 피워왔다. 우리 귀에 익숙한 대풍류, 산조, 시나위, 판소리, 12잡가, 수심가 등은 모두 조선조 말에 대중들로부터 사랑받던 음악이었다.

그런 국악이 일제 강점기에 조선총독부의 우리 문화 말살과 비하 정책으로 인하여 진화를 멈춰버렸다. 그 후 해방이 되었으나 홍수처럼 쏟아져 들어온 서구문화에 의하여 뒷방 신세로 전락해버렸다. 진화를 멈춰버린 구시대의 음악이 서구문화에 익숙해진 국민의 귀에 낯선 음악이 된 것은 너무나도 당연하다. 만일 국악이 단절기 없이 계속 진화·발전되어 왔다면 우리 국민의 귀에 익숙한 음악으로 받아들여져 있었을 것이다.

또 하나의 이유는 교육에서 찾아볼 수 있다. 우리 국악은 우리 국민에게 맛없는 음악이 되어버렸다. 우리 국민은 노소를 막론하고 쌀로 만든 밥과 김치를 좋아한다. 왜 그럴까? 우리나라의 대부분 어머니는 아기가 젖을 떼고 이유식이 시작될 때 밥을 아기 입에 넣어 먹여주고 아기가 익숙해지면 바로 김치를 찢어 밥에 얹혀 먹여준다. 어릴 때부터 밥과 김치를 가까이하며 살았기 때문에 성인이 되어도, 노년이 되어도 밥은 꼭 먹어야 식사를 마친 것이 된다. 그런데 우리 국악은 어릴 때부터 가정에서나 학교에서도 가까이 한 음악이 아니었다. 그러니 나이가 들어도 낯선 음악인 것이다. 그래서 국악의 조기 교육이 필요하다는 말이 설득력을 얻는 것이다.

이제부터라도 드러난 문제점들은 개선해나가면 된다. 우리 국악이 진화·발전해 나갈 수 있도록 국악의 생태계를 건강하게 하는 일을 해주어야 한다. 국악이 완성도 높은 공연예술로 관객과 만나기 위해서는 작곡, 기획, 제작, 홍보, 무대 분야 등의 전문 인력 양성에도 힘써야 한다. 현재의 공공 지원 정책 의존도에서 벗어나 대중성을 확장하기 위해서는 흥행성과 예술성을 함께 갖춘 대중성 있는 콘텐츠 개발을 통한 수요 창출을 확대해 주어야 한다.

유념해야 할 것은 대중성을 확보하는 것도 중요하지만 전통성이 지켜지는 가운데 창조적인 변용과 확장을 꾀하여야 한다는 점이다. 그 해답은 법고창신(法古創新)이라는 사자성어(四字成語)에서 찾을 수 있다, '법고창신'이란 옛것을 본받아 새로운 것을 창조(創造)한다는 뜻이다. 옛것에 토대(土臺)를 두되 그것을 오늘날에 맞게 변화(變化)시킬 줄 알고, 새것을 만들어 가

되 전통의 기반을 잃지 않아야 그 문화는 더욱 강한 생명력을 가질 수 있을 것이다.

우리의 국악이 국민의 일상으로 다가가기 위해서는 먼저 우리 국악의 내부 역량을 강화하고 현대적 수용을 통하여 국민이 이해·소통할 수 있고, 공감·감동이 있는 국악으로 변화해야 할 것이다.

전국 사찰(寺刹)이 신앙과 의례뿐만 아니라 문화예술의 중심지가 돼야

서기 372년에 우리나라에 유입된 불교는 1,600년이 넘도록 3국 시대, 통일신라시대, 고려시대와 조선조를 거쳐 현재에도 가장 영향력 있는 종교로 발전되어 왔으며 아직도 우리 국민의 삶 속에 깊이 자리 잡고 있다. 불교라고 하는 관념체계를 객관적 연구 대상으로 할 때 이를 사회현상의 측면에서 포착함과 동시 역사적 과정에서 살피지 않으면 안 된다. 한국의 전통사회에서 관념적으로는 한국사상과 상호 관련되어 그 불교 관념인 불타관, 세계관, 인간관 등을 갖고 다분히 한국인의 사상 행동에 영향을 미쳐왔다. 불교 자체도 또한 그 객관적 조건에 적응하여 한국적으로 변화했다.

현재 우리가 사용하는 언어에서도 지역의 이름 곳곳에 불교의 용어가 일반화·대중화되어 사용되고 있다. 예를 들어 세계(世界)라는 말도 불교의 시간적 개념을 뜻하는 세(三世 : 과거, 현재, 미래)와 공간적 개념을 말하는 계(界 : 나눌 분)의 합성어이며 많은 사람이 모여들어 떠들썩하고 부산스럽게

군다는 뜻의 야단법석(野段法席)이라는 말도 야외에서 크게 베푸는 설법의 자리를 뜻하는 불교 용어에서 나온 말이다. 극락(極樂)을 뜻하는 안양(安養), 광명(光明), 불광(佛光)이 버젓이 지명으로 사용되고 있다. 이 밖에도 도구(道具), 불가사의(不可思議), 지식(智識), 점심(點心), 차별(差別), 출세(出世), 평등(平等), 허공(虛空), 대중(大衆), 동냥(動鈴), 이판사판(理判事判), 아수라장(阿修羅場), 아비규환(阿鼻叫喚) 등 많은 용어가 불교에서 기인한다. 이런 여러 현상을 보면 불교문화가 현재도 우리 민족의 의식문화(意識文化) 깊숙이 자리 잡고 있음을 알 수 있다.

불교가 우리나라에 전래하여 오늘에 이르기까지 불국토를 이 땅 위에 실현하려는 대승불교의 정토신앙이 본류를 이루어 왔으며 이러한 의지가 불교 문화예술을 꽃피우게 하였다. 아미타의 극락세계에 대한 동경심은 정토교가 예술의 세계를 형성할 수 있는 토대를 마련하고 그에 따른 문학·미술·음악·연극 등에 이르는 전반적인 면에서 많은 예술작품이 창작되게 하는 원동력을 제공하였다. 특히 불교 의례는 예술적 성격을 지니고 있으며 범패(梵唄), 화청(和請), 의식무(儀式無) 등의 성행은 그와 같은 구조적 의미의 발현이다.

문학면에서 보면 현존하는 신라의 향가 중 「원왕생가(願往生歌)」, 「제망매가(祭亡妹歌)」 등이 모두 정토교적 작품으로 가장 큰 비중을 차지하고 있을 뿐 아니라 신앙 의례를 통하여 전하는 각종 발원문이 정토신앙을 바탕으로 하고 있다.

미술 면에서 보면 불교미술의 걸작들이 불국정토를 형상화한 불화·불상·불탑 등이 대부분이다. 음악 면에서 보면 〈나무아미타불〉을 염송하는 칭념염불이 음악적 형식을 지니고 발전 전개됐으며 이 같은 음악적 형식을 지닌 염불 의례는 정토신앙의 대중적 보급과 더불어 불교음악에서 일반 민속음악의 발전에 크게 영향을 미쳤다. 예컨대 전래민요 중에 〈염불타령〉, 〈자건염불〉, 〈회심곡〉 등이 그와 같은 것이며 단가 중의 〈보렴(布念)〉과 기악곡으로서의 〈영산회상〉 곡에 염불이라는 악장이 있다는 것도 무관하지 않다.

연극 면에서 보면 고뇌에 찬 이승의 세계에서 극락세계를 추구하여 결국에 극락왕생을 이루는 정토교적 신앙 의례 구조가 우리 연극을 Happy End로 끝나게 하는 데 영향을 끼쳤다고 볼 수 있다.

철학적이고 고등문화의 불교가 한 민족의 공통적 정서의 고유성(固有性)을 껴안았으며 삶의 모습의 총체인 우리 문화를 확대, 재생산시켰으며 우리 민족의 문화적 정체성이 깃든 전통예술의 역사가 불교예술의 역사라고 말한다고 하더라도 무리가 아닐 것이다.

한국불교의 역사를 되돌아보면 인도에서 출발하여 중국을 거쳐 한국으로 유입된 불교는 주체적으로 수용되어 고대국가에서 국민통합의 이념으로서 기능하였고 고려시대에는 대중불교로서 그 절정에 이르기도 하였다. 또한 불교 문화예술도 역사 속에서 찬란히 꽃피어왔으며 우리 민족의 문화적 정체성의 기반을 이루어왔다.

한국불교가 국민의 마음을 헤아리고 꿈과 희망을 제시하는 데는 여러 갈래의 방법이 있겠지만 불교가 축적해 놓은 문화예술로 풀어가는 것이 가장 좋은 방안이 아닐까 싶다. 왜냐하면 문화란 삶의 모습의 총체이고, 문화예술은 문화의 정신이기 때문이다. 그렇기에 전국에 산재한 사찰이 신앙과 의례의 중심지로서뿐만 아니라 문화예술의 중심지로 복원되기를 바란다.